U0146142

Artists Village

画家村

五木 著

作家出版社

图书在版编目（CIP）数据

画家村／五木著 . -- 北京：作家出版社，2021.5
ISBN 978 - 7 - 5212 - 1390 - 4

Ⅰ . ①画… Ⅱ . ①五… Ⅲ . ①长篇小说 – 中国 – 当代 Ⅳ . ① I247.5

中国版本图书馆 CIP 数据核字（2021）第 062515 号

画家村

作　　者：五　木
责任编辑：窦海军
美术编辑：陈　黎
出版发行：作家出版社有限公司
社　　址：北京农展馆南里 10 号　　　　邮　　编：100125
电话传真：86 - 10 - 65067186（发行中心及邮购部）
　　　　　86 - 10 - 65004079（总编室）
E - mail: zuojia@zuojia. net. cn
http: // www. zuojiachubanshe. com
印　　刷：唐山嘉德印刷有限公司
成品尺寸：152 × 230
字　　数：240 千
印　　张：18
版　　次：2021 年 7 月第 1 版
印　　次：2021 年 7 月第 1 次印刷
ISBN 978 - 7 - 5212 - 1390 - 4
定　　价：45.00 元

目 录
CONTENTS

引 子

宋庄是华北平原上一个极普通的村子,坐落在北京郊区。这些年,陆续有画家从全国各地聚集到这里,买了农民闲置的院子,将它们改造成画室,在里边生活和画画儿;后来,又有开发商盖了许多楼房出售,艺术家便越聚越多,一时名声大振,沸沸扬扬闹得无人不晓了。

刚出名时人们管她叫"画家村"。现在已是高楼林立,商铺毗连,灯红酒绿,俨然一座艺术之城了,人们还叫她"画家村"。

最初,农民看那些城里来的画家跟看稀罕物似的,看什么都新奇;现在,大家习以为常,不再注意他们了,关起门来各过各的日子。可是,那些行为古怪的艺术家总能整出些怪诞不经的事儿来。前些日子就闹腾了一回,闹得整个宋庄炸了窝儿。

大白天街上传来唢呐声和号啕大哭的声音——这也不算稀罕,可能是谁家发丧。老乡们站在门口,看见许多披麻戴孝的男女,跟在一辆黄色面包车后面,一路号啕,踏着悲歌鼓乐,缓缓经过宋庄大街。

前有经幡引路,后面跟着长长的车队。一个打扮成巫师模样的人,一边抛撒纸钱,一边哑着嗓子高喊:

"大黑回来!回家乡来!你不要到东边去,东边风急浪大,你的关节会受不了;大黑回来!回家乡来!你不要到南边去,南边毒日暴晒,汗水会眯住你的眼睛;你也不要到西边去,不要到北边去,那是别人的家,哪儿也不如咱家里好!

"回来吧大黑！家乡有美食待你，有乡音唤你，有亲人疼你；回来吧，大黑！回家乡来吧！哪里也不如家乡好！"

那人围着面包车，车前车后，车左车右，不断向天空抛撒纸钱，送葬的人们号啕不止；各处路口还摆了香案祭品，车队经过时有人燃放鞭炮。

老乡便纳闷儿：画家们都年轻轻的，是谁家死了老人吗？谁家的老人有这么好福气，搞这么大场面，有这么多人送葬呢？

那招魂的人叫他"大黑"，想必是一位显赫的画家英年早逝吧？

他们到处打听，打听到的结果却如重磅炸弹，让人惊得目瞪口呆！

"大黑是一条狗！画家养的一条黑狗！"

"怎么会呢？你没看男男女女都披麻戴孝，号啕大哭吗？"

"那面包车上明明挂着一张黑狗的画像！"

"这帮狗娃子真是胡闹，当爹妈的要知道还不气死？"

于是，有人给派出所打了电话。派出所民警出来看了看，问画家们什么意思。一个家伙灵机一动，说这狗的爷爷是革命功臣，救过伤员，立过战功，所以要厚葬。

警察将信将疑，看他们没有什么不良动机不良言行，也就放任不管了。

送葬队伍出宋庄大街不远，拐进了村外一片树林里……

这叫什么事儿？画家村里都住着些什么人？怎么会干出这等荒唐事儿？

几句话说不清楚，得回过头去一幕幕回放，细细品味。

大约上世纪九十年代，那会儿画家村刚刚出名，陆续有画画儿的从全国各地聚集到这里来。

这天，又有人千里迢迢来投宋庄……

一

初到宋庄

1

梁春燕头一回离开父母，头一回离家那么远，头一回看到没有绿色的灰秃秃的田野和村庄。她坐在拖拉机上，蹙着眉毛，紧紧抱住吴子强的胳膊，像怕他从自己手中突然消失。

拖拉机穿村而过，"嘣嘣嘣嘣"震得窗棂上的纸片儿乱抖，咳出一个个黑色烟团，空气里留下一丝淡淡的焦烟味儿。

初冬季节，树叶凋零，树杈恣肆，处处显露着村落的颓败：有的窗格儿已经残破，有的屋檐已塌陷，有的院墙已经倒塌。屋前房后趴伏着干枯的杂草和藤蔓，蜷曲的叶子在风中瑟瑟抖动……这些年，许多年轻人离开农村，到城里工作和生活去了，留在村里的多是些老人和孩子。

大门上残留着褪了色的春联。一群雏鸡跟在母鸡身边，贴着地面寻寻觅觅，发出"啾啾啾啾"细碎的声音，于清冷中透出些许生机。

吴子强脸上没有表情，心里却在暗暗叫苦。

难道，这就是他满腔热情，远道来投的宋庄？难道，这就是他要放飞艺术梦想的地方？难道，这就是他捧给春燕的未来生活？

李小冉这家伙，满嘴跑火车，说话太不靠谱！

走了一段，遇见了几位站在胡同口唠嗑的老太太。吴子强慌忙跳

3

下车来："大妈！跟您打听一下，那些画画儿的住在哪里？"

有位胳臂上套着红袖箍的妇人，把他从头到脚睃了一遍：黑不溜秋，穿一身筋筋绊绊的牛仔服；长发披肩，戴一副五彩蛤蟆镜，分不清是男是女——妈呀，又是一个怪物！

她抬头望了一眼拖拉机上坐着的姑娘，倒是十分俊秀，白白净净，穿件碎花儿小红袄，顶喜人的。她忍不住多看了一眼。

"那是你媳妇？"出于职责，她很想多问点什么，甚至想要看看他们的证件。

"嗯，这村里有外来的画家吗？"

"东边住着一帮画画儿的！都在村东头！"另一位老太太答道。

"谢谢！"

吴子强受不了那些刨根探底的目光，跳上车"嘣嘣嘣嘣"开走了。

"租院子不？"车子开出去十多米，老太太们才想起了自己的正经事儿，她们的声音被拖拉机的"嘣嘣"声吞没了。

村东头树多屋少，一栋四层高的白色洋楼十分抢眼。这里显然不是农民的房子，该是画家的工作室吧？

拖拉机直奔小白楼去。等到跟前，才发现墙高院深，大门紧闭，门窗都装着铁栏杆，大白天窗户里亮着灯光，有一种神秘诡异的感觉。

"临行喝妈一碗酒，浑身是胆……雄赳赳！"

忽然，从白楼里传出一声嘶哑的清唱，有些走调。

吴子强趴在门缝上望了一会儿，里边空空荡荡，静得瘆人，什么也看不见。突然，一个软体落在地上，把他吓了一跳。

细看，是只猫。那畜生转身跑了。

一个老汉赶着羊群路过那里，吴子强问："大爷，这楼里住着什么人？"

"疯子，都是疯子。"

吴子强以为老头开玩笑，将那些行为不轨的艺术家戏称为疯子。

"您是说，那帮画画儿的？"

"画画儿的住在那边！从小卖部东边拐进去，在水泡子边上。"老头认真地指点着。

拖拉机折回来走了一段，看见了小卖部，门口的空地上坐着一个人，正在聚精会神地画画儿。

吴子强跳下车来跑了过去，搭讪道："写生呀？"

那人只抬了一下头，没搭茬儿——看不清多大岁数，头发乱蓬蓬的，脸蛋儿和鼻尖儿冻得通红。他从挤扁了的铅管里使劲往外挤颜料，冒着寒风在卡纸板上涂抹；他一边紧张地画画儿，一边忙不迭地吸溜鼻涕，一副忘乎所以的样子。

"够辛苦的，这大冷的天！"吴子强嘟哝了一句，递给他一支烟。

"呜嗷，呜嗷呜嗷！"那人把烟挡了回来，焦躁地乱叫——噢，原来是个哑巴！

"邪了门了！"吴子强自嘲地笑笑，"不是疯子就是哑巴！今天怎么啦？"他给自己点着烟，茫然张望。

商店的棉絮门帘动了一下，从里边拱出一个人来。这是一个留着青髯，穿一件黑色高领毛衣，扎着马尾巴长发的瘦弱男子。他手里托着一把挂面，一脸没睡醒的样子。

那男子望见了拖拉机上的小红袄，眼睛为之一亮，脚底滞留了一会儿……

吴子强站起身来，看了看他，闻出了同行的气息。

"您是住在这里的画家？"

"嗯。"

"您认识李小冉吗？"

"认识。"

"嘿！总算找到了！"

"他出门了。"

"啊？"吴子强大失所望，"我是他的同学。我们从外地来……"

对方无精打采的脸上浮出一丝笑容："跟我走吧。"

吴子强跟在马尾巴后面，车子放慢了速度，拐进一条胡同。

马尾巴看了一眼车上的大包小包，问道："你们是来租房子的？"

"有这个打算。"

"小冉今天不在家，先到我那里去吧。他就住在我隔壁。"

"他什么时候回来？"

"说不好。他行踪不定，有时当天回来，有时三五天不回来，没准儿。"

"能跟他联系上吗？"

"他没有固定的地方。你们住下来等他吧。"

马尾巴推开了虚掩的大门。院子里曾经的繁荣消失殆尽，只留下瓜棚上纠结的枯藤、吊着的葫芦和几个红透了的南瓜。满地的花草已然枯萎。自来水龙头不停地滴漏，石槽里的清水从边上溢出来。被水滋润了的枯草蹿出些许新绿，还在顽强地延续着生命的旅程。

树上挂满柿子，红玛瑙一般，在阳光下晶莹透亮。有的被鸟儿啄落，掉在土里，或掉在水泥地上摔成一摊污迹。

马尾巴推门入室，迎面扑出一股凉气——屋里比外边还要冷。

满屋乱糟糟的，墙脚横七竖八躺着啤酒瓶，满地烟蒂；铁炉子冷冰冰地蹲在屋中央，炉边堆满炉灰，上面弃着啃光了肉的鸡骨头。

"昨晚没注意，炉子灭了。我先生上火，烧点水。"

"大哥，我来生火吧！"

春燕取下头巾，挽起衣袖，开始掏炉子。

马尾巴愣了一下……他抓了一把擦笔纸扔进炉膛里，取来了引火煤和蜂窝煤。

"歇会儿吧，让我媳妇干。"吴子强递了支烟给他，"大哥贵姓？"

"免贵姓王，王自鸣。我和李小冉是好朋友。"

王自鸣满脸菜色，眼眶发青，这是熬夜和营养不良的明显标志。他拘谨地坐在小板凳上，两手夹在膝间，脚后跟一颠一颠的——屋里实在太冷了。

"我叫吴子强，我媳妇叫梁春燕，我们从四川康定来。"

"够远的。"王自鸣望了春燕一眼，垂下眼帘。

说完，没话了，两个人都不健谈。

"这大冷的天，还有人在外面画画儿……"

"噢，是个哑巴，天天在村里画，一年四季，除非生病，从不间断。"

"够执着的。这么冷，还不冻坏了？"

"他扛冻，实在扛不住了，就跑到村里的老年活动室去。"

"没人教过他？他把油画颜料直接抹在纸板上，全吸油了。"

"教过，我还教过他呢！他横竖不听，还跟你急……"

吴子强注意到墙脚杵着许多画，问道："能看看您的画吗？"

"看吧。"

吴子强挨个儿翻看，都是些张嘴大哭的光屁股婴儿，色彩单一，没有笔触，抹得光光的……他不喜欢这些画，但必须装出认真的样子。遇到实在无法忍受的画儿，便问一句："还没画完？"

王自鸣察觉到了对方脸上的不屑，他有必要做些引导：

"人一生下来就为自己哭泣……我的画比较前卫，主要画一些观念，并不拘泥于油画技法。"

"哦，画了这么多！"

为了表示尊重，他又往回翻了一遍，一心想找出点值得赞扬的地方来。

"画了不少，够用功的！"他找不出别的赞语来。

"操！什么眼神？表扬小学生哪！"王自鸣心里骂道。

春燕生着了火，拎着铁壶到院里灌了一壶水，坐在火上，又麻利地把炉灰撮出去，地面显得宽敞多了。

没多久，水壶轻快地唱起歌来。

王自鸣问："您画什么画儿？"他觉得这家伙有点儿不知天高地厚，想探探他的底。

"我是学院派，比较传统。"吴子强走到哪里，嘴上都挂着"学院派"。其实他只读过三年艺专。

王自鸣笑笑，那是一丝不易被察觉的嘲笑。

"到这地方来，那一套可吃不开了！"他想。

在宋庄，"学院派"是保守和落伍的代名词，最让人瞧不起了。

2

王自鸣把客人安排在画室，没有床，幸亏有别人存放在他家的一张画案，两米长，一米二宽，勉强够用。

他睡不着，画室里窸窣的响声和断断续续的哦呢之声不断传到耳朵里来，那双白皙的胳膊总在他眼前晃来晃去……

起风了，两只猫压低了嗓门儿使劲嚎叫，初冬的夜变得骚动不安。

他一宿没有睡好，老有那双白皙的胳膊浮现在眼前。

吃过早饭，王自鸣领着他俩出来看房子。这会儿，吴子强才看清了画家村的真面目：水泡子周围，艺术家的工作室一栋挨一栋，一排接一排，都是落地大窗，画室高大气派；室外挂着广告，醒目地打出了艺术家的作品和名字。

"都是画家自己盖的工作室。"王自鸣指点着说。

这景象令吴子强兴奋。他一扫刚进村时荒寒寂寞的心情，变得快活起来。

他们看了几家农民的院子，都不中意。王自鸣说："我领你们去找一个搞前卫艺术的，她可能知道谁家有房出租。"

说话间，他们来到一处颇为讲究的门楼前：青砖黛瓦，木拱飞檐；老榆木做的大门上包着铁活儿，门外埋着一对拴马桩。

王自鸣趴在门缝上看了一会儿，举手打门。

半天，一个脆甜甜的女声在里边问道："谁呀？"

"我，王自鸣！"

门开了，一个蓬头乱发，穿着睡衣，披一件军大衣的年轻女子出现在门口。她满脸睡意，脸蛋儿红扑扑的，还留着枕巾皱褶的印痕。她用手紧紧捂住军大衣，一副懵懵懂懂的样子。

"你就作吧，大清早跑来打人家的门！"

"什么大清早？都中午了。"王自鸣一边说一边往门里跨，"老林呢？"

"死了！"

"您可别吓唬我，姑奶奶！"

"昨天让我臭骂一顿，滚回城里去了！"

"哈哈！我说今儿早上喜鹊冲我叫呢！"

那女人横了他一眼："说你什么好呢……我都不好意思踩咕你！"

看到她眼睛里的寒气，王自鸣收敛了嬉笑，开始正事正说："楠子，知不知道谁家有房子出租？这是刚来的画家，他们要租院子。"

王娅楠对客人莞尔一笑："有，我带你们去。进屋里坐一会儿。"

她先跑回去了，军大衣敞了一下，身上散发出一股从被窝里带出来的女人香味和温暖气息。

院里有几棵光秃秃的大树，枝条偃仰穿插，颇有些抑扬顿挫的书法笔意，令人为之心动。本来有曲径流水，这会儿水干了，沟沟槽槽显得有些碍眼。

王自鸣领着他俩进了大厅。厅里全是老榆木做的沙发、书柜和桌椅板凳。侧墙挂着十几个镜框，里边装着女人的裸体照片。脸被头发挡住，看不真切，好像就是王娅楠本人；她在水中摆出各种舞蹈造型，从冰里透露出来，该隐处隐，该显处显，表现得细腻柔和。通过冰花纹理的聚散，将人体变幻得虚无缥缈，颇有诗情和画韵。

吴子强正看得专心，忽然被谁踩了一脚，这才正过神来，碰见了春燕责怪的目光。

王娅楠已经换了衣服，梳洗打扮完毕，生机勃勃地出现在他们面前："走吧，先看南边那家。"

一连走了四家，最后相中了村东头一个荒僻小院：三间北屋，两排厢房。院里有棵大槐树、两棵柿子树。房子虽然陈旧，还算结实，门窗也还完整，得下番功夫清理打扫。说好每月一百二十元，先交后住。

他们谢过王娅楠，跟着房东到村委会登记。治保主任要看结婚证，他俩谎称放在家里没带出来。最后，村主任叫王自鸣写了份担保书，才算勉强通过。否则，按照治保主任的规定，他们"只能分开住，出了问题自己负责"！

临走时治保主任特意嘱咐："节假日不要往城里跑，老实在家里待着；不要招些不三不四的人到村里来，不要聚众闹事。"

3

下午，最紧迫的事是买东西。他们向房东借了一辆三轮车，买了炉子烟囱、扫帚簸箕、被褥铺盖、锅碗瓢盆、挂面大米、油盐酱醋、鸡蛋青菜，剩下钱买了一瓶二锅头、一斤"大白兔"、两张红纸、一对蜡烛、两包香烟……

冬天日短，东西买齐了，天也快黑了。他们从王自鸣家搬了过来。剩下的事，是打扫屋子和布置新婚洞房。

吴子强有生以来，头一次干活儿这么卖力。大冬天只穿一件背心，用一块花巾裹着头，哼着曲儿，风卷残云一般，把屋里的破烂物件、碎砖积尘，全都扫了出去；春燕一个劲地笑，一个劲地劝他穿衣服，一个劲地压制他的鲁莽行为。

"穿衣服！小心着凉！"

"轻点！轻点！你把灰尘搅起来了……疯子！"

她自己也是裹着头，撸胳膊挽袖，扫屋顶，擦门窗，洗地面，揩拭窗玻璃上的鸽子粪……

这里没有上下班时间，在这里干什么，怎么干都由他们自己说了算。到这时，他们才真正心生一种"归家"的感觉。把大门关起来，阻断和外界的联系，纯粹两个人的家，两个人的世界，无比踏实，无比惬意！两个人都是头一次布置自己的家，心中溢满幸福，忙里偷闲，忍不住一次次拥吻，放着音乐，哼着曲儿，动作带着舞蹈的节奏，身轻如燕，就是把房子拆了再重盖一遍，也不会喊累！

一直干到深夜，总算有了些眉目：屋里屋外清理了一番，墙壁和窗棂擦得干干净净，用高丽纸重新糊了一遍，安好了炉子，架好了烟囱……最后，剪了一个囍字、两只鸳鸯，贴在窗玻璃上。

所有活儿都干完了，这才想起了肚子——肚子已经饥肠辘辘，该做饭吃了。

糟糕！忘了一件事，没有买煤！

这么冷的天，可不能没有火。再说，从中午吃了碗面，到现在还没吃东西呢！

吴子强穿上羽绒服，开门出来。空气干冷干冷，月牙儿时隐时现，小虫儿都冬眠了，村子死一般寂静。

这会儿敲谁家的门也不合适。他转来转去，看见一户人家的院门虚掩着，没有狗，便蹑手蹑脚摸了进去。借着月光明亮的那一会儿，看见了西厢房的屋檐下有煤，黑漆漆的，摞得有一人高。吴子强从容地跟老乡"借"了几块煤，顺手抽了几根葱，又在路边捡了些玉米秆儿，回家把火生着了。

春燕煮了一锅花生，炒了两个菜，下了一把挂面，他俩就着花生喝干了那瓶白酒。

烛光摇曳，线香的青烟飘浮在空气中。他俩一边喝酒，一边举行结婚典礼。自己当司仪，自己当神父，自己当新郎新娘——人生中最神圣庄严的结婚大典，就这样在亦庄亦谐的气氛中进行。

他俩没有受洗，没有皈依天主。却掺入了西式婚典的部分形式，因为他们非常认同神父引领新人宣誓的誓词，那些相互之间不离不弃，生死相随的承诺是他们内心的真实表白，是他们最想献给对方的结婚"信物"。所以，尽管在拜高堂、夫妻对拜等项目中两个人嘻嘻哈哈，但在"神父"引领宣誓时，他们都很庄重虔诚，内心充满了神圣的感情。

吴子强跳过了好几个项目，急不可待地宣布了"入洞房"！

他像饿虎扑食似的扑向喝得面颊绯红，醉眼迷蒙，忐忑地迎向他的春燕，没有温存，没有软语，喊里喀嚓把她剥了个精光……

一路上，吴子强被憋得够呛。火车上众目睽睽，全是充血的、锥子般的目光，他不敢轻举妄动；昨晚发起的进攻连连受挫——在人家家里，春燕不乐意。

今晚，是真正意义上的新婚之夜！是他们有生以来最幸福、最炽热、最没有心理障碍的浪漫之夜，疯狂之夜！

这就是宋庄。也许只有在宋庄，他们才能摆脱所有世俗的规约，摆脱所有来自内心和外界的压力，才能如此疯狂，如此自由随兴。

二

池浅王八多

1

翌日，他们睡到中午才起来。随便弄了点吃的，春燕便着手准备晚餐，因为已经约好，晚上请王自鸣和王娅楠过来吃饭。

不料王自鸣提前来了，他说："别做了，晚上有饭局。"

"饭局？"吴子强问道。

"有个哥们儿卖画了，他请客。"

见他满脸狐疑，王自鸣补充道："卖画的是闻达。咱们这里有个传统，谁卖了画，谁就请大伙儿在馆子里撮一顿，酒管够。"

有意思，有点儿乌托邦的味道。原来这里真正是全国艺术家向往的"革命圣地"——李小冉没有瞎说。

天黑得早。刚黑下来，他们就张罗着出门。

"你们去吧，我就不去了，我在家里自己弄点吃的。"梁春燕说。

"去吧去吧！这里没那么多讲究，女的比男的还能闹腾！去认识认识，以后来往也方便。"在王自鸣和吴子强的坚持下，梁春燕戴上了围巾。

"王大哥，要锁门不？"

"不用锁。我们这里夜不闭户，民风淳朴。"

他望了一下吴子强，他不明白吴子强为什么尴尬地傻笑。

他们相跟着来到当街一家小餐馆，走进一个包间，一张用方桌拼成的长桌周边，包括板凳和沙发上，已经坐了不少人。

王自鸣推开门，吴子强跟着，梁春燕在后面。

大伙儿像被施了定身法，都僵直着身子，将目光越过前面两个人，落在梁春燕身上……

"来，我给介绍一下！"王自鸣故意提高了嗓门，这才把大伙儿的定身法解了，"这是刚刚找到组织的吴子强同志。这位是他夫人梁春燕同志，都是新来的画家。"

有的站起来跟他们握手；有的坐在那儿咧咧嘴，挥挥手，算是打了招呼。

"我不是画家。"梁春燕轻声说道。

"你是画家的领导，管着画家！"

一个埋在沙发里，正在专心观看杯里的啤酒泡沫的中年男子——嘴里叼着的纸烟着了一大截，白灰都打弯了，眼看就要掉下来——忽然冒出这么一句。

大家哈哈一笑，春燕绷紧的心松弛下来，觉得舒坦多了。

"这是我跟你说的闻达大哥。"王自鸣对吴子强说，"中国现代艺术的领头羊。"

"我哪里是什么领头羊。头羊都进疯人院了。"闻达笑道。

"闻老师，早闻您的大名！"吴子强趋前两步，想要跟他握手。

闻达不喜欢礼节性的握手。他坐在沙发里没动窝，只是举了举酒杯："欢迎欢迎！"

吴子强僵在那里，从心里涌出来的热情，在脸上凝结成僵硬的笑。他在心里骂了一句："操！还真拿自己当大蒜！"

闻达的作品吴子强见过，在展览上、刊物上、网络上频频出现，都是根据民国年间一些老照片创作的。人物没有表情，没有个性，都是些呆板的面孔；画得薄薄的，光光的，保留着黑白照片的效果。

说心里话，他压根儿就看不起闻达，那也叫油画？吴子强不喜欢没有油画语言和技术含量的油画。画黑白照片，抹得光光的、细细的，跟月份牌画似的，谁不会呀？

不过，他对闻达还是表现出了足够的尊重。毕竟人家的名气摆在那里，他是各类当代艺术展览上的一道"名菜"，国内外的重要展事，只要标榜"中国当代艺术"，必定有他到场。而且，他的画里有一种"斯人已去"的忧伤，和一层淡淡的怀旧情调。

"这位是雕塑家傅双北。"王自鸣继续往下介绍。

一位不苟言笑，满脸真诚的女艺术家。

"这位是油画家白明。"

一位长相英俊，有着"大卫"身材和发型，比艺术家还像艺术家的小伙子。

吴子强和梁春燕一一点头致意。他们那一本正经的样子，和埋在沙发里的那些懒散的坐姿、嬉皮笑脸的神态颇不协调，这让彼此都有些尴尬。

当轮到傅双北身边一条黑狗时，王自鸣抬起它的前爪："这位是大黑，咱们画家村的精神领袖——可别拿它当成大哲学家黑格尔，它没那么高的水平。"

大伙儿笑了，空气变得活跃起来。大黑也真是配合，赶忙站起来，又是摇尾巴又是晃身子，用热情的目光向大伙儿行注目礼。

王自鸣继续往下介绍："这位是前卫艺术家王娅……"

"大胡子，你欺人太甚！"王娅楠嚷嚷道。

"怎么啦？我又怎么得罪姑奶奶了？"

王娅楠淡定地埋在沙发里，潇洒地喷了口烟："先介绍狗，再介绍人，哪有这么办事的？"

"你看，还真有争风吃醋的。噢，都怪小的不会办事，小的改正就是了。前边的都不算数了，我从头开始：

"第一位，美丽富饶的王娅楠女士！大名鼎鼎的前卫艺术家……"

傅双北不参与斗嘴。她一边听摇滚，一边抚摸着黑狗的头。

梁春燕挨大黑坐着，问道："它几岁了？"

双北摘下耳机："什么？"

"它几岁了？"

"我也不知道，它跟着我三年了，应该不到四岁。"

"这狗跑得特快，追兔子一追一个准。"

"你也喜欢狗？"

"我在家里养过一只，跟它一模一样。"

于是，她俩聊开了关于狗的话题。

"来得差不多了吧？"闻达说，"自鸣，你帮忙点菜，让大家吃好喝好。"

刚刚上菜，随着一股冷风，从门口飘进来一个沙哑洪亮的声音："嗬，这么热闹！本人来晚了，抱歉抱歉！"一个毛栗头，满脸胡楂儿的男子，双手抱拳，跨进门来。

"老前辈！"王自鸣赶紧站起来，"来晚了，罚酒罚酒！记下一杯！"

"不用记，不用记，本人认罚就是了！"他从桌上随手端起一杯，一仰脖儿嚯干了。

"一说罚酒，高兴着呢！"

那人穿对襟棉袄，着平底布鞋。身子单瘦，皮肤黧黑，看起来像个农民。他叫董青平，年龄并不比别人大多少，是先来宋庄的那茬人，所以大伙儿管他叫"老前辈"。他搞理论，文笔厉害，画得也不错，有时还做装置艺术。人很好，就是不能跟他喝酒。一喝就醉，一醉就疯，好几次为喝酒打架进了派出所。

吴子强问身边人："这位是谁？"

"董青平，理论家。"

吴子强早就知道董青平的文章写得好，是名气很大的美术批评家，忙站起来给他让座。董青平眼尖——他看见傅双北身边有一个空座，便挨着她坐下来："还是双北妹子好，给你大哥留着座呢！"

"去去，没人给你留座，这是大黑的地方！"

这时，大黑狗悄无声息地回来了，站在地上望着老董，"汪汪"叫了两声。

双北拍了拍它的头，用教训孩子的口气说："大黑，别跟你兄弟抢座，绅士一点，学会礼让。"

梁春燕看了直笑，她往旁边挪了挪，腾出半个位子，叫大黑跳了上来。

"没大没小！"董青平斜了双北一眼，夹一块肉给黑狗，"好孩子，别跟你姐学坏，叔赏你吃肉肉！哎，真乖！"

"听着那么肉麻？"傅双北直嗑牙花子，"一个大老爷们儿学小姑娘发嗲，还'肉肉'呢！"

闻达站起来，举起了酒杯："欢迎大家光临！"顿了顿，等大伙儿都站起来，接着说，"今天第一杯酒，为远道来的新朋友加盟宋庄，干杯！"

吴子强被感动了，所有的不爽一扫而光。他和梁春燕举起酒杯，和闻达重重地碰了一下，再三致意，又和王自鸣、董青平、傅双北、王娅楠，和所有新结识的朋友碰了杯，一饮而尽。

这拨人真好！吴子强喜欢他们，有点儿相见恨晚的感觉；梁春燕开始有些拘谨，经过一番闹腾，不那么生分了，心里轻松多了。

忽然，哑巴出现在窗外。他眯缝着眼，趴在玻璃上看了一会儿，消失了。隔一会儿，他又趴在那里看，好像在寻找什么，很焦急的样子……

傅双北找服务员要了两个餐盒，盛了满满两盒饭菜。人们大惑不解："怎么不吃了？有急事要走？"

双北笑而不答，又拎了一瓶啤酒，在人们疑惑的目光中开门出去了。

"她怎么不吃饭就走了？"

老董都看在眼里："她给哑巴送吃的去了。"

过了好一会儿，傅双北才回来。她对闻达说："闻兄，对不起，借花献佛了。"

闻达跷了跷大拇指："好人！好人啊！"

2

接下来，是漫长的喝酒，漫长的聊天。记不得从哪个话题开始，也无所谓在哪个话题上结束。反正海阔天空，逮什么聊什么。

"闻老师，全国美展正在收作品，您不打算参加？"白明问。

"白明你可真不会说话。"王娅楠话里有话，"你不是存心寒碜闻老师吗？"

闻达递给小王一支烟，帮她点着，笑道："我不跟他们打交道。咱们是一群野狗，家狗群里容不下咱们！"

"咱的叫声跟他们不一样，排泄物也跟他们不一样！"王娅楠补充说。

"再说，我也没那工夫去结党钻营！"

"听说有些人送完作品后，挨个儿往评委家里跑，你说他们还能有公平吗？"

"上帝是公平的。"闻达说，"上帝把你放在野狗群里，没人疼你，可也没人管你。咱们到宋庄来图什么？不就是图个自由吗？自由不光是睡懒觉的自由，找小姑娘的自由，还包括心灵的自由、思考的自由、号叫的自由。这一切，你在体制内是得不到的。"

"咱们不用看脸色，不用为半根骨头摇尾巴！"

"来，满上，为不摇尾巴干杯！"王娅楠嚷道。

"其实，你算不得野狗。"董青平对闻达说，"我也不是，双北也不是，宋庄好些人都不是。别忘了你我拿着工资，咱们都是体制内的人。"

"噢，原来我是家狗。我倒差点儿忘了。"闻达笑道，"身为家狗，在单位拿工资，不给守门护院，跑到宋庄来学野狗叫，卖画挣钱归自己，还时不时骂两句街，真不是玩意儿！"

大伙儿都笑了。

"来，为'不是玩意儿'干杯！"

"这正常吗？"董青平说，"国家出钱养那么多艺术家，却放任自流，不求回报——纯粹是败家子的行径！"

"外国哪有这样的好事。欧洲那些画家看见咱们的画院，羡慕死了！"

喝了两轮，不知谁把话题引到了美术馆的人体大展。

美术馆年初举办了一次人体绘画展览，盛况空前，购票的人排成长队，一直排到街边的林荫道上，还弯了几个来回。

关于人体画的话题经久不衰，一直延续至今。

"这是美术馆有史以来参观人数最多的一次展览。"

"很多人从外地赶来，住在宾馆里，看了一遍又一遍，能看好几天！"

"性压抑。"闻达说，"以艺术的名义，公家报销差旅费，满足性饥渴！"

"没办法，国人就这素质！"

"这不仅仅是一个简单的国民素质或伦理道德问题，还是一个社会生态问题。"董青平习惯性地进入了理论思考，"尼采说，'人是由兽而神的空中索道'。别忘了，人的出发点是兽。兽的一切特性完整地保留在我们体内。"

王娅楠笑呵呵地对董青平说："您看，理论家想干坏事还得先找理论根据。"随后，她当众嚷道，"其实没那么复杂，男人不就是想看女人身上那几样东西吗？现在用不着遮遮掩掩，给你们一次合法机会，还是以艺术的名义，公家还给报销费用，您就放心去看吧！"

王娅楠像一个爱搞恶作剧的孩子，喜欢捕获那些遮遮掩掩的事儿，喜欢捅破那层世俗窗户纸，把人们心里想着而难以启齿的东西说得赤裸裸的，将人置于尴尬境地，然后躲在一旁偷着乐。

梁春燕被吓了一跳，没想到大地方的女孩子这样胆大。

"我压根儿就没打算去看。"董青平从容应对，没有半点儿尴尬，"一帮蹩脚的写实画家，照着对象描，毫无艺术灵气……"

"您当然不去看喽，您直接找小姐，什么都有了！"

大伙儿一阵哄笑，闹得董青平坐不住了，脸也红了："去去！别胡说！你董大哥从来不干那些腌臜的事儿！"

两瓶白酒、两箱啤酒，就在这种漫无目的的瞎扯中喝完了。

在这里，聊天不是为了探讨问题，不是为了释疑解惑。他们说政治，却并不关心政治；说艺术，也并不探讨艺术；说花边新闻，只是为了抢风头，博得哈哈一笑。喝酒是为了聊天，聊天还是为了聊天，没有别的。一顿饭能吃上半天，桌上的菜都凉了，油都凝了，聊天还在继续。

"服务员，再来两瓶二……二锅头！"王自鸣嚷道，他有点儿口齿不清了。

他咬开瓶盖，给董青平满上："老前辈，咱俩碰一杯！我一定得敬您一杯，听说您正在写《中国当代美术概论》？您得好好写写宋庄的画家！"

"不好写，不好写。开始不觉得，当深入进去以后，越来越觉得不好……写。"董青平也有些舌头发硬了，不过他正在兴头上。

"您搞了十几年当代美术批评，不是手到擒来的事吗？"

"资料不缺，关键是立论。给同时代人写史，最难的是立论，许多问题还在争论中。中国的当代艺术，实在找不出几个超越前人的例子。任何时代的艺术如果只有新意，没有超越，它就是狗屎一堆！"

"那么说，毕加索对拉斐尔，杜尚对伦勃朗，也有超越吗？"

在这样的场合里，没有人注意白明。白明不甘于坐冷板凳，这会儿他瞅准了机会，拦腰就是一枪。

他这一击还真灵，弄得董青平有些措手不及。

他闷了好一会儿才开口："他们之间，没有可比性。他们，是不同观念的产物，是不同时代的……高峰。"董青平的语气变得犹豫缓慢，他在推敲自己说的每一个字。

"那么说，您对中国当代艺术持彻底否定的态度啰？"白明又出了一道刁题。

"我从来不用'否定'或'肯定'这些词儿。"董青平说，"我只进行叙述和分析。如果批评家热衷于结论，他就进入了主观偏见的领域。

"关键是，世界各国的现代艺术，不应该是一个模子里铸出来的。一方水土养一方人，一方水土也养一方艺术。各国的现代艺术，本该沿着各自的传统发展，从各自的现实吸纳养分。现在忽然都变成了一副面孔，都变得丑陋不堪和玩世不恭了，这不正常！"

董青平越说越激动。他站起身来，俨然一位斗士："中国的现代艺术，从它诞生的那一天开始，就注定了它是短命的畸形儿，因为它是外国画商操出来的杂种！它和我们的本土文化没有直接的血缘关系！"

"优胜劣汰，这也是自然法则。西方现代艺术是强势文化，不引进优良品种，难道用我们自己那些软不拉塌的病秧子？"这是白明经常挂在嘴边的话，似乎带有自恋的成分。

"白明，就你那点水平，别瞎搅和了！"王娅楠经常敲打白明。

"我没搅和，我这不是抛砖引玉吗？"

"青平大哥，喝一口酒润润嗓子！"王娅楠给董青平倒满啤酒，泡沫都溢出来了，老董赶忙趴在桌上嘬了一口。

"老弟，欧美现代艺术已成世界潮流，这是不争的事实。没有哪种文化能和它抗衡。"

本来，闻达不爱谈理论，不爱和人争论理论。但是现代艺术是他的地盘，现代艺术得听他发言。现在董青平目空一切，班门弄斧，他不能不说两句了。

"欧美已经占领了现代艺术的制高点。它有庞大的理论体系，有丰富的艺术实践，谁也躲不开它的辐射……我们已经没有机会了，我们不可能另辟蹊径，创造一套自己的体系与之相匹，不可能了！"

白明紧跟其后："咱们玩不过人家，咱们的东西拿出去没人承认，你有什么办法？"

老董瞪圆了眼睛："还没开始呢！怎么能下结论？"稍后，他平静下来，"中国人不缺聪明头脑，但我们骨子里有一个致命弱点：盲从。习惯于跟在别人后面亦步亦趋。其实，只要脱离固有的西方模式，认真研究自己，你就会发现我们的潜力。从艺术的角度看，商周青铜、汉魏石刻、唐宋的绘画和书法、明清的文人画，无不个性鲜明且内涵丰厚；从哲学的角度看，解决人和自然的关系，我们有'道'，有'天人合一'；解决社会问题，处理人和人之间的关系，我们有仁、义、礼、智、信，有'中庸'，有'己所不欲，勿施于人'……两千多年前我们的先圣发现的这些真理，今天许多西方哲人都认为它们充满智慧，具有普适价值，是解决一些世界性难题，医治当今社会顽疾的良药。我们完全可以从传统文化出发，从传统文化中吸收养分，酿造经典，创造中国的现代艺术。"

"青平老弟你也真敢想！"闻达掩饰不住他的轻蔑和嘲讽，"你想让生活在现代社会里的男男女女，让那些染着绿头发穿着比基尼的年轻人，通通换上孔夫子的脑袋吗？呵呵，你以为，你把那些老古董攒巴攒巴，就能祭起一面中国现代艺术的大旗吗？那也太搞笑了！"

闻达明显感到自己占了上风，压制住了董青平的狂妄气势。

"如果你认为我的认识有局限，闻达兄，你可以查查 1988 年 1 月，75 位诺贝尔奖获得者在巴黎集会发表的联合宣言，他们在宣言中呼吁：'21 世纪人类要生存下去，就必须汲取 2500 年前孔子的智慧，必须重新认识东亚文明……'

"那么多著名学者，难道他们也都脑袋进水？"

闻达一时无语。但脸上浮出一种深不可测的永不认输的超脱，他对白明说："千万别和理论家讨论创作。创作是艺术家用脚在地上一步一步走出来的，你要爬坡过坎儿，你要光着膀子挥汗如雨，熬尽心血。有时，你还会走很多回头路；理论家是孙猴子在天上飞，一个筋斗十万八千里。他可以东南西北随意乱飞，不损一根毫毛，你永远赶不上他！"

白明笑了笑，和闻达碰了一下杯，表示完全赞同他的观点。

闻达不再看董青平，摆出一副不屑的姿态，专心和白明喝酒，眼睛看着窗外。

"不可理喻……"董青平也不再看闻达，不再和他争论，脑子一片空白。僵了好一会儿，他还在嘟囔："不可理喻！"

王娅楠闻出了双方的火药味儿，她立刻脱身出来，给争辩双方斟酒，给他们撤火。

她借着酒劲儿嚷道："亲们，为画家村艺术家高峰论坛圆满结束，干杯！"

老董端起酒杯，跟她碰了一下，一饮而尽。

"您悠着点儿，这是56度的二锅头！"王自鸣提醒他。

董青平言犹未尽，酒精还在灼烧："搞中国现代艺术，不研究中国文化，不懂中国……国情，只知道跟风，从外国人的画册里偷……偷点儿灵感，只知道揣摩外国画商的口味，只知道卖画挣钱……"

老董不胜酒力，满脸通红，说话时舌头不听使唤——明显醉了。

"现代艺术不是憋……出来的。如果没有深厚的文化积淀，如果没有十月怀胎，你就不要叉……叉着两条腿，躺在那里无病呻……呻……呻吟！"

人们知道他酒劲上来了，都不敢接茬儿，不敢和他争论，生怕他话锋一转，指向哪一个人……

"杯中酒，杯中酒，干了！今天也喝得差不多了。"王自鸣说。

董青平已经从椅子上滑落下来，坐在地上，满脸涕泪。他仰起脖子还在喝，酒都灌进脖领里了……

好几个人把他搀扶到沙发上，想夺下他手中的瓶子。

他甩开众人，兀自站立起来。

"那么多人从全国各地拥到宋庄来，要干什么？要干……什么？啊？就为了制造垃圾？"

闻达坐在那里观看啤酒杯里的泡沫儿，脸上红一阵白一阵，大伙儿直担心他受不了，担心又会爆发一场肉搏战……

"服务员，买单！"闻达付了账，举起酒杯，"各位，把杯中酒喝了，干！"

他穿上羽绒服，带起一股风，走了。

别人也都陆续离场……只剩了董青平一个人还在喝，还在说，有时候还要唱两句。

傅双北盯着他的眼睛，严厉地说："少喝点……别再喝了！"

王娅楠帮着，她们夺下了他的瓶子。每次老董醉酒闹事，傅双北出面，才能平息——他有点儿怕她。

吴子强和王自鸣，把董青平扶回家去了。

3

董青平一出门就吐了，兜肠兜肚，五颜六色，吃进去的东西全都原封未动地吐了，连黄水都吐出来了。

他们把他送回家，扶上炕，脱了鞋，盖上被子。他翻了个身，嘟哝几句，很快便打起了呼噜。

春燕把炉子捅着，坐了壶水。

吴子强给王自鸣递了支烟，帮他点着。

"怎么样？吃好了吗？"王自鸣问。

"今天真是开眼了，都够有个性的。"

"画家村里经常这样，时间长了你会习惯的。"

"董老师够逗的，"梁春燕说，"他说话那么直接，还不把人都得罪光了？"

"他经常跟人吵，尤其是喝了酒，还因醉酒打架进过派出所……

其实青平大哥人特好，就是太实在，有时实在得叫人受不了。不过他没有坏心眼儿，一丁点儿坏心眼都没有！"

"争论画画的事儿还值得动拳头？"

"岂止动拳头！有时疯了似的，椅子都飞过去了！"

梁春燕听得瞠目结舌。半天，她才说："听他说话顶有文化的，可是用词真不文雅。那个小王也是，她结婚了吗？"

"你说王娅楠？没结婚，有个男朋友，在电影学院教书，经常出去拍电视剧。小王在戏剧学院学舞台美术，没毕业就辍学了，跟着男朋友到处跑。最近他们之间好像有麻烦，碰到一起就吵架。"

"都是文化顶高的呢，没想到会这样……"

王自鸣笑道："这里的知识分子很少有文绉绉的，都喜欢装粗，喜欢撒野。"

"那些人体照片，是用电脑合成的吗？"吴子强还在想着王娅楠的那些裸照，总觉得有一种不真实的感觉。

"绝对是现场拍摄！"王自鸣说，"去年冬天，他们在潮白河做了一批叫《冰花儿》的人体艺术作品，先在冰上凿一个窟窿，王娅楠脱光了钻到冰下，做各种动作，隔着冰层，跟雾里看花似的，美极了！"

"当着别的男人？"梁春燕显出惊诧的表情。

王自鸣笑了笑，没有回答她。

吴子强觉得老婆冒土气了，赶紧帮她圆场："在冰下表演，够冷的，多危险啊！她男朋友能同意？"

"从头到尾是男朋友帮着她做，他们事先得养护好那块冰面，做些冰花肌理，布好反光板。表演时男的拍照片，还有朋友帮着录像。"

"小王不像那种很极端的艺术家，可作品特别胆大。"

"骨子里够极端的。跟男朋友吵起架来像头狮子，把家里砸得乱七八糟，常常把男的抓得满脸挂花。"

"真看不出来。"

"董老师他媳妇没跟他住在一起？"

"他这辈子够惨的，事业不顺，单位里受排挤，家庭也很失败。他老婆跟他离婚了，带着儿子走了，主要是受不了他那性格。"

"他文笔不错，我读过他的文章。"吴子强说，"顶有水平的，能干的人大多境遇不好。"

"他太爱管事，嘴又特直，这就是性格悲剧。"

"傅双北是中央美院毕业的？"

"她正经是美院雕塑系的高材生，毕业后留校了。可是她完全抛开了传统，想另外走出一条路来。"

"她好像不大合群，从头到尾没见她说几句话。"春燕说。

"平常就那样……她钢琴弹得不错，在彼得堡音乐学院进修过。"

"这个小小的宋庄，真是藏龙卧虎！"

"头年春节，有个哥们儿在宋庄镇的大门口贴了副对联：'庙小神灵大，池浅王八多'，后来宋庄就被大伙儿戏称为'王八池'了。"

"怎么疯怎么来呗！"

"以后你们慢慢深入吧，画家村的故事多着呢！每个人身上都有一串故事。"

"还有一件事我闹不明白，为什么他们老提'疯人院'？"

"噢，就是离你们家不远的那片树林里，有市里建的一家精神病康复医院。"

"就是那栋白楼？是专门给宋庄的艺术家盖的？"

王自鸣笑了："那疯人院早就有了，跟艺术家没有关系。大伙儿平日老爱拿它说事儿，都是开玩笑。"

"哦……"

4

吴子强早早地起来了，将北屋的西头收拾了一下，准备了纸张铅笔，摆了一组静物。他曾经答应过梁春燕，到北京后教她画画儿，帮她考上中央美院。他说话得算数。

清晨的阳光探进画室，一张新结的蜘蛛网被阳光照亮，闪闪烁烁；一只野蜂嗡嗡地飞着，在梁柱间寻寻觅觅。画室没有吊顶。黑漆漆的梁椽和斑驳的墙皮并不干扰视觉，也不影响心情。相反，还能营造一种情调——令他想起伦勃朗的画室、勃鲁盖尔的画室。那些幽暗古老的屋子里，一束亮光射进来，照在一幅幅辉耀古今的名画上！想想就令他激动！

打开音响，一首舒伯特的 a 小调大提琴与钢琴奏鸣曲缓缓流淌，在大提琴歌唱性的旋律中，钢琴声如影随形，如风逐云……

吴子强听着音乐，翻阅着画册，雄心勃勃地规划着未来——伟大的作品，将在这间墙皮斑驳的农舍里诞生！伟大的画家将从这扇吱吱作响的柴门里走出来！不信吗？走着瞧！

春燕起来了，她来到画室，挨着吴子强坐下来。

"姑娘，起来了？"子强温柔地搂了搂她。

"早就醒了。我在想往后的日子……"

"万事俱备，只欠东风。想多了没用，关键在行动。姑娘，我帮你做了个规划，今天歇一天，从明天开始，每天给我画一幅画。我也争取尽快画一批画，办一个展览，打开局面……"

梁春燕寻来一根绳子，笑眯眯地扔给吴子强："老人家，先把你的肚子勒紧了，再找一根把我的肚子也勒紧了。"

"干啥？"

春燕看他满脸茫然的样子，笑道："家里断顿了，老爷！"

三

等米下锅

1

家里等米下锅。吴子强的当务之急，是要找地方卖画。还好，在西藏画的那批写生作品已经到手，原先寄放在朋友家的画，前些日子也已邮寄过来。

宋庄街上有几家画廊，他挨个儿去访。画廊的门脸不大，里边有宽敞的展厅。老板一般不坐店，都是雇一两个小姑娘坐在那里守摊，无精打采，或聊天，或摆弄电脑。她们分不清画的好坏，但能分清你是不是来买画的。一看你不像买主，就懒得理你。

吴子强在那几家画廊里走马观花，快速转了一圈，很快就出来了。

想不到聚集到这里来的，是一帮不会画画的"艺术家"！好像这些人是因为技术上的先天不足，才来这里搞观念艺术，不是"艳俗"，就是"玩世"；不是"波普"，就是"红色经典"。

想不到宋庄的艺术市场，竟是这样的"低端"！

看了一圈下来，他雄心勃勃，对自己充满信心。他的造型能力，他的色彩感觉，他的艺术修养，远远超过了他们。

他相信，他的到来是给那些画廊雪中送炭。他的画一旦在宋庄出现，会让那些画廊老板打破脑袋，抢得一塌糊涂！

"关键是，价钱不能太低。"他想。

他从画廊里收集了一些名片，找个公用电话挨个儿打了一圈。

"喂，是张经理吗？"

"噢，你有什么事儿？"

"我是油画家吴子强，想跟您谈谈合作事宜。"

"我们不随便收画，我们有签约画家。"

"先别忙下结论，您来我画室里看看，肯定会有惊喜！"

"啪！"对方把电话挂了。

他换了一张名片。

"喂，是李经理吗？"

"我是。有事吗？"

"我想约您来画室里喝茶！"

"您贵姓？"

"我是油画家吴子强，我的画室就在宋庄东街。"

"对不起，我没有时间。"

"请您过来看看我的画。十分钟……"

"啪！"电话又被挂断了。

"喂！喂喂！你会后悔的……妈的！"

一连打了四五个电话，一个比一个叫他生气。

傍晚，他灰溜溜地回到家里，点燃一支烟，闷头无语。春燕一看他那蔫样儿，知道卖画的事儿没有进展。

"别太着急，慢慢来，'面包会有的'！"妻子倒了杯水端过来，摸了摸他的头，像抚慰一个受了委屈的孩子。

"我相信我的实力！我一点都不怀疑。可是，我真不明白，他们宁可挂些狗屁不如的烂画，你的画叫他看一眼就那么难！"

"哪儿都欺生。慢慢磨合，别着急，得有个过程。"春燕说。

这天晚上，他失眠了，躺在床上辗转反侧，几乎没有合眼。

2

清晨，吴子强拎着一捆画进城去了。

说到底，宋庄是农村。宋庄没人识货，难道偌大的北京城，那么多画廊，那么多老板，都不识货吗？

他相信"酒香不怕巷子深"。关键是，那酒要香！

听人说，琉璃厂有许多画店。

他直奔琉璃厂，从东头走到西头，又从西头走到东头，一家家看，都是卖字画和文房四宝的。最后在一个不起眼的地方，找到一家卖油画颜料的商店，在楼上挂了些油画和水彩画。细看，都是中央美院、浙江美院、四川美院老师们的作品，都是当今的油画名家，标价都是十几万、几十万。

从画店里出来，他点了支烟，狠狠地呼出一口，像要吐出胸中的郁闷之气！

一个三十出头的男子，在街边空地上摆着十几幅油画，灰着脸儿站在那里。吴子强望了一眼，画得还行，标价却很低，从三四百到一千多不等。

"再穷，也不能这般作践自己！"他想。

那家伙自甘堕落，弄得所有画画的人脸上无光！

他拎起画，大步走了。

仗着自己年轻，他硬是从琉璃厂走到了北京饭店。在北京饭店二楼有家卖油画的画廊。他皱着眉头看了看挂在墙上的画，正在犹豫，要不要屈尊把自己的画卖给他们，挂在这些花里胡哨的行画中间。

一个女店员寸步不离地跟在他身后。看得出来，她没打算为谁服务，而是在执行看守任务，这令他大为不爽。

一个长相粗俗的黑胖男子，在老板桌后面"斗地主"，自己跟自己玩儿，眼皮都不抬一下。

吴子强走到跟前，打了声招呼："您好！"

胖子这才抬起头来，后脖颈上挤出两圈肉纹，他将了将手腕上的串珠儿，端起紫砂壶嘬了一口：

"您有事？"

"我想……请您看看这些画儿。"

"您自己画的？"老板打量了他一番。

"嗯。"

"小芳！你来给这位先生看看画儿。"他转向吴子强，"她是营业部经理，您跟她谈吧。"

说完，他又聚精会神地斗开地主了。

"卖画？"那女经理问。

"嗯。"

"您想寄卖？还是租柜台自己卖？"

"我没听明白。"

"放在我们这里是寄卖，四六分成，您六我四；如果您租柜台自己卖，5万一个月，3万半个月，2万一周，卖画的钱归您自己，只需交税和付我们租金。"她眼睛不看人，像在背书。

"你们能一次性收购我的画吗？价格可以便宜一些。"

她叫吴子强把绳子解开，快速浏览了一遍，断言道："坦率地说，这里边挑不出我们需要的画来。"

"你们需要什么画？"吴子强蹙了蹙眉头，问道。

女经理指了指挂在墙上的几幅描绘故宫、长城的风景画，和一幅露出三寸金莲的古装仕女画："这些画老外喜欢，您可以画几幅拿来试试。"

吴子强无心评价别人的画了，家里正等米下锅呢！他有点慌神儿，出来多半天了，一幅画都没有出手！

他拎着画，换了两趟车，迅速赶到潘家园。今天周六，摊位都占满了。古玩地摊人多，摩肩接踵，挺热闹的。

　　吴子强避开人群，找到一家经营油画的门店，他失去耐心了，进门便开门见山："老板，收画吗？您给看看这些画。"

　　"想出手？"老板正在鼓捣炉子。他打开炉门，捅了捅火，直起腰来。

　　"嗯。"吴子强递给他一支烟，帮他点着。

　　老板叼着烟，用脏兮兮的手翻看作品。看完后他挑出来三幅，立在一边。

　　吴子强见他看得很认真，还挑出来三幅，觉得有戏。

　　"现在油画不好卖。"老板嘟哝道。

　　是的，所有老板都会这么说。

　　炉子里的火着旺了，上面坐着的砂锅要往外潽。老板慌忙将它移到边上，揭开盖，让它慢慢地咕嘟。一股炖肉的香味儿飘出来，溢满空中，钻进吴子强鼻孔里，引出一股唾液来——他这才想起，自己早上吃了个馒头，到现在还没吃中午饭呢！

　　"我的作品参加过全国美展，在美国、日本、韩国办过展览。"吴子强咽下口水，润了润嘴唇，"被许多画廊和私人收藏。"他递给老板一本画册。

　　是的，所有画家都会这样说。

　　"您画得不错，您想怎么卖？"

　　吴子强心中狂喜，谢天谢地，终于遇上了一个懂艺术的老板！

　　"我带了 16 幅画，如果您全留下，价钱可以商量。"

　　他盯着老板，等着他开口，但时不时要看一眼炉子上的砂锅。他的唾液不断从舌根涌出，喉结忍不住上下滑动——他的进食器官开始自作主张，自行操作，完全不听主人的命令了。

　　"我不想收画，占资金，还占地方……这三幅画，您要多少钱？"

　　吴子强跑了一圈，大体了解了行情。店里挂的行画都标到了四五千。他权衡了一下，说道："我也不跟您多要，您每幅画给我 6000 块钱得了。"他决定低价甩了算了，先解燃眉之急。

"您到别处去问问吧，我们这里是低端市场。"说完，老板又去侍弄炉子去了。

不知道是因为着急还是因为饥饿，他觉得屋顶有些旋转。他扶着凳子坐了下来。

"老板，您能出多少钱？"吴子强显然沉不住气了，他好不容易遇上了一个和他谈价钱的老板。

"每幅100，三幅画我给你300元，这是我能出的最高价了。"

吴子强"噌"地站了起来——几乎是跳了起来："抢人哪？你也忒黑了！"他指了指四壁墙上，"这些行画你还卖那么高的价，我这些都是艺术品！"

这下倒好，饥饿感顷刻消失了，他忽然闻不到肉的香味了。

"小伙子怎么这样说话？你愿意卖就卖，不愿意卖就走人！你不能出口伤人哪！"

吴子强坐在那里直喘气，难以平息心中的怒火。

可是，他眼下快断顿了，他不能让燕儿受委屈……

店里供着一座佛龛，电子蜡烛一闪一闪，菩萨脸上忽明忽暗，罩着一层诡异神秘的色彩，音箱里播着《大悲咒》，室内弥漫着大慈大悲的温馨气氛。

"这么好的画，就卖100块，材料钱都不够呀！"他真是很伤心。

"是呀，您舍不得卖，画家都拿画当自己的孩子，我能理解。我没强迫您卖呀！"

"您看着给吧。我真是遇到难处了……"吴子强完全失去耐心了，"这16幅画全都搁您这儿，我一幅也不留了！"

"小伙子，我看你是真不容易。你也不要让我为难，本来我不想买那么多，买多了肯定要压价。这样吧，我给你1500块钱，谁叫我信观音菩萨呢？"

吴子强拿了1500块钱，头也不回就走了。

他想找个地方大哭一场。《大悲咒》的吟唱一直在他心中萦回……

3

在村口，吴子强遇见了那只大黑狗。黑狗迎上来，摇着尾，歪着头，真诚地望着他，眼神里充满了友善和信任……

一股暖流充溢心头，吴子强抱住它，嘟噜道："兄弟，这世上的人要都像你一样多好啊！"

回到家里，他首先买够了煤米油盐和萝卜白菜，把剩下的钱交给了老婆。

他拿出300块钱来打算请客，他不能坏了这里的规矩。再说，在宋庄人看来，卖画是件光鲜的事儿。初来乍到，他要让大伙儿瞧得起自己。

他在餐馆订了几个菜，春燕在家里做了十几个菜，扛回一箱啤酒、几瓶二锅头，虽然说不上丰盛，但也不失体面。

他请王自鸣事先跟大伙儿打声招呼，还特别嘱咐别忘了董青平。

宴请在画室中进行。他事先在墙上挂了几幅自己最得意的作品，其中有风景，有在新疆和西藏画的人物。还有一些画杵在地上，供人随便翻阅。

傍黑，人陆续来了，还是那几个人。寒暄之后，第一件事自然是看画。人们是带着问号来的："这家伙初来乍到，怎么就能卖画呢？"

别的不好问，只好在画上寻找答案。

梁春燕在厨房炒菜，不断传来"呲喇喇"炝锅的声音和油炝葱花的香味儿。人们看画心不在焉，心思都在厨房里。

"嗬！做什么好吃的啦？这么香！"

"春燕姐，可以吃了吗？快把人馋死了！"

"咱们小燕跟魔术师似的，一会儿就变出这么一大桌来！"

看画的人都跑到厨房去了，说说笑笑，热热闹闹。

闻达、董青平、吴子强几个坐在画室里抽烟，傅双北在看一本随身带来的书。

凡画画的人，都自命不凡。如果没有这份自信，他很难在清贫和寂寞中坚持。作品是画家心血的结晶，是他的孩子，如果有人对他的孩子表现冷淡或轻慢，他心里肯定不高兴。所以，在这种场合下，一是要说点什么，二是要尽量给好评，三是不要因为奉承别人降低了自己。

闻达洞察世事，他说得很得体。

"画得不错，色彩感觉蛮好！"说完，他坐下抽烟了，"青平说说！青平是批评家。"

虽然董青平说话常令他如刺梗喉，但闻达不敢得罪他。因为董青平最近在写《中国当代美术概论》，闻达希望他对自己笔下留情。

董青平没那么多顾虑。他从不顾忌对方的感受，他只想准确地表达自己的思想，只想"直逼真理"。他把批评——即使是尖刻的批评，全都看作是"与人玫瑰"，从没想过要伤害或取悦对方。

他看了几幅人物画，突然问吴子强："你画过连环画？"

"画过，那是几年前的事了。您眼睛真厉害！"

"画得太熟练了！"

"嘿嘿！"吴子强谦虚地笑笑，"我上学的时候，把人体结构背得滚瓜烂熟，后来一直坚持画速写，所以手头特快。"

"我不是赞扬你，兄弟。熟练而变得油滑，是绘事之大忌！"他指着画面说，"看起来画得很帅，但只有帅气的笔触和飞扬的线条，除此以外，看不见别的东西了——你的症结在这里。"

点到为止，然后，他和闻达没完没了地聊起了钓鱼的事儿。

"操！给学生上课哪？谁不认识谁呀？"吴子强心里边五味杂陈，脸上红一阵白一阵的。他看了看通往厨房的门，幸亏春燕没有在场。

人们陆续把菜端出来，张罗着吃饭。

白明端菜过来的时候，对着墙上的画赞道："吴哥，你那框配得不错！在哪儿配的？"

"白明你什么眼神？"王娅楠唯恐天下不乱，逮住机会便要点火添柴，"光看见画框了？只有框好？"

"王娅楠你别挑事，我没，没，没那意思！"白明连连招架。

"操！花钱买堵来了！"吴子强嘟哝着。这会儿他心里正堵得慌，又不好发作。突然，有挠门的声音，还传来"呜呜"的低鸣。吴子强开开门，大黑挤了进来，仰着头，热情地望着他，一个劲儿地摇尾巴，摇得身子直晃动。

吴子强抱住它，拍打它的肩，抚摸它的头，一种亲切的感情油然而生，弄得自己鼻子酸酸的。

他从碗里夹出一大块肉来，放在地上，看着它吃完，又给它夹来一块……

梁春燕急了："干吗呀你？大伙儿还没吃呢！"

吴子强忽然悲从中来，强忍住眼泪，摩挲着它的头："兄弟，吃吧，吃吧，有我吃的，就有你吃的！没有我吃的，也得让你先吃！"

四

李小冉回来了

1

太阳尚未收尽余晖，一辆红色夏利车在宋庄兜了一圈，开进了李小冉家的大门。

从车里钻出一个胖乎乎的汉子，光头，留着板刷似的黑胡子，他是李小冉。

"亲爱的，到家啦！"他绕过来打开副座车门。

一个金发碧眼的女人，费劲地钻出车来，站在地上，个头比小冉略高一些。

"玛丽，看看咱们的乡村别墅！"

她好奇地四顾，没有表现出惊讶来。

李小冉打开后备厢，往屋里搬东西，玛丽也帮着搬。搬完后，他引着她到各处视察：这是画室，这是咱们的卧室，这里是给朋友预备的客房，这里是厨房和餐厅。

"厕所呢？我想去厕所。"

"噢，还没有装马桶，先用院子里的旧茅坑吧。"

李小冉把她带到院子里，指了一下茅坑的位置。

"在哪里？"玛丽满脸狐疑，循着臭味，朝院子角落里寻去。

"啊唷！"忽然她大叫一声，吓得跳了起来……原来她触到一张蜘蛛网，一个活物像影子似的在她头上奔跑。小冉慌忙跑过来，一把抓住蜘蛛，摔在地上，一脚踩死。

玛丽给吓得扑在小冉怀里，接受了许多爱抚，半天才缓过神来。

小冉拉着她转过一面断砖垒起来的矮墙，指给她一个坑洞："这是咱们的日光浴厕所。"

"天啦！这是厕所？"玛丽做出夸张的表情。

"不好吗？一边拉屎，一边看云，还能和小鸟说话儿……"他捏了一下她的屁股，"还有太阳晒你的大屁屁！"

玛丽被他逗得大笑。她笑起来眼角有鱼尾纹，细看时会发现，她岁数不小了，可能比李小冉大五六岁。

安排妥帖之后，小冉说："亲爱的，我出去一趟，到一个朋友家里谈点事。"

"你去吧，我在家里把房子收拾一下。"

"我一会儿回来，晚餐放在冰箱里。"

小冉吻别她，拿着一卷图纸开着那辆红色夏利车，找闻达去了。

闻达委托李小冉帮他在宋庄建一栋画室。

李小冉找一个画商出钱，条件是要闻达提供 26 幅画。用地已跟村委会签约，建筑队也找好了，最难敲定的是图纸，闻达每天都有新想法，图纸几经修改，现在还在磨合中。

建筑队是村委会罗主任帮着找的，画商的第一笔款已经到账。村里已经划好了地，一待图纸敲定，便可以进料进机械，挖土动工了。

这次回来，小冉必须和闻达把图纸定下来。

从闻达那里出来，他绕道造访了住在高墙大院里的罗主任，给他搬去一箱军队内部特供酒。每次回来，村、镇领导他肯定要去拜访，送点普通人搞不到的东西——譬如这一箱军内特供酒，包装简洁，没有商标，里边装的却是地道茅台，价钱还不贵。小冉深知，中国各级官员，权力大得很。和官员交上了朋友，在这片土地上便如入无人之境，可以做很多事，干什么都有人给你开方便之门，出了事有人罩着——人脉是最宝贵的资源。谁拥有人脉，谁便神通广大，处处受人尊重。于是，李小冉的关系网如滚雪球一般，越滚越大了。

听说小冉回来了，王自鸣立刻找到吴子强。他俩匆匆来到小冉家，推开虚掩的大门："小冉！小冉！李小冉！"

"他不在家！"从屋里出来一个金发碧眼的外国女人。

她穿着宝石蓝的中式对襟小袄，肤色白皙，胸脯高耸，蜂腰肥臀，是标准的西方女人身材。

"您好！我们找小冉。"

"噢，他到朋友家去了，很快就回来。到屋里等一会儿吧。"

"我们就住在隔壁，一会儿再来！"

吴子强和王自鸣刚要转身，和李小冉撞了个满怀。

"吴子强！"李小冉和他抱在一起，"哪一天到的？没变，还是那个样子！"

"你胖了，肚子起来了，一看就是成功人士！"

2

梁春燕炒了几个菜，李小冉带回了速冻水饺。连喝啤酒带吃饺子，折腾到了半夜十二点多钟。王自鸣最近签了一笔行画合同，要赶进度，他先回去了。

吴子强看见李小冉的女友上眼皮和下眼皮打架，便说："你们也累了，早一点歇吧！"

李小冉又倒满了酒："不行不行！还没喝够。今晚一醉方休！玛丽，亲爱的！你跟春燕去那边先睡，我和子强再聊一会儿，我俩十几年没在一起了！"

玛丽说："我不睡！我听你们说话。"

李小冉把玛丽扶起来："去吧去吧，你们在旁边我俩说话不方便！"他推着她出门，"春燕，你也睡去！"

"少喝点！"梁春燕笑笑，拿了手电筒，跟着玛丽出门了。

就剩两个爷们儿了，又喝了一轮，沉默了一会儿，柜上的小钟"嘀嗒嘀嗒"地响着。

"玛丽好像挺依恋你，非得等你回去睡觉。"

"外国女人劲儿太大，一晚上五六次，真受不了！"

两人相视而笑，是那种坏笑。

沉默了一会儿，吴子强问他："打算结婚吗？"

李小冉摇了摇头："没往这方面想。"

"干吗不找个合适的女孩结婚？你也老大不小了。"

"NO！NO！NO！"——李小冉和老外在一起，养成了说洋话的习惯，一不小心就冒出一串来——"那是最不明智的想法！"

"你信奉独身主义？"

"独身不独身我没想过。眼下正是创业的时候，一生的关键时段，娶老婆生孩子，准备房子侍候月子，一眨巴眼，几年工夫就没了。从结婚的那一刻开始，你就是背了沉重的壳和兔子赛跑，还有机会赢吗？"

"难道，你有办法逃避吗？"

"和玛丽在一起是最聪明的选择。她不花你的钱，不要求你承担责任，她能帮你带来许多国外的机会，还能免费给你当翻译。还有一点你没体会过，当你用胳膊挎着一个外国女人出入各种场合的时候，所有人看你的眼神都变了……"

他俩还和当年一样，没有顾忌，无话不谈。

"照你这么说，我也动心了。"吴子强用京剧腔唱道，"悔之晚矣！"

"因人而异！因人而异！你娶了春燕，那是三生有幸，要长相有长相，要人品有人品，又那么温柔贤慧，你就不要得了便宜还卖乖，好好看紧点就是了。"

"玛丽是哪国人？"

"英国人。她父亲在香港开厂做电子产品。她在爱丁堡一所大学里教亚洲艺术，这次来华考察中国古代美术。"

"怎么就跟你对上眼了？"

"眼缘。"

"怎么说？"

"在长城饭店附近，她跟我打听去故宫怎么走，我就打个出租车领她去了，陪她看了三天。"

"三陪！哈哈哈哈……"

"嘿嘿，那是后来的事。"

"人家就看不出来，你在给人下套？"

"人愿意！"

两人又一次相视而笑。

3

远处公鸡啼鸣，他俩还在喝。

"县剧团的那个小常宝，你们还有联系吗？"李小冉问。

"没联系了。人家都结婚了，都有孩子了，还联系什么？"

小常宝的本名叫刘艳芳，是县剧团的一个女演员。在样板戏中饰演过铁梅和小常宝，是全县一颗耀眼的明星。

吴子强和李小冉在文化馆当临时工时，被借调到县剧团画舞台布景。两个人同时爱上了刘艳芳。

李小冉比较冷静："咱一个临时工，追也没用！"他只是"望梅止渴"，在暗中苦恋。

吴子强却不管不顾，死乞白赖地追人家，没想到在下乡演出的那些日日夜夜里，两人之间还真就擦出了火花，产生了感情，恋得死去活来。

剧团里不准谈恋爱，小常宝是台柱子，自然要拿吴子强开刀，他被开除了。

半年后，女孩父母把她嫁给了一个年轻英俊的解放军营长。

吴子强深陷痛苦不能自拔。他愤然离开了县城，消失得无影无踪——这是他后来所说"辞职下海"的真正原因。

"离开老家以后，我浪迹天涯，自己跟自己较劲：老子一定要找一个天下最美的美女！于是，我就'周游列国'，四处猎美。"

"春燕就是这么'猎'来的吗？"

"怎么样？还说得过去吧？"

"岂止是'说得过去'！"

一说到梁春燕，吴子强便来了精神，眉飞色舞。

"今年夏天，我从新疆入西藏，走一路画一路，口袋里的钱花光了，只好饥一顿饱一顿，靠给企业画广告牌挣钱，挣一点钱买一程票，一点一点地往回挪。

"有一天在康定街上遇见一个美女，哇！一见她我就挪不动步了，心想：'就是她！'

"经过几天跟踪，初步摸清了她的底细：父亲叫朗杰，藏族，康定公安局局长；母亲梁玉梅，汉族，退休后在康定广场开了家饭馆，叫广场饭馆。女孩叫梁春燕，刚刚高中毕业，报考四川美院落榜，待业在家，常去母亲的饭馆里帮忙，没谈过对象，但是有一个叫扎西的派出所所长一直暗恋着她。"

"好家伙！启用中央情报局了吧？"

"知己知彼，方能百战不殆。我决定不再往前走了，说服当地旅游局在广场上立了一块广告牌，我给他们画广告，把梁春燕和我都画在上面，弄得她变成了公众人物，全城人都认识她了……画广告期间，我每天都到广场饭馆去吃饭。"

"哈哈，这下小春燕可就惨了！她肯定跳不出如来佛的手掌……不过我不全信，你小子没那么潇洒，这不像你的生活。"

"嘿嘿，"吴子强点了支烟，狡黠地笑笑，"其实，很多事是'无心插柳柳成荫'这种事只能靠缘分。前面我说的'周游列国'，四处猎美，有些夸张。

"那年离开县城以后，我一头扎到海南岛。别的心思都死了，一心只想当个画家！"

"海南岛可不是出画家的地方。"

"不是到海南岛画画儿，是到那里挣钱。每年冬春两季我去海南岛打工挣钱，夏天和秋天到新疆和西藏去画画儿，我迷上了大西北。

"我认定自己要当大画家，要闻名天下，要娶天下最漂亮的女人，那是早晚的事！所以目空一切，拿谁都不放在眼里，常常和那些王八蛋老板打架，炒他们的鱿鱼。

"有钱的时候，我挥金如土，等把那点辛辛苦苦挣来的钱花完，便吃最廉价的饭菜，住最低档的旅店，直到身无分文，便不得不去睡长椅。车站候车室的长椅、医院挂号处的长椅、街心公园的长椅、派出所的长椅……都睡过。唯独派出所的长椅得他妈的铐在上面睡——尽管我没做过什么出格的事儿，但深夜抓我的警察叔叔不这么认为，得等第二天上班以后他们才有工夫论证我的清白。"

"你可真会糟蹋自己！"

"我背包里装着一本欧文·斯通写的《渴望生活》，封皮都磨破了。画家凡·高对我一生影响很大，在那些黑暗日子里，他是我心中的太阳。多大的委屈，多苦的生活，只要想想凡·高，就觉得不算什么！"

"你老和历史上的那些巨人生活在一起。"李小冉真诚地说，"兄弟，天才几百年才有一个。我们都是普通人。我们必须用普通人的思维，过普通人的生活。如果普通人像天才那样思维，会混得很惨！"

"都像你这么谦虚，还有谁去攀登高峰？"

"画画其实挺毁人的。咱们这些人，智商也不低，也能吃苦，还很敬业。如果用这种执着的精神去干别的事情，早起来了。"李小冉说。

"这个我信。要不说艺术是宗教呢！宗教徒不求回报。"

"未必。毕加索就很有钱，什么都不耽误。中国的张大千、齐白石也有钱。"

"还是穷画家多！像凡·高、高更那样，一辈子倾情投入，穷困潦倒，献身艺术，最后死得很惨的人大有人在。中国古代画家中的徐渭、龚贤、恽寿平，都是了不起的大画家，都是清贫一生，家徒四壁，有的死后还得靠朋友出钱收尸。"

"问题出在哪里？你想过没有？"

"社会不公呗！"

"放屁！哪有什么社会公道？天下全是靠自己打拼出来的！那些人都是画痴，光会画画，不懂社会。一个人不但要画好画，还得会推销自己，让外界知道你。"李小冉说，"否则，你画得再好，也没有出头之日！你清贫一生，让后人拿你的画去发财，有意思吗？"

"我最讨厌那种'自我推销'了。逮着机会就吹牛，就作秀，就表演，到处自吹自擂，给自己戴上各种高帽子，跟跳梁小丑一样，顶叫人恶心了！"

"不推销自己，你画那画干吗？就为了自我欣赏？"李小冉看了吴子强一眼，用揶揄的口气说，"最后穷得都揭不开锅了，把自己饿晕了，把老婆孩子饿跑了，你还有心思欣赏吗？"

"我当然不反对又会画画又会推销自己，但事实上是不可能的，二者不可兼得。能画好画的人肯定不会推销自己；会推销自己的人肯定画不好画。为什么？你知道为什么？好画要有境界，有格调，俗人是整不出来的！当今画坛那些满天飞的'大师'，百分之百是骗子，没有一个把画画好了的！不是他们缺少聪明，是人品太俗，画出画来满纸俗气！"

"子强，有些最简单的道理你没想明白——画画为了什么？不就是为了卖吗？当今世界上，懂画的人不买画，买画的人不懂画。在不懂画的买家面前，你要吹捧自己，给自己安上各种头衔，到处表演，到处作秀，别人才会认为你行；相反，你很谦虚，对自己要求很高，老说自己还有很多不足……即使你画得再好，已经达到了大师水平，别人也会认为你不行，也不会买你的画。我说的都是实话，你别那么看着我！"

"我只想画画儿，只想把画画好，我靠作品说话！相信总有一天，世界会承认我！"

"这么跟你说吧，子强，我们都不是天才。到目前为止，在宋庄这地方，我还没有碰见一个天才！我们不能按天才成长的套路去安排自己的人生，我们不能等着有一天靠作品一鸣惊人，不能等死后别人来发现我们的价值，没有那一天！"

"操！你说得人灰溜溜的。你就不会给人打打气吗？"

"你我是兄弟，我不能害你。我希望你聪明一点，心眼儿活泛一点，日子过好一点，别委屈了老婆孩子。跟别人我从来不说这些。"

"你早先不也很坚定，也很执着吗？"

"是，咱俩是一个老师教出来的，自然会同样犯傻，我也傻逼了好些年。那年我在南美洲的一座城市里，抱着一摞画给饿得半死，才想明白人生的道理。我把画具全扔掉，让自己变成正常人，开始做方便面生意，才淘到第一桶金——那会儿来自中国的方便面在南美洲很受欢迎。

"像咱们这种不算很笨的人，只要不画画，干什么都能挣到钱！"

"照你这么说，只有改行了。"吴子强打了个哈欠，躺倒在炕上，"看来，只有学《水浒传》里的李鬼，开个山林野店去拦路抢劫了……还画什么画呢？"他倒下就打了一声呼噜。

李小冉笑了："就你这样，拦路抢劫也会被李逵给灭了。"

李小冉把他从炕上拽起来，两人来到院子里，对着月亮撒了泡尿。

月亮已经西沉，村里的公鸡不停地啼鸣，空气里弥漫着湿漉漉的雾气，夹杂着轻微的煤烟味儿。

"你还记得咱们在县剧团下乡的那些不眠之夜吗？那会儿的月亮比这会儿清澈多了！"

"记得，怎么不记得呢？那会儿比现在好玩，无忧无虑，只有梦，只有激情，没有压力，没有迷茫。"

"也许你是对的，子强。那会儿你追小常宝，谁都认为不可能，可是你不管不顾，天天穷追不舍，还真就打动她了。"

"你比我看得远，小冉。我常常因为一时冲动吃苦头，我吃了很多苦头！"

两个好朋友都在坚守各自的人生观和艺术观。无意中，对方的观念像一条幽幽的蛇，无声地潜入到自己的灵魂里，吐着芯子四处窥望，寻找栖身之地……

他俩系好裤子，勾肩搭背进屋里睡觉去了。

五

狂人董青平

1

董青平出身名门，祖辈曾是望族，曾经显赫。

到他父亲那一代，家道已经衰落。祖父留下的遗产，是"修身，齐家，治国，平天下"的家训、一座残破的祖宅、几亩薄田和一顶破落地主的帽子。

这顶帽子很沉重，压了他父亲一辈子，直到他离开这个世界。

解放初，他凭着满腹诗书在中学里教语文。一次次运动将他一次次打倒，打趴在地上，最后把他清理出教师队伍，撵回老家种地。

父亲在教学中对学生的极端负责，被撵回家后对庄稼活儿的极端认真，在贫病交加中还念念不忘为家乡修桥铺路，以及临终时立下遗嘱，要将自己的遗体捐献给医学院做解剖……都给董青平留下了不可磨灭的印象。

董青平中学毕业后，进铁路局当了一名火车司炉工，和工人们在一起摸爬滚打，饱尝了生活的酸甜苦辣。他身上已然蜕尽了贵族习气——食物不论，力气不惜，学什么会什么，干什么像什么，言辞举止还有些粗俗。好像他在有意和工人阶级打成一片。但无论怎样去贵族化，他的基因没有改变。他骨子里的孤芳自赏、刚正不阿和心怀天下，一不留神就会显露出来。

他的心灵和眼睛都很挑剔。他喜欢批评。

在家里，和妻子同居一室，董青平就展露了批评的锋芒。

妻子张明霞，在中学当图书管理员。儿子出生后，美研所给他们分了一套两室一厅的房子。南屋是卧室，北屋是书房，中间是客厅。电视机摆在客厅里。

每天晚饭后，是新闻联播和天气预报，这是全家共享节目。天气预报以后，通常是趁张明霞洗碗的工夫，老董抱着儿子，可以一个人把持着遥控器。六十几个台，从头到尾走一遍：节目大同小异，一个比一个闹腾，一个比一个咋呼，一个比一个无聊……回头重走一遍，还是没有可看的节目。碰上漂亮脸蛋儿，他可能停一会儿。一看剧情内容，便赶紧跳了过去，按到下一个台……就这样轮回反复，按来按去，到头来一个节目也没看成。

明霞已经洗完碗筷，收拾干净厨房，站到老董身后了。她一边往手背上擦油，一边准备接收遥控器——大有皇帝轮流做，天下轮流坐的意思。

老董知道该交权了，可还想最后碰碰运气。他对老婆笑笑，又走了一圈。还好，看见了香港凤凰台的时政述评。可是一听内容，都是台湾政坛竞选的事儿，吵得一塌糊涂，还动手推搡，叫人大跌眼镜。

老董没有理由再把持遥控器了，乖乖地交了权，把孩子也交了，自己回书房了。

过了一会儿，他推开门，从书房里冒出脑袋，悄悄地说：

"喂！喂！能不能声音小一点儿？姑奶奶！"

电视机里正在热播模仿秀。有模仿当今走红歌星的，有模仿小品笑星的，有模仿影视明星的……不仅模仿他们的声音和动作，就连身材、长相、发型、服饰也要酷似被模仿者——活似一个克隆人。明霞看得起劲，笑得一塌糊涂。

老董忍不住说："哎，您能不能看点有意思的东西？"

张明霞把声音降低了一些，揶揄说："什么有意思？你看的那些就有意思？"

"你也算个文化人，怎么喜欢这些无聊的东西？"不知为什么，老董生气了，而且越说越气，唾沫星子乱溅，"他们将有限的传媒资源用来做些庸俗不堪的节目，将那些搔首弄姿的浅薄男女推为青少年的偶像，弄得中国的男孩子全是小鲜肉，满嘴娘娘腔……这样下去怎么得了啊！"

"你怎么这样？还叫不叫人看？"张明霞"啪"地关了电视机，坐在那里生气。"真是，怎么碰上这么个人！"

老董知道自己又闯祸了，赶紧说："我不是说你，我说电视台，我说电视台呢……"

张明霞居然抹眼泪了："你什么意思呀？没完没了的，成天挑我毛病，我干什么你都挑毛病，还过什么劲啊！"

老董吓坏了，赶紧缩回了书房，轻轻关上了门。

老董有批评瘾，而且一根筋儿，记吃不记打。老婆看的电视节目，老婆的爱好、发型、服装，家里的陈设……无不遭遇他的批评。

张明霞常说："真是倒了八辈子霉，碰上这么个人！"

尤其是关于孩子的教育，他俩经常以截然不同甚至相反的观点出现在孩子面前。譬如说，老婆要求孩子听话，门门考一百分，处处争第一。老董会说，该听的听，不该听的不听，要有自己的判断；门门考一百分？怎么可能？考个八九十分就行了，关键是要举一反三，学会应用。老婆愿意替孩子包办一切，极力想满足孩子的所有要求；老董最反对娇宠孩子，主张在逆境中培养孩子，让孩子从小接受挫折教育。老婆说砸锅卖铁，将来也要送儿子出国留学；老董不置可否："还早呢，到时候再说。"态度并不积极。

孩子是父母生命的延续。一旦孩子的成长偏离了自己的企盼，那失望和隐痛是彻骨的。他俩都想为儿子保驾护航，都想在儿子身上延伸自己的人生理想。久而久之，分歧变成了对立，对立变成了憎恶。老婆打心里产生了抵触，老董说什么她都不想听了，专门对着干，毫不相让，两人于是天天吵架。老董硬是把老婆给批评烦了，烦得无法容忍。

终于有一天，老董抱着铺盖住办公室去了，他们离婚了。

2

董青平在家里追求完美，眼睛里揉不得沙子，出了家门，也不肯让眼睛凑合。不论该不该他管，不论他有没有能力管，他都要管。尽管他每月只拿几百块钱工资，尽管他常因不修边幅，衣冠不整，出入于高档门庭屡遭保安盘诘，但他天生具有"普天之下，莫非王土"的主人翁心态。走到哪儿都要指指点点，遇见不顺眼的事儿都要过问一番。譬如说：公园长椅的造型、街边围墙的颜色、广场上的雕塑、学生穿的校服、不堪入目的城市建筑……都曾遭遇过他的批评。有时嘟哝嘟哝就算了，有时他将批评和建议写成信，给相关部门邮去，甚至直接上门去找那些负责人，跟人好说歹说，跟人据理力争，跟人吵得脸红脖子粗……

去年，他给人民大会堂管理处写了一封信。指出人大会堂挂的画水平太低，甚至可以说不堪入目！

新闻联播时，镜头总要扫过墙上的画，向全世界播报。每天在镜头中反复出现的，竟是一些不中不西、不伦不类、风格陈旧且毫无艺术灵性的二三流作品。真是丢人现眼，让中国的艺术家颜面扫地！

老百姓不懂审美，顶多把自家弄得不堪入目；如果一个决策者眼光低俗，就会造成公害了。

他还给国家建委写过信，要求他们给彩钢行业制定色彩标准，帮助农民设计住房，他认为农村新建的那些颜色鲜艳的房子实在是视觉污染，把城乡大地的宁静、美感和诗意全给破坏了。

学了半辈子艺术，顶着一个专家的称号，在这些大是大非上不发出声音来，要你何用？

经年累月，他的这些批评和建议，如果汇编成册，足够印一本书了！

3

老董就是这么个人，从小对美和丑，对正确和错误爱憎分明，用宗教徒般的虔诚追求完美，追求真理。看见不顺眼的东西，就跟喉咙里扎了根刺，不吐不快。你叫他睁一只眼闭一只眼，违心接受丑陋的东西，他会憋出病来！

你想叫他弄清楚自己的角色？你想告诉他他只是一介书生，除了吃饭拉屎浪费粮食，只能像蚊子一样发出些微弱的声音，对这个世界起不了多大作用——你算白费力气。

他骨子里流淌的是"治国平天下"的贵族血液，他从小受的是"天下兴亡，匹夫有责"的教育。

这么说，好像董青平成了那种没有正事可做，专管闲事的"管得宽"了。其实不然，他在美术批评这个专业领域里颇有建树，不仅在国内有影响，在国外同行中也有一定的知名度。他思维敏捷，立论独特，文笔犀利，文风还很平实，人们喜欢他的文章，他的很多文章被学界引用。

董青平想：中国美术当前的死穴不在创作，而在理论，在于没有真正的理论引导和真诚的艺术批评。

他认为一个艺术批评家，首要的品质是追求真理。

批评家不是吹鼓手，不能人云亦云；他应该登高望远，他应该是启蒙者，是引路人。董青平在努力构建自己的理论体系，厘清各种思潮和观念，确定标准，一心想扬正抑邪，择优汰劣……总之，他要做一些关乎大局的事。他要做一个经得起历史检验的批评大家。

也许，他有一种堂吉诃德式的的英雄情结。也许，他就是一个"心比天高，命比纸薄"的悲剧式小人物。也许，在这个心浮气躁，讲关系、讲实用的社会里，他注定要冷冷清清，孤独前行。

所里经常派他到外地参加学术会议。每到一个地方，在画家群中他总是备受关注，身边围着许多人，一天到晚热热闹闹的。但要不了多久，热闹便离他远去，留下的是关于他的非议。

参会人员一般都住在宾馆里，集体用餐，伙食也还不错。但是，董青平很少去吃会议餐。因为当地的艺术家，尤其是那些有头有脸的美协要人，都在排着队请他吃饭。

不是他愿意被人请，实在是不好意思推辞，推辞就等于不给人面子。当然啰，老董也好那一口酒，见了好酒半推半就，两条腿死活走不动路了。

就这样，每天晚上喝得醉醺醺的，第二天开会还带着酒气……

这样的事如果多次发生，不可能不留下后果。都是搞理论的，画家们单单围着他转，已经令同行们不爽；加上他说话不讲方式，批评不留情面，跟谁都敢叫板，常常弄得人下不来台……同行们自然对他心生不满。虽然表面上还客客气气，骨子里却早已敬而远之，"去他妈的"了。

动物界素有靠滋尿标示领地的习俗，陌生客闯进来便被无情地咬出去；中国的学术同仁，虽然不用滋尿的方式，却也有强烈的领地意识。常常几个人占据一块地盘，待在里边党同伐异，不思进取，颐养天年。中国的事，都是抱团取暖，彼此照顾关切。你这样自由主义，抢人风头，大伙儿只好不跟你玩了，有什么好事都不叫你了。

渐渐地，他在当代美术批评这个舞台上出局了。

画家们热情款待他，是心有所图，想借他那支如椽大笔，为自己的作品叫好，为自己扬名，为自己树碑，帮自己致富。

可是，当那些热情接待过他的外地画家，来北京求他写文章的时候，他好像忘了那些喝酒的场面，忽然想起自己是个批评家。想起自己坚守标准，坚持真理，择优汰劣的责任。想起自己的文章要面对千万读者，传给子孙后代。批评起来一是一，二是二，毫不含糊。

那些人都是各地有头有脸的人物，哪能让你这般戏弄？于是，他们回去就骂他，在各种场合骂他。不仅在背地里骂他，还找出各种"错误言论"和道听途说的"劣迹"，到上面去告他。

董青平只知埋头写文章，在上面没有朋友，他很少和官员往来。他不仅没有机会解释，甚至根本就不知道有人在背地里说他坏话。

所以，老董在画家圈子里遭遇了孤立，在上级领导的眼里也由香饽饽变成了臭狗屎。

渐渐地，他远离了热热闹闹的那个核心圈，隐居到宋庄来了。

4

吴子强和李小冉聊了一晚上，聊得心里灰溜溜的。"适者生存"是普世原则。他不能像以前那样埋头画画了，得寻找机会宣传自己，得研究市场并寻找途径进入市场。

他想在刊物上发表些作品，想请老董写篇文章。他觉得自己对老董不错，请他帮这点忙应该不会遭到拒绝。

他知道老董说话尖刻，没轻没重，弄不好会伤着自己，所以不敢贸然开口。

一天下午，他跑到董青平家，神秘兮兮地说："董老师，我那里有瓶好酒，您想不想喝？"

"没工夫，我今天要把这篇稿子赶完。"老董头也没抬，就给拒绝了。他确实正在写作。

吴子强没有再提喝酒的事，他找了本书，坐在一边漫不经心地翻着，好像忘了喝酒的事儿。

过了好半天，董青平忽然问："你说什么？有瓶酒？什么酒？"

"'酒鬼'，老家的朋友带来的。"他头也没抬，仍旧看书。

"'酒鬼'？好啊！我去买菜，咱们喝了它！"

老董就是这样，你要无缘无故，正经八百请他喝酒，他可能拒绝。他怕你有求于他；你若是无意中释放出一点酒的香味儿，他会吸着鼻子一路闻来，非帮你喝光不可。

就这样，春燕炒了几个菜，他俩兴高采烈地喝了起来。

他们边聊边喝，边喝边聊，聊到了酒的味道，酒瓶的设计，聊到了酒的历史，聊到了西方的酒神和中国的竹林七贤……

酒过三巡，吴子强谈到自己的艺术，谈到画商们有眼无珠，谈到了不得不在刊物上买版面，大骂现在的媒体真他妈黑……

老董见他绕了很大一圈，几次想点题却又吞吞吐吐，狡黠地笑了。

"我知道，你想要我写文章……"

吴子强大喜过望。

"我在琢磨，应景吹捧，我不乐意；精准批评，你不乐意。所以到目前我还没想好怎么下笔。"

"当然是实事求是，客观公正呗！"

"客观公正，就得狠狠地敲你。"

吴子强怕梁春燕听见他们的谈话，赶忙转换了话题。

"我没打算请您写什么！今天就是喝酒。"

"如果你光想听表扬，子强，你就到此为止，白忙乎一辈子，什么也不是。"董青平的思路已经理顺，他撸不住了。

"有那么糟糕吗？"吴子强完全没有思想准备，"当然啰，艺无止境……"

"你小子对自己顶宽容的，还'艺无止境'，嘿嘿。"老董喝了一口，笑了笑——这是他进入批评状态的前奏，"老实说，你的路走偏了，可是自己浑然不觉，还洋洋得意。"

吴子强"唰"地变了脸色，坐在那里运气。董青平没有看他……

"你的造型、色彩、油画技法都够用了，甚至很娴熟，在一般人看来，已经是很棒的画家了。但我不这么认为，我以为你的作品没有艺术价值。你要去掉那些花里胡哨的东西，要控制技术，让精神和情感显现出来；这还不够，作为当代艺术家，还要有自己的个性化语言和独特面貌……"

听着听着，吴子强热血奔涌，陡然爆发。他忍无可忍，"噌"地站了起来。

"你是说，我根本不会画画？"

老董用筷子指挥着："坐下！坐下！坐下！别老虎屁股摸不得，一听批评就炸！"

梁春燕探了一下头，看两人剑拔弩张，脸红脖子粗，慌忙插了进来："董老师好不容易来咱家喝趟酒，你干吗呀！你别这样……董老师，喝酒喝酒，咱们不说画画的事儿！"

两个男人坐在那里憋气，都不瞧对方，各自喝各自的闷酒。

春燕已经怀孕，肚子明显鼓起来了，行动比较缓慢。她给老董夹了一筷子菜，自己也倒了点酒，和他碰了一下杯。

"您别跟他一般见识，他是个急性子……董老师老家在哪里？"

"山西平遥。"

"二老都健在吧？"

"老母亲还在，和我弟弟住在老家。我们那里的房子可好了，都是青砖瓦房。"

"董老师您别生子强的气，他一直很尊敬您。"

"弟妹你放心，我俩吵不起来。我这是在帮他治病，刮骨疗毒，把他弄痛了。过些日子等他伤好了，他会请我喝茅台！"

"董老师真是难得的好人……我能问您一点个人问题吗？"

吴子强一愣，不知道春燕要说什么。

老董笑道："尽管问，尽管问，我没有秘密。"

"我要说得不对，您可别生气！"

"不生气，你说，尽管说！"老董倒是被她搞蒙了，不知她要揭哪块伤疤。

"董老师，您离婚几年了？"

"三年多了。"

"还能恢复吗？"

"不能恢复了，双方都没有这个意愿。"

"您该考虑找一个了，不能老一个人，将来老了得有个伴儿。"

"嘿嘿，你要帮我介绍对象啊？"

"您有没有考虑过傅姐？"

老董应该听清了，但为了慎重，他还是问了一句："谁？"

"傅双北，她也是一个人，又是同行，人挺好的。"

不知怎的，春燕一语中的，正中老董的痛处，让他一愣："这梁春燕，莫非是孙猴子，能窥探到人肚子里的秘密？"但老董是个要面子的人，他曾经被傅双北拒绝过，他不想让外人看出自己的尴尬，便连连摇头，做作地大笑：

"不行不行！两个人都不会弄家务，那哪儿行呢？再说两个急性子到一块，还不天天吵架？"

吴子强说："董老师和傅姐是校友，比咱们了解得深。"

原来这样……春燕不好再说什么了。

六

怪人傅双北

1

傅双北和董青平是中央美院的校友。老董比双北高两届。美院地方不大，总共两三百个学生，谁跟谁都能叫上名字，就是患自闭症的人，也能混个脸熟。

在学校时，双北知道老董的文章写得好，老董知道双北的雕塑做得好，都有好感，但相互并不特别关注。落户宋庄以后，二人因所受教育相同，都有曲高和寡的孤独感，又都经历了婚变，同病相怜，所以走得近了，在一起聊天的机会多了。老董渐渐地喜欢上了这位才华横溢，长得还不难看的小师妹。曾多次向她暗示过自己的爱恋之情。

双北孤身来宋庄生活，很多方面得益于老董的帮助，包括生活上的和心灵上的。她对这位师兄怀有一份感恩，有什么好吃的会想着他，有什么困难也会想到他。但双北对老董的感情，仅仅止步于感恩和"惺惺相惜"，没有到那种牵肠挂肚，谁也离不开谁的程度。她不喜欢他的邋遢和一身土气，不喜欢他那做作的大笑，不喜欢他和人一边聊天一边抠脚巴丫儿的粗俗举止……

她不想为实用目的找一个"生活伴侣"。今生今世，她对组建家庭已经提不起兴趣来了——除非有一天遭遇到暴风骤雨式的情感碰撞。

在老董心目中，双北是好人。她正直、善良、单纯……是个难得的好人，是个表里如一的好人，但很难说她是个好女人。

若指望她操持家务，相夫教子，你肯定会失望。先不说能力和水平，她压根儿就对家务不感兴趣。

当然，只要经济条件允许，这些都不是问题——请一个保姆就是了。关键是，她不让人安静。

表面看，她是一个平和文静的女人，过着与世无争的闲散生活，并不特别关注社会，也不热衷于谈论时事。但她的内心却极为敏感细腻，能敏锐地感知身边所发生的一切，别人给她一句半句好话，她会兴高采烈；与人稍有龃龉，就仿佛天要塌下来；别人眼神中的一点点善意或恶意，一点点真诚或虚伪，生活中一些美好和丑陋的碎片，都能引得内心波澜迭起。她会成倍地放大自己的感受，她的情绪极易激动亢奋。她太敏感，太神经质，你稍不留神，就会伤害她，也伤及自己。

这是确有才华的艺术家的通病。记不清哪位哲人说过：如果他活在历史上，他是个诗人；倘若他住在你楼上，便是个疯子。

在艺术圈里，傅双北并不剑拔弩张，甚至很低调。但她已然站在了艺术的制高点上，眼光和境界都在众人之上，即使不是有意，也往往居高临下，曲高和寡，常常与人话不投机。她身上罩着一个无形的气场，让男人在她面前不敢随意，甚至有几分自卑——老董也不例外。

所以，老董喜欢她，却没有死乞白赖地追她，或者追追停停，而是顺其自然地留着一段距离。

2

傅双北在部队机关大院长大，父亲是个尽职的军人。她从小喜欢画画，初中毕业考上了美院附中。

在附中学了四年，又在美院雕塑系本科四年、研究生三年，全部学下来以后，她眼神里那些童真，那些温柔妩媚没有了，代之以沉默少语和特立独行。有时显得懒散，好像心不在焉；和人聊天时很少插话，冷不丁冒出一句半句，即使语不惊人，却也有些分量……

她以优异的成绩完成学业，又被留校任教，在一位著名雕塑家的工作室里当助手。

和她在部队大院里一起长大的一个男孩，一直喜欢她，傅双北对他并不反感，也不热情，所以没有响应。那男孩的父亲是位将军，是双北父亲的上司。一次干部会后，两位父亲聊起了儿女的婚事，不知怎么竟想到一起了，聊得很投机、很开心。在会议室没聊够，到食堂炒了几个菜，要了一瓶酒，又接着聊。最后的结论是："就这么定了！""好，一言为定，就这么定了！"

婚后，双北总是懒懒散散，心不在焉，对新建的家庭热情不高。丈夫每次出差，总要给她买些昂贵的首饰、时尚的衣服，却被她搁置一边，弃之不顾。她喜欢款式简洁、色彩素雅的宽大衣服，不爱戴首饰。有时穿短裤或短裙，远远看去，跟没穿裤子似的——不过，她的腿确实好看；此外，她常常把衣袖捋起来—— 一双美腿，一对美臂，高耸的胸脯，配上飘逸的宽衣，活力十足，魅力四射，让所有看见她的人怦然心动。不过，她说不上性感：没有柔情，没有媚态，眉头常常是蹙着的，嘴里叼支烟，目光深藏在烟雾后面，叫人捉摸不透……

连丈夫也不觉得她性感。

丈夫在单位里当个小头头，每天早出晚归，工作压力颇大。双北不坐班，大部分时间待在家里。可是他们的日子过得很敷衍：一般只做一个菜，不是炖就是煮，荤素熬在一个锅里；家里乱糟糟的，桌椅上落着灰尘，池子里泡着脏碗，菜烂在塑料袋里，垃圾常常满出来，滴汤漏水，没有人收拾……

不知道她每天想些什么。年轻的丈夫从热恋中冷却下来，开始心生不满。

傅双北有个怪癖：追求与众不同。无论着装、发式、家具、陈设、宠物、花花草草，必须和别人不一样。一旦发现重复别人，一旦发现卷入时尚潮流，她会立即逃离。她对时尚打心里反感，憎恶，甚至有些恐惧。为了这个怪癖，她的许多衣服、首饰、用具，好端端的就被弃置一旁，或被她送人。为此，丈夫常常发出无奈的叹息。

她不愿意随大流，不愿意和别人说同样的话，不愿意跟在别人后面举手表态，甚至体育课上不愿意跟着口令齐步走。

毕业了，留校了，对于美术学院的毕业生来说，是最好的归宿，又是最好的开始。可是，她却无精打采，陷入苦闷之中。苦闷的缘由，是她对自己深爱的事业产生了怀疑。

她修完了雕塑专业的全部课程，以优异的成绩毕了业。可是，下一步该怎么走呢？还像当学生时做课堂作业那样，做些模仿性的作品？有意义吗？

历史上，那些雕塑巨匠的名字被刻在一座座丰碑上：米开朗琪罗、罗丹、布德尔、马约尔、亨利·摩尔……

历史上，那些不朽的经典闪耀在星空中：《胜利女神》《维纳斯》《大卫》《思想者》《拉弓的赫拉克勒斯》《地中海》……

我们还能做些什么呢？穷其一生，躲在大师的阴影下，亦步亦趋，去模仿经典，制作一些等而下之的毫无价值的废品？

当一个人对自己的目标产生怀疑的时候，他的勇气便丧失了。

在这个时候，事业处于低潮，内心苦闷，丈夫不予谅解，两人磕磕碰碰，争吵不断，她的精神快崩溃了。于是，她扔下丈夫，跟导师打了声招呼，离家出走了。

她在欧洲转了一圈，看了许多博物馆，感到所有的路都被别人走过，自己无路可走了。

她在彼得堡住了一段时间，认识了一位钢琴家，上音乐学院进修了一年（她小时候在少年宫通过了钢琴六级）……直到内心平静下来，她才回到丈夫身边。

她想忘掉艺术，努力做一个好妻子，做一个好母亲，她怀孕了。

3

清晨，丈夫把早点做好，给她留在桌上，还留了张纸条，自己上班去了。

傅双北从被窝里出来，洗了个澡，一边刷牙一边照镜子：肚子渐渐隆起来了，现在正是她最成熟最丰满的时候……她被自己迷住了。

她在卫生间里装了一面大镜子。她停止刷牙，在镜子前转来转去，扭动腰肢。

忽然，她有了灵感，产生了难以抑制的冲动，想要做点什么。于是，她布好光源，架好相机，让自己裸身入镜。

她变换姿势，在镜中摆出不同的造型……她不断地拍摄，从几十张照片中挑出几张，输入电脑，将它们打印出来。

她穿好衣服，随便绾了一下头发，然后在纸上勾勾画画，构思草图。

她觉得饿了，抬头看，已经十一点半了，忙将丈夫给她留的早餐放入微波炉里热了热，以最快的速度喝完了牛奶麦片粥，吃了一个鸡蛋。一边吃饭还在一边盯着草图看，不断修改。

忽然，她看见了丈夫留在桌上的纸条，写着："亲爱的，你千万要好好吃饭，好好休息，爱护咱们的孩子！千万千万，什么事也不要做！妈妈下午就住过来，帮咱们料理生活。现在你是我们家的大熊猫！I LOVE YOU！"

吃完饭，她来到工作室，摔了一团泥，开始设计小稿。不断塑造，不断添加，不断毁掉，不断重来——她的手指细而且长，拿捏着泥巴，这儿点一下，那儿抹一把，动作灵巧得跟弹钢琴似的。

做了一阵，她放慢了速度。

连着做了几个变形小稿，都是夸张变形的裸身孕妇。

她点了支烟，靠在椅背上，凝望着小稿："它们表达了什么呢？"

她站起来，把做好的小稿揉成一团，重新捏塑。

这一次，她做了一个正在分娩的孕妇——一个惊心动魄的伟大时刻：阵痛、浑身痉挛、双手抓挠、大汗淋漓、嘶声呐喊、肌肉和青筋暴突……痛苦、期望和欢乐浸润了空气，充满澎湃的激情！

突然，她听到门外有动静，吓了一跳："哟！婆婆今天要来！"她赶紧收拾屋子，用湿布把泥塑小稿盖了起来。

丈夫领着他妈、他弟弟，推门进来，看到屋里乱糟糟的，冷锅冷灶，很不高兴。

傅双北迎了出来："妈！您来啦，我这就做饭！"

"别！你别动！双北。我听兴国说你不好好吃饭，饥一顿饱一顿的，这可不行！怀孩子期间缺了营养可不行！"

"没有的事，妈，您别听他乱说！"

丈夫拉长了脸，和弟弟一道，将车里的东西搬进屋里。忽然他看见了钉在墙上的一排裸照，惊得睁大了眼睛，回头看了一眼，发现弟弟也在朝那边看。

他慌忙跳过去，把照片拽下来，撕得粉碎，扔进了纸篓里。

"干吗？你疯了？这是我的创作资料！"

"你不要脸，我还要脸呢！"

就这么两句，结束了战争。两人有一个礼拜没有说话。

最后还得丈夫低声下气，百般温存，才算弥合了裂缝。

傅双北是一个十分情绪化的人，吵起架来不能节制，任由坏心情泛滥。和丈夫吵一次架，就像得了一场重病，需要很长时间才能缓过神来。

他俩经常爆发这种没有硝烟、没有声响的战争，每次诱因不尽相同，战争规模却在不断升级。周围的人，包括公公婆婆和自己的父母，都在帮丈夫说话，都在批评她不懂事。

她觉得自己孤独无助，行走在一片精神的荒漠中，被关押在世俗的牢笼里，被许多从一个模子里铸出来的人睥睨、嘲笑，被捂在一个角落里，挤压得透不过气来，她唯一想要的，是逃离！

她流产了，不知是因为心情不好，营养不良，抑或是别的什么原因。

她整天弹钢琴，疯了似的弹琴——尽管她弹得很好，富有激情，还是叫邻居们受不了，还是会引爆她和邻里之间的战争，和父母之间的战争——现在是四面楚歌！傅双北被彻底孤立了。

没多久，他俩离婚了。丈夫没有太责怪她，没说她有什么不好，只是说他俩在一起不合适。

她结婚的时候很平静，离婚的时候却经历了剧痛——她的精神快崩溃了。不是因为留恋，而是因为绝望。是她对自己彻底失去了信心，对事业和生活都失去了信心，丧失了活下去的勇气。

她彻夜失眠，常常靠安眠药入睡。有一次她服用了过多的药量，口吐白沫，被家人拉到医院里洗胃。

她被这次婚变折腾得死去活来……幸亏，她不断获得新的灵感，不断产生新的冲动——这是她的内心常常死而复生的阳光之源。

傅双北到宋庄来了。来宋庄买工作室，过自由无累的生活，也是一种灵感冲动。在这里她遇上了先期到达的大师兄董青平，心里的雾霭渐渐散去。

4

傅双北想物色一条狗，她需要一个伴侣。

她来到狗市，狗市里有许多名贵犬：藏獒、宾莎、腊肠、牧羊犬、狩猎犬……千姿百态，千奇百怪。其中还有被卖家理了毛、染了色，乔装打扮，以次充好的"名贵"货色。她看来看去，没有一只让她动心。要么太贵，要么不喜欢——有些狗简直不像狗了，眼睛里没有忠诚，没有热情，没有高贵。确切地说，它们更像一些搔首弄姿、装腔作势、奴性十足的社会人。

她离开狗市，推着自行车往超市走去，发现有条流浪狗跟在后面。

她以为它要偷袭，大喝一声，猛然转过身去。

那狗站住了，摇着尾巴，歪着头，目光真诚而亲切……

那是一条普通黑狗，也许是黑背的串种儿。全身黑色，四爪、颈下、嘴脸和眉弓处呈褐色，间或有少许白色，脏兮兮的，看样子不到一岁，还有些憨态。

双方都看出对方对自己没有威胁，双方都放弃了戒备。

"拜拜！"双北向它挥了挥手，转身进了大门。

她在超市里转了一圈，买了些食品，正在往自行车筐里装，发现那条狗没走，站在不远的一座垃圾堆旁边，摇着尾巴，用亲切的目光看着她……

看了一会儿，它又低下头去，专心啃它脚下的一本破书。它一边闻，一边咬，一页页撕下来吃掉……

"它真是饿坏了！"

傅双北想。她掏出一根香肠，撕了一块面包，想要给它。

"喂！过来……你叫什么？就叫你大黑吧。大黑，过来！"

大黑过来了，隔着一段距离站定，歪着头，热切地望着她，拼命摇动尾巴。直到双北将肠和面包放在地上，自己退开，它才走过来。

大黑礼貌地看了她一会儿，眼神里含有"谢谢"的意思，叼着香肠到旁边去了。吃完香肠，它把面包也吃了。然后，仍旧用亲热的目光望着她。

傅双北还想跟它多玩一会儿，可是她该回家做饭了。

"Good-bye！拜拜！"她掏出一根香肠，扔向大黑身后，骑上自行车走了。

那狗没有立即回身，始终望着她，直到她骑行得很远，它才回头去寻那根香肠。

一路上，傅双北一直想着那条狗，想着它那亲切的目光。回到家里，她在速写本上凭记忆画它，画下它的许多生动瞬间，直到晚上掩卷熄灯，脑子里还是那条狗，她简直有些想念它了，恨不能马上再见到它。

她做了个梦，梦见大黑一蹿一蹿地扑过来，在她跟前打滚撒欢，抱住她的腿，"汪汪"地低吠。他俩在草地上奔跑追逐，疯玩疯闹……

她后悔没有把那条狗带回家来。如果给它洗干净了，让它吃饱了，它会很可爱呢！

第二天上午，她推上车，打算到超市去看看，看能不能碰上它——十有八九没希望了，那种流浪狗四海为家，不可能在一个地方待着。

推开大门，她惊呆了：大黑狗竟在门外守着！

它就站在离大门不远的地方，歪着脑袋望着她，拼命摇尾巴，激动地来回跑动。

双北扔了车，迎上去捧住它的头，泪水夺眶而出……

从此，大黑和她形影不离，成了她的忠实伙伴，成了她的守护神。

大黑落户宋庄，结交了许多画家朋友。它喜欢跟人玩，常常挠人家的门，蹭点儿吃的，顺便帮人赶走寂寞。

画家们都很喜欢它，有人管它叫黑格尔——因为它黑，占着一个"黑"字；还因为它一直没有改掉啃书的习惯。

它的眼神常常若有所思，专注而犀利，显得高深莫测。人们觉得它肚子里尽是学问，披着一圈哲学的光芒。

七

放羊娃哑巴

1

哑巴是河北省满城县一个农家孩子，小学二年级时得了一场大病，家贫无力医治，高烧不退，声带受损，从此不能说话，但听力尚存，能写二三百个常用的字。身体康复后他回学校复读，交流困难，成绩跟不上，老师也不太管，他处在一种放任自流的状态。

家里穷，不能养闲人。村里的正常人读书都没有用，一个哑巴就更别说了。父亲决定叫他回来帮自己干活儿。

父亲把邻居家的羊承包下来，叫哑巴到山坡上去放羊。每家六七只到十几只羊不等，聚在一起，也有一百多只。哑巴吃了早饭，带两个贴饼子，背一壶水，挨家把羊圈打开。一路走着，羊的队伍一路壮大，到出村时已是浩浩荡荡，尘土飞扬了；太阳落山时，哑巴将吃饱了草的羊赶到溪边喝够水，喂了些盐巴，然后赶着它们，一路放着响屁，又浩浩荡荡望村里走来。进了村，羊群路过谁家，谁家的羊便自行出列，回到自家圈里。哑巴只需点一下数，关好栅栏门就是。走完最后一家，最后几只羊回到圈里，就算完成了一天的任务。

哑巴把羊群赶到山坡有草的地方，听任它们各自吃草或互抵打闹。他只要把头羊看好就行了。个别家伙自由散漫，常常离队偷嘴，或为留恋一口嫩草落在队伍后面，置哑巴的叫唤于不顾。哑巴便用小铲挖一块土坷垃远远甩去，十有八九能击中目标，有时他只需扬一扬铲子，便能吓得那些捣乱分子乖乖地归队。

哑巴的大部分时间，是嘴里嚼一根干草，躺在树阴下听鸟雀啾鸣，看云起云落，或干脆闭目养神。

一天，山下来了几个城里的老头儿，一人拎着一个木盒子，在山坡上转来转去，东瞅瞅，西看看。然后打开木盒子，支起马扎，开始画画儿。他们画山坡，画羊儿，画风中的大树和小草。有个老头儿一边抽着烟斗，一边在本本里画上了哑巴……

哑巴以极大的热情看他们画画儿，看高兴了还从嗓子眼里发出"嗯嗯"的声音——像狗着急时发出的那种低吟。

抽烟斗的老头看他兴奋成这个样子，便问他会不会写字，并将速写本和铅笔递给他。

哑巴庄重地写下三个字："我喜欢！"停了一会儿他又补充了三个字："我想学！"

老先生看见他焦灼渴望的目光，很受感动，便在本本上写道："画你所爱的一切，画你心里想的。"随后他又补充了一句："只要努力，坚持不断，就能画好！"

哑巴听得懵懵懂懂，但他连连点头表示"听懂了"。老先生把自己的速写本和铅笔送给了他——厚厚的一大本只画了几页，其余全是白纸。

哑巴感动得热泪盈眶，两手恭恭敬敬地接过速写本，呆呆地望着老先生，脸上的表情不知是哭是笑……

老先生被他这神态弄得唏嘘不已，跷着大拇指连说："好好学，好好学，你会有出息的！"

很多事情人们只关注开头，却无法顾及结局。这位老先生他无法预料，自己是在帮他呢还是在害他？自己是唤醒了一个天才呢，还是毁掉了一个人的正常生活将他拖向深渊？

他不可能想那么多。

哑巴从这一天开始，便如醉如痴地爱上了画画儿。他赶着羊群追踪老画家，一边看一边学，他自己也跟着画。老先生表扬他，鼓励他，启发他沉睡中的创造力。哑巴将他的羊儿画出各种体态各种性格各种表情，画出羊的人格心理和它们之间微妙的感情关联，引得老先生们哈哈大笑……这是他一生当中最快乐的日子。

终于有一天，老先生们离开了。哑巴急巴巴地找遍村前村后，找遍附近的田野和山坡，再也没有看见那些可敬可爱的老头了。

画画儿的风帆已被鼓满，它只管在波峰浪谷间飘飞而无法回头了。

这期间丢了两只羊，他挨了一顿打。父亲把那惹事的本本和铅笔藏了起来，不许他再干那不靠谱的营生。还给他说了门亲事，是邻村一个跛脚女子，比哑巴大五岁，虽不可爱但身体结实，传宗接代绰绰有余。父亲要求哑巴再放两年羊，攒够彩礼，把那女子娶过来，也算了却自己的一桩心事。

哑巴的心思却不在这里，他第一件心事是要找到他的铅笔和速写本，第二件第三件心事还是要找回铅笔和速写本，他把家里翻了个底朝天，每天怒冲冲地走出走进，对家人怒目而视，一副要拼命的架势。弄得大家都很害怕，父亲也不敢惹他，只好把速写本放在一处显眼的地方，让他轻易地"找到"算了。

哑巴心灵手巧，他捡了几块木板，自制了一个像老先生们使用的那种木盒子。一天黎明，他用布兜装满了贴饼子，揣好铅笔和本本，拎起那个木盒子出了家门，走出了大山。

2

哑巴只知道那几位老先生是北京的。他便一路画画，一路打听，要到北京去找他们。他有时搞错了方向；有时走了弯路；有时走好几天，又回到了他熟悉的地方……反正他有的是时间，他不怕绕路，也不怕走路。

绕来绕去，终于进了北京，到了宋庄。

也算是他跟宋庄有缘。不然，北京的边界线那么长，他不去延庆，不去房山，不去大兴，不去其他地方，怎么偏偏就到了宋庄呢？该着他变成宋庄人，冥冥之中有神明指引——别的解释都说不通。

到了宋庄，他看见了不少画廊、工作室，还有大得出奇的美术馆。他隔着玻璃看画，看画家在工作室里画画儿。他看见街上有许多像画家模样的人，他欣喜若狂，庆幸总算找到了自己梦寐以求的天堂！

他白天到处走，到处看，目不暇接，兴奋不已。傍黑找一个遮风避雨的地方，垫一块硬纸壳歇息下来。到这时，他才想到肚子是空的，感受到了钻心的饥饿。

不能想，不能想自己的肚子，越想越饿，越想越睡不着觉。他只好爬起来，在街上漫无目标地游逛，希望能找到些吃的。

他在饭店门口转悠，闻到门里飘出来的香味儿，更觉得难以忍耐。这时，恰逢傅双北和董青平、王自鸣几个人从店里出来，手里拎着一包剩菜。他们把塑料袋放在窗台上，一边说话一边抽烟一边扣衣服。

哑巴死死地盯着窗台上那个塑料袋，心里翻波涌浪。他掂量了一下对手，一个箭步蹿上去，拎起塑料袋就跑。

傅双北他们还没反应过来，只见一个黑影掠过去，塑料袋便不见了。那黑影没跑出几步，就栽倒在地上……

王自鸣要扑上去，被傅双北拦住了："算了，这人饿晕了，快去要杯糖水来！"

于是，他们把哑巴弄到餐馆里，给他要了一份饭菜。

王自鸣说："得送他去派出所，让警察好好教育教育他！"

"教育什么？"董青平说，"你们都吃饱了，他饿昏了，你好意思教育他吗？"

3

哑巴在宋庄待下来了。

他饥一顿饱一顿，有时一整天吃不上饭，但他一天也没耽误画画儿。

哑巴画人，画房子，画树，画马路上的流浪狗，画他所看见的一切，身边摆着一个乞讨用的塑料盆，放了些零钱。晚上，他清点着自己的收入，在商店的屋檐下蜷伏一宿。

这里的人善待一个会画画的哑巴。有时候，有人会多给一些钱，甚至给出一张"大团结"——尽管这种事儿不多，却让哑巴心里热乎乎的。不用说，这儿就是他的家！这里能天天画画儿，这里是他梦想的天堂！

傅双北搞创作需要模特儿。她想，宋庄的画家经常从城里请模特儿过来。花同样的钱，何不就在当地请哑巴呢？既解决了画家的燃眉之急，也算就地扶贫，帮哑巴解决了生计问题。

她的提议得到了同行的响应。

几位画家把哑巴请来，说明了意图。哑巴听说当模特儿每天能挣二十块钱，除了吃饭穿衣，还能剩下钱来租房子，买画材，他非常愿意。

画家们支好画架，挤好颜料，等着模特儿"亮相"。

傅双北领着哑巴进来了。他站在模特儿台上，不知道该怎样摆姿势。

画家要求他脱去衣服，他便脱去衣服，只穿背心长裤；画家又要求他脱掉背心和裤子……他拗不过他们，勉为其难地把背心脱了，把长裤脱了，只留一条贴身穿的脏兮兮的花裤衩儿——这是最后一道防线，他显得很不自在，也很不高兴。

没想到那些画画儿的得寸进尺，居然要求他把最后那块遮羞布也揭了……这令哑巴怒不可遏。他"嗷嗷"大叫，抓起衣服，气呼呼地踢开门走了。

4

哑巴继续过着居无定所、饥寒交迫的流浪生活。他到处画速写，趴在窗户上看别人画画儿，靠塑料盆收的那点钱买馒头咸菜吃……他有点儿后悔：不就是光屁股给他们画吗？有什么了不起！小时候不是光着屁股满山坡跑，光着屁股在河里玩水吗？大老爷们儿怕什么？唉，好好的工作不要，真是死心眼儿！

一天晚上，他蜷缩在一处集市的摊位上，正做着乱七八糟的梦，忽然被人叫醒，他被夜巡的警察带走了，带到派出所里关了一宿。

第二天警察审问他，什么也问不出来，他只是号啕大哭，哇哇乱叫。本来，警察打算把他送到昌平去挖沙子，让他挣够了路费回家去。后来看到他画的速写，看他那双乞求的眼睛，顾怜他是哑巴，警察同志动了恻隐之心，帮他联系去一个单位打扫卫生。管吃管住，发很低的工资。哑巴真是有福之人，处处有贵人相助。

哑巴自知机会来之不易，干活格外认真，格外卖力。他花了一周时间，把院子里多年积聚的垃圾全部清理干净了，把玻璃全都擦了一遍，把桌椅洗得一尘不染，把地面洗得干干净净……总之，他让这个单位焕然一新。彻底收拾一次以后，再要清扫就容易多了，每天只需两三个小时。哑巴完成本职工作之后，可以挤出大量时间来画画了。

于是，哑巴认为他是真正的宋庄人，是公家的人了，有一种发自内心的荣誉感。他受益于宋庄，心里想着要感恩宋庄，回报宋庄。因此，他在街上画画时，常常留心观察，看看有没有破坏市容、污染环境、违反交规、伤风败俗的人和事发生。如有，必上前制止并予以"训诫"。

一个土头土脑的农村人，还是个哑巴，想出面管理牛逼烘烘的宋庄人，自然难以服众。哑巴走到哪里，战火便烧到哪里。

后来，哑巴不知从哪里搞了个红袖箍戴上，那权威性便油然而生。如果哪个地方行人纠结，交通拥堵，哑巴只要过去，就像乐队指挥举起指挥棒，那人车便如音乐般流畅起来……

哑巴自豪地想："俺是宋庄人！"

他经常"嗷嗷"大叫，别人听不懂，他自己知道，他在向全世界宣布："俺是宋庄人！"

八

拓荒者

1

一个星期六的早晨，一辆大巴从宋庄出发，穿过金灿灿的林阴道，驶过秋色迷人的原野，进了北郊山区，沿着 111 国道走了一程，到达一座水库，停靠在一处高墙大院外面。

李小冉、王自鸣、闻达、董青平、吴子强从车上下来，王娅楠领着十几个女模特儿接踵而下，她们都穿着军大衣。白明走在后面，和一个女模特儿聊得火热。

高墙外面停满了车，院子里即将举办一次前卫艺术家的内部观摩活动。

前卫艺术，也叫观念艺术、先锋艺术、实验艺术，是现代艺术的别名，二十世纪初发端于欧美，其主要精神是反叛传统，批判现实，"以真理昭示世人"。前卫艺术家们认为，"真正而伟大的艺术不是对现实的模仿，而是对未来的启示性呈现"，"用以警示那些务实生存而不能自醒的人们"。

中国还没有自己的前卫艺术。中国的前卫艺术尚属引进和模仿阶段，起步艰难。官方和正统院校不承认，学术性展览不接受；老百姓，包括专业艺术家不喜欢。加之投身于前卫艺术的多是些少不更事的青年人，文化底蕴薄，急功近利，心浮气躁，在起步阶段做了些很不成熟，甚至庸俗低劣的作品，在社会上留下了恶名。而且他们行为怪诞，思想极端，经常触犯底线，弄得警察叔叔们精神异常紧张，对这类活动一律严格审查，动不动就封停他们的展览。

所以，前卫艺术家的聚会和活动常常在地下进行。

这座院子远离闹市，是一个当红前卫艺术家出资修建的。中国有几个前卫艺术家在欧美走红，声名大噪，收入不菲，生活过得比较优裕。但国内这些投身于前卫艺术的年轻人就不一样了，他们条件艰苦，孤军奋战，每天冒着"做地下工作"的压力，简直是飞蛾扑火的殉道行为。他们充满激情，倾心投入，几乎没有回报，经常挣扎在饥饿线上。

他们是中国前卫艺术的拓荒者。

今天来人不少，从大院外面停的车就可以看出。来的人大多是前卫艺术家，不少人带来了自己的作品。此外，还有不少院校学生，以及艺术界、传媒界的朋友。不用贴海报，不用发广告，全靠电话联系，互相串联，半小时就可以搞定。

前来助阵的有不少俊男靓女，身姿和气质与众不同，据说都是舞蹈专业或表演专业的学生，他们成了观摩活动一道亮丽的风景线。

每年要搞一两次这样的活动，很多人经常参加。大家都是熟面孔，见面点点头，很少说话，但眼睛里含有一种同志式的亲热和相互鼓励的神情。

为了不走露消息，主办方昨晚九点才通知活动的时间和地址，又在大门外、村路口安排了望风人。如果发现警察或可疑的陌生人，会及时用对讲机报信。

气氛有几分神秘，有几分紧张，好像随时可能发生什么事儿似的……年轻人就喜欢这种冒险刺激的感觉。

今天之所以来的人特多，有几件行为艺术作品特别吸引人。

一件是《文化杂交》：一头浑身涂满英文字母的正在发情的公猪，追逐一头浑身写满中文、日文、阿拉伯文……的母猪，强求交欢。这是前卫艺术家徐冰在美国曾经做过的一件行为艺术作品，因为经典，艺术家们以"向徐冰致敬"的名义，打算在国内重新演绎一次。

一件是王娅楠设计的人体彩绘表演。大巴车上下来的那十几个穿着军大衣的神秘女孩，就是王娅楠的人体艺术表演队。主办方对这件作品讳莫如深，没有提供任何文字解读。

另有一件，据说有一个人要当众吃掉盘子里的"大便"，名曰《是矢非矢》。

人们拎着啤酒瓶，站在院子里边喝边聊。有人躁动不安地走来走去，翘首眺望。有几个蓝眼睛高鼻子的外国人到场——不是说那些跟年轻人混在一起抽烟聊天的外国留学生。这几个人岁数比较大，看上去像画廊老板或艺术家之类的有身份的人。其中一个瘦高个儿，鹤立鸡群，长得像基督，他的长头发、长胡子，甚至那忧郁的眼神都像基督。许多人和他们相遇时都要点点头，会英语的还要寒暄几句。有人显得过分热情，聊个没完，招来另一些人的不屑。当然，老外们也很友善，见谁都点头微笑。

王娅楠一行人从车上下来便备受关注。她们也很兴奋，一边走，一边东张西望，满心好奇。

进了大门，院子里立着几尊西方现代艺术和后现代艺术大师的青铜塑像。其中有印象派画家塞尚、凡·高，有野兽派巨匠马蒂斯、立体派创始人毕加索、抽象派先驱康定斯基、超现实主义巨匠达利和后现代艺术的祖师爷杜尚等。

"哇！太逼真了，跟真的一样！"看到这些塑像，女模特儿们都惊叫起来。

"连汗毛孔都看得见，眼睫毛也是一根一根的！"

"怎么做的？是青铜铸的吗？"一个女模特儿问白明。

"你敲敲！敲敲就知道了。"白明故意怂恿她。

女孩刚要举手去敲，那塑像便"哈！"了一声，变换了一个姿势，吓得那女孩"哇哇"大叫——原来那是真人装扮的。

她们穿过一楼大厅，到二楼去了。女孩们搅起一阵香风，牵引了所有的目光。王娅楠正在"噔噔噔"往楼上跑，忽然停下了脚步回过头来。她的目光和那个酷似基督的男人的目光碰在一起，像互相黏住了……她费了好大劲儿才将自己的目光收回来，放慢了上楼的速度，差点儿绊了一跤。

李小冉是组委会成员，他忙公务去了。剩下闻达他们，在休息室里坐了一会儿，跑出来站在走廊里抽烟聊天。许多人认识老董和闻达，都要过来打声招呼，和他们握握手，寒暄几句。

吴子强是带着期待来的。他画了一套红卫兵跳忠字舞的组画，总共6幅，他想看看挂出来什么效果，他想看看观者的反应，甚至想看到在他的作品底下人头攒动，交口称赞的景象。

展室和走廊的墙上挂了不少前卫艺术家的作品。吴子强迅速走了一圈，没有发现自己的画。

从走廊拐到房后，才找到了他的大作——着实令他失望，他的6幅组画只在走廊里挂出来一幅，冷冷清清，无人问津。

吴子强的心凉了半截。原指望通过这次展览一炮打响——今天有几个外国画廊的老板到场，是难得的机遇……妈的，几个月的辛苦白瞎了！

吴子强心情冷落，远远地离开自己的画，躲到一边抽烟去了。

展厅的正墙上挂着宋庄画家的"经典"作品：有的画一些嬉皮笑脸的光头，被理论家定位为"玩世现实主义"；还有几幅"艳俗派"作品，他们用色艳丽，形象低俗，与传统审美对着干；还有闻达的"老照片"油画。闻达靠画老照片走红。老照片成了他的图像符号，他日复一日地重复着它们，画了好几年。

这些画家在国外走红之后，宋庄便兴起了一股符号化风暴。无非是你画民国老照片，他画"文革"老照片；你画张嘴大笑的光头男，他画张嘴大笑的光头女；你画红卫兵，他画三寸小金莲……每个人只画一个图像，在所有画里重复这个图像，有的图像符号就是他自己。

"闻达兄是第一茬在国内掀起图像符号化风暴的人。"董青平说，"别人都是跟风，只不过是选择了不同的题材，并无观念和语言上的突破。画来画去，跳不出图像符号化这个观念。"

听了老董的评价，闻达脸上明显地露出了喜色。他给每人发了支烟，帮老董点着。看得出来，他很满意老董的结论。

"其实，符号化这种观念性绘画，在欧美早有流行。始作俑者是上世纪中叶活跃在美国画坛的波普艺术家沃霍尔。他将许多当代明星和政界领袖，淡化表情和个性特征，隐去艺术家个人的态度，仅仅作为一个图像符号，在作品中反复运用，在大街上反复出现，形成视觉冲击，让人们注意它，记住它。"

哪壶不开提哪壶，董青平真是个令人讨厌的家伙！闻达刚刚对他产生的一点点好感，顷刻间荡然无存！

老董自己还浑然不觉，还在滔滔不绝……

眼看闻达脸色由晴转阴，聊天的气氛被破坏了，王自鸣进屋里拎来几瓶啤酒，递给每人一瓶。

离他们不远的草地上，一群少男少女在小声地聊天。

"那边有件作品，好多小人儿，长着一模一样的脑袋，手里都拿一本小红书，那表情特逗……"

"你是说，用孩子当模特儿？"

"不是，是用模子压出来的，塑料的。"

"你看见那边的电视屏幕了吗？一个白色瓷盘里放着一只眼睛，那眼珠能上下左右转动，眼皮能眨动，眼睫毛特长，怪吓人的！"

"那边玻璃柜里也有一个瓷盘……"

"噢，看见了，里边放着一堆大便！一会儿艺术家要当众把它吃掉。"

"恶心死了！"

"是真屎吗？"

"不知道。应该不是，要是真的就太直白了。那标题写着'是矢非矢'。"

"什么意思？"

"不知道，好像有些禅意。"

"太他妈像了，跟真的一样，都好像能闻到臭味儿！"

"听说南京有个哥们儿宰了头牛，自己光身子藏在牛肚子里，然后从阴道里钻出来……"

"还有邪乎的。一个人在医院里买了个死婴，放在盘子里，摆上刀叉，他的作品就是当众吃掉那死婴……"

"啊！真恶心！"有个女孩当时就想吐。

"他们干吗要做那些恶心巴拉的作品？"

"反传统呗！"

"这就是现代艺术？"

"不，是后现代艺术！"

闻达插了一句："每件作品只代表一个人的观点、一个人的水平。"

白明觉得自己有必要站出来替后现代艺术说句公道话："后现代艺术注重内容，不需要美丽的形式，它一针见血，直逼真理。"

"噢，当众吃屎就直逼了真理？不扯淡吗？"

"嘿嘿，一群当代流氓在光天化日之下鸡奸传统绅士——这叫文化冲突。"站在旁边抽烟的一个男子笑着说。

"有人管当下艺术叫'裆下艺术'。"

"什么意思？"

"扯淡（蛋）呗！"

人群里爆发出一阵笑声。这人显然对前卫艺术不恭，引得宋庄的艺术家们对他怒目而视，而且有人开始回骂。

"以前，我们只在技术层面上革新艺术。譬如中国文人画家主要研究笔墨；西方古典绘画主要研究造型；印象派主要研究光色……都是在不间断地为纯化艺术语言而努力；提倡现代艺术，是要推动艺术走出象牙之塔，直面社会，关注人生，承担起社会和道德责任。"董青平加入了争论，"现代艺术的历史功勋不是创造传统意义上的经典，而在于冲破禁锢，颠覆传统！现代艺术开启的不光是一场艺术革命，而且是一场全方位的思想解放运动！当今社会的飞速发展，在很大程度上得益于现代艺术的启蒙！"

许多人把注意力转向了董青平，不断有人加入进来。

"您这么说，我还能接受。如果硬要说现代艺术作品怎么好、毕加索的画怎么好、杜尚的小便器怎么好，我觉得……就像在称赞皇帝的新衣。"

一个女孩忽然喊了一声："呀，怎么还不开始？都九点半了！"

2

各种展示在不同的场地进行。这会儿，人们纷纷朝树林那边跑去。

"哎，《文化杂交》开始了，走，看看去！"

"嘿嘿！看一只公猪当众耍流氓！"

人们里三层外三层，密密匝匝地围成一圈。工作人员要求里面的人坐下，第二排蹲着。

空地上放置着两个笼子，里面装着两只猪。小的一只是母猪，白色，毛被推得精光，粉嫩粉嫩，肉乎乎的，浑身用黑色写满了没有语义的中文、日文、阿拉伯文文字。它在笼子里静静地躺着；另一个笼子里装着一只黑色公猪，体形庞大，虎头虎脑，满脸皱褶，在笼子里不安地转来转去，一会儿低头吃点什么，一会儿抬头朝外边望望。它也被推光了毛，黑不溜秋，浑身用白色写满了没有语义的英文字母。

主持人致简短导言，他说："《文化杂交》是一件行为艺术作品。我们赋予猪以文化身份。当强势的公猪和温和的母猪相遇，进行对话，你们会看到什么？想到什么呢？"

主持人退场后，工作人员打开两只笼子，大公猪立刻蹿了出来，在空地里东走走，西看看，精力充沛，抖着一身肉满场溜达；小母猪趴在笼子里不想动，待了一会儿，它犹犹豫豫，慢腾腾地出来了，哼哼着，仰着脸儿朝人群走来，一副憨态可掬的样子。

人们都伸出手来想摸摸它，逗逗它。有人歪着头想辨认它身上的文字，结果什么也没读出来。

这时，大公猪瞧见了小母猪，哼哼着，小跑着追过来了。

小母猪迎上去，仰着鼻子，和大公猪互相嗅闻，耳鬓厮磨……不一会儿，大公猪转到母猪身后，趴在它背上，哼哼唧唧，腹部抽出一根酱紫色的肉棒棒，晃晃悠悠，在小母猪的尾巴下寻找什么……

小母猪吓坏了，恐惧地叫着，挣脱大公猪的钳制，拔腿就跑。

全场一片哄笑。不知道谁带头鼓起了掌，也不知道他们为什么鼓掌？为谁鼓掌？

尽管人声喧嚷，大公猪决不气馁，决不放弃，抖着一身肥膘，晃着那根肉棒棒，满场追那只慌不择路的小母猪……

闻达他们没有挤到里边去看，还是站在走廊里边喝边聊，但都在关注场子里的表演。

"说明什么呢？作者想表达什么呢？大公猪耍流氓？大公猪欺负小母猪？那是两性相吸，是自然法则呀！"

"要叫达尔文来评，他会说'这很正常！'"

"你没看见欧美强势文化在世界各地怎样强奸地域文化？你没看见美国的饮食文化、影视文化、牛仔文化、商业文化，还有那些低俗肤浅的娱乐文化……怎样横扫全球，将世界各国青少年脱胎换骨，换上美国脑袋？"

"也是，屁大的孩子张口就要'汉堡'，要'热狗'，要'比萨'，那些东西哪有饺子好吃？哪有包子、肉夹馍好吃？"

"文化是流动的，文化有包容性。文化杂交的结果，可能出现更高级的文化！"

"狗屁！如果有一天中美开战，弄不好会遍地汉奸！你可别小看它背后的危险！"

几位村民蹲在墙根聊天。

一媳妇说:"一头流氓猪也值得那么多人看!"

一大妈说:"现在的黄花闺女真不要脸,男男女女扎堆儿看那种事儿!"

一个跛脚男子说:"现在没黄花闺女了,小学开始搞对象,中学老师给发避孕套,什么没见过?"

一个老头不屑地说:"想看那种事儿?到配种站去,天天看,管够!"

据说流氓猪最后没有干成,这倒演绎出了另外一种解读:当今世界,各地民族意识开始苏醒,开始说"不",强权文化已无法畅通无阻,为所欲为了。

3

天黑了。后院有一片开阔的草地,靠墙搭了一座弧形"T台",准确地说,应该叫弧形台。弧形台背靠黑色天鹅绒幕,连接着一间临时搭建的简易棚屋。前面一块空地,拉了一根隔离带。

王娅楠领着那些模特儿姑娘进了棚屋。

观众被阻隔在隔离带外,离弧形台有一段距离。几个老外站在人群后面,闻达他们也来了。人们对这群招蜂引蝶的女孩,对这场神秘的展示颇感兴趣。

表演前,主持人提示:有心脑血管疾病或神经性疾病的观众请退席,到休息室去休息。提示之后,才宣布表演开始。

灯光不算很亮。姑娘们迈着猫步,一个个从棚屋里出来。

最初,她们的表演并不惊悚,无非是身上覆满青枝绿叶,趴着几只红色瓢虫,或全身盛开着牡丹,落满蝴蝶。

后边就越来越离奇了:有的全身缠满蛇,有的敷满蛆,有的爬满千足虫,只露出一张白净的脸……

很多人看得浑身起鸡皮疙瘩,直说:"真吓人!"

还有更吓人的：有的人后背或胸腹，剥了一块皮，露出里边的骨头、内脏和血管……

弧形台下，女士们被吓得"嗷嗷"大叫，捂住了脸，纷纷转过身去。

音响奏出各种撕裂的效果，搅起人们内心的狂澜。

越往后越吓人：有的姑娘没有下半身，光剩上半身漂移在空中；有的光有两条腿，架着一个面具在地上游走；还有更离奇的——一只烟斗冒出一股一股的烟，自己在空中飘飘荡荡，转了一圈。

烟斗消失之后，主持人出来报幕，她执着王娅楠的手，将她介绍给大家：

"作品名称：《皇帝的新衣》——姑娘们没有着装，全是裸身彩绘。

"设计师：王娅楠。"

王娅楠全身趴满千足虫。趁大家还没看清，她两手在头上乱抹一气，整个头立即消失。一个没有脑袋的女体，跟着主持人一扭一扭进棚屋去了。

观众被吓傻了，半天才缓过神来，全场哗然，掌声不断……

那些老外也都愣住了，拍着手，被一连串的意外刺激得目瞪口呆。

那个酷似基督的男子，兴奋得满脸通红。他在楼梯上截住王娅楠，一个劲地伸大拇指。

他说他今天没有白来。他说他非常喜欢她的作品：疯狂、美丽、智慧，全是意外和惊喜；他说他叫麦克，美国费城人，是做摇滚乐的，他说他的摇滚乐能和她的人体彩绘配合起来，他愿意帮她谱曲……他用的是生疏的汉语，说话颠三倒四，异常紧张，好像生怕还没说完，她就会突然从眼前消失。

王娅楠没有卸装，穿着军大衣，站在楼梯拐弯的地方，一边喝着咖啡，一边听着麦克像得了热病似的满脸兴奋地急促表白。

她仰着脸儿，笑眯眯地，眼睛里充满快乐，陶醉得忘记了身边的世界。

九

初为人父

1

梁春燕早产，生了一个四斤八两重的儿子。

因为孩子提前到来，很多东西还没准备好。加之他俩都没有当父母的经验，如临"大敌"，心里非常紧张，紧张得整晚睡不着觉。

吴子强到街上转了一圈，买回摇篮、被褥、婴儿衣裤、牛奶、鸡蛋、鲫鱼、水果、菜蔬……他又在附近村里转了一圈，死乞白赖地把人家正在下蛋的一只芦花老母鸡买了来。

他买了几本《孕妇必读》《怎样迎接第一个孩子》之类的书，连夜研读，用红笔圈圈写写、勾勾画画，摘录了要点制成卡片钉在墙上。

他把调色板刮干净，把笔洗干净，用纸包起来，把画扣起来——歇了！画画的事连想都不去想了，一门心思在家里伺候月子。

他把窗户糊严实了，烧热炕，请李小冉开车，到医院把春燕母子接了回来。

每天早早地起来，往炉子里添煤，把炉灰撮走，将火捅旺，让屋子暖暖和和的，然后给孩子洗脸，擦身子，换尿布，递给春燕喂奶——一个绵软温暖的肉体，蹙着额头，浑身奶香，可爱极了。然后他做早饭，趁春燕吃早饭时抱着孩子在屋里遛弯儿；早餐后上街采

83

购，洗尿布，做午饭……直到晚上十一点钟在摇篮边挨着孩子躺下。

半夜，孩子有一点动静，他就会惊醒：把尿，换尿布，喂水——这是风平浪静的日子。遇到孩子感冒发烧，他就没这么轻松了！

尿布晾在院子里，在槐树和柿子树之间的尼龙绳上，像军舰上的万国旗。小风吹来，"哗哗"作响，蔚为壮观，看得吴子强心花怒放。

朋友们问他："子强，初为人父，什么心情？"

他抱着儿子，边逗边说："嘿嘿！不知道。反正不想画画了——这小子把我废了！"

养孩子他俩都没有经验，春燕有点儿慌神。最令她焦虑的是，家里捉襟见肘，没有存款。她可不想生孩子后吃了上顿找下顿，让孩子陪着父母承受压力。

她给爸爸妈妈写了封信，表达了她的思念和深深的忏悔，请求爸妈宽恕。她汇报了他们的近况，描述得非常美满。最后，报告了她生孩子的消息，还附了一张她和孩子的照片。

她知道爸爸妈妈有存款，但绝不能张嘴要钱或借钱，那样会让爸妈看不起吴子强。她了解她妈，只要听到她生孩子的消息，肯定会马上来到自己身边——反正生米已经煮成熟饭，他们不能把吴子强怎么着了。

一天下午，吴子强正在院子里的水龙头下洗菜。邻居家的孩子推开大门喊了一声："找你们家的！"说完，小家伙转身跑了。

一位老太太风尘仆仆，拎着大包小包站在门口。

吴子强抬起头来，问道："您找谁？"

老太太站在门口没动，恶狠狠地盯着吴子强，那眼神分明在说："老娘恨不得宰了你！"

吴子强正在想，她是谁呀……忽然，他扔下手中的菜，奔过去接过老太太手中的行李，叫了一声："妈，您来了？"

老太太没有理他，朝屋里喊道："燕儿！燕儿！"

春燕在屋里应了一声："妈……！"

老太太扔下东西，奔屋里去了。

2

吴子强第一眼没认出岳母来，情有可原。他在康定待了个把月，只注意春燕了，没有多看她父母一眼。虽然在餐馆里见过面，却没有打过交道，很少说话。

令梁母万万没有想到的是，女儿居然跟了这么个穷光蛋，住在农村，离城那么远，从火车站打车过来花了她200块钱！这么长时间了，家里还这么简陋，要什么没什么；还有一事令她万万没有想到，女儿居然没有结婚，就稀里糊涂地怀了人家的孩子，给她丢尽了脸面……真是，前世造孽呀！

这一切的罪魁祸首，是十恶不赦的吴子强。在她眼里，他就是一个强盗，一个把她女儿抢走并糟蹋了的强奸犯。她永远不会原谅他！

幸亏女儿顺利生下了孩子，母子平安，这让她多少舒坦一些。如果女儿有个好歹，她敢跟吴子强拼命！

老太太目前还没有撕破脸皮直接跟吴子强干。但她逮着机会就要骂她女儿几句，故意骂给吴子强听。

"好男不跟女斗！"吴子强想。碍着春燕的面子，他得一声一声地叫她"妈"。

儿子一会儿屙了一会儿尿了，一会儿吐了一会儿哭了，弄得他手忙脚乱，焦头烂额。不过他很快活。他乐于做这一切。出门买东西，离开半个时辰，他就惦着他，想看看他，想抱抱他。

他感受到了父子之间那种牵肠挂肚的亲情。

无论吴子强怎样尽心尽力，老太太对他始终没有好感，就像家里雇的一个不称心的用人，出来进去她不给好脸。

有一次，吴子强从外面回来，听到老太太在厨房里数叨女儿。

"哼！你说走就走了，可把扎西给害苦了。原先那么壮实的汉子，现在瘦了一轮，一天到晚黑着个脸，没有一句话……"

"妈，您别说了！"

"有一回，折多山山体滑坡，他们接到任务去一个村里救援。那松土石块还在往下滚，他硬是驾着车从路上冲了过去。别人说他是成心不想活了……"

春燕带着哭腔说："妈！您不要说了！"

"我干吗不说？你想让我憋闷死啊！那么好的男人你不要。瞧你现在找的这个窝囊废，哼！要什么没什么，穷得叮当响，住在乡下还是租人的房子！哼！也不知道你图他什么？"

"看来，这老太太是成心拆我们来了。"吴子强想。他没进屋，气呼呼地走了。

春燕听到外屋有动静，探头望了一眼。

"妈！求您别说了！叫他听见。"

"听见怎么啦？我冤枉他了？就是要叫他听见！"

岳母的突然到来，对吴子强来说，是泰山压顶，造成了巨大的精神压力。

他们的日子一直过得很拮据，花钱很节省，还攒不下钱来。现在他得打肿脸充胖子，必须做给岳母看，这是必须的，否则这老太太每天都会生事。

他编了一些应对老太太的说辞，要求春燕跟他配合，和他统一口径。

春燕听了"咯咯"直笑："你就那么怕我妈呀？其实她没那么厉害！"

"你就照我说的做！"——这是不容商量的口气。

家里的钱已经花得差不多了，吴子强不能让岳母看出他们的窘态，他找到李小冉，想跟他借钱。小冉说："我手头真是没有存下钱，你知道我是不存钱的。"

"你给我问问别人，我急等钱用。"

"可能要利息，可能利息比较高。"

"多高？"

"我给你问问。"

"多高也借！"

两天以后，小冉拿来两万块钱，吴子强写了张借条，写明年息百分之二十。

吃饭的时候，当着岳母的面，吴子强把钱交给春燕："这个月的工资放在家里零用。你和妈不要太节省了。"

春燕看看那两沓子钱，吃了一惊，不知他从哪里搞来这么多钱。

"下星期开始我在学校上课，我把城里那个家收拾收拾，先住那边。"

"不回来啦？"春燕着急地问。她知道他要去三里屯给人画像挣钱。这事他事先跟她说过。

"回来，我会抽空回来……妈，大学里的课得集中上。等上完这一阶段课，我再回来陪您说话儿。"

岳母闷头吃饭，没有搭茬儿。不过脸色好一些了，脸上掠过了一丝不易被察觉的得意。

事后，老太太问女儿："他是大学教授？你怎么没跟妈说？"

女儿笑而不答。

"他每月挣多少钱？"

"有时多有时少。"

"他在城里还有房子？"

"哎呀，您操那么多心干吗？我们不是活得好好的吗？"

"妈不是心疼你嘛！"

十

人在囧途

1

吴子强在姚家园租了一间平房，买了辆二手自行车。他每天下午背着画夹，骑车到三里屯去，穿梭于酒吧、茶座和咖啡馆之间，寻找可以服务的对象。如果遇上形象好、气质佳，一看就很入画的人，他会主动上去询问："女士，我能替您画一张像吗？"或者："先生，我能替您画一张像吗？"

如果对方同意，谈好价钱，他便找一个合适的角度坐下来，准备纸笔，一边闲聊一边观察对方，看够了，便着手勾画。

他不给对方提要求。对方可以随意聊天，变换动作。吴子强有迅速捕获对象特征和凭经验完成造型的能力。

有时，为了淡化商业色彩，他不跟客户谈价钱。如果对方一定要问："画一张多少钱？"他会满不在乎地说："随便，您随便给。"

他深知自己从事的是服务行业，这会儿已经不是艺术家了，在别人眼里他是卖艺的。不讲价钱，不计较价钱，可以保留一点点艺术家的尊严，最后可能获得更高的回报。

每天都能遇上一两件让他堵心的事儿和几个令他不爽的人。最常见的是那些穿金戴银的男女。一般他们摆的姿势就很呆板，满脸俗气，叫你看了心里起腻，提不起画画的兴趣来。画完后又要你改这改那，硬要你把一个丑八怪画成美女或俊男。最后还要说你画得不像，还要奚落你几句，不想给钱。

除了这些"鸟人"，吴子强还得忍受酒吧服务员对他的轻慢和呵斥。他们像驱赶乞丐一样驱赶艺人。尤其是赶上客源充足的时候，假如吴子强拎着画夹走进某家酒吧，被服务员碰见，他会呵斥道："去去，到别处去！"

如果第二次碰上，那话就会很难听了。

这片土地里盛产阴阳脸。他们对有钱有权有势的，和对他以为不如自己的，从摇尾谄媚到作色呵斥，那脸变得非常之快。

吴子强是一个对脸色，对言词非常敏感的人，是一个自尊心极强的人。倘若换上年轻时的脾气，他会一点就着，天天跟人打架——那会儿他是流浪汉，是无产者，光棍一人，对什么都无所谓；现在他有家室，肩上担着责任，他不能出事儿。

真是应了那句戏词："龙游浅水遭虾戏，虎落平阳被犬欺。"

吴子强从家里躲出来，穿梭于闹市，和三教九流各色人等打交道，屡受伤害，颇有苍凉之感。每天都在想：为了儿子，再忍两天吧！

2

有一天，一个穿戴讲究，看样子就知道她很富有的女人，独自坐在酒吧一隅，在那儿自斟自饮。吴子强趋前问道："请问，我能为您画张像吗？"

女人上下打量他一番，没有回应，也没有表情。半天，她做了个邀请的手势："画吧。"

吴子强坐在马扎上，从画夹里抽出纸来，选了三分之二侧面仰视的角度，略作观察，便开始勾画：这人略胖，手执酒杯，手背肉乎乎的；喝的好像是鸡尾酒，慢慢地品着。她的椅子比吴子强的马扎高，自然是居高临下。头发如瀑布般泻下来，目光里含着傲慢和隐忧……

吴子强把这一切全都捕捉到画里了。只有眼角浅浅的鱼尾纹痕被他省略了。她的实际年龄应在四十岁以上，画出来也就三十来岁，成熟而丰满，蛮可爱的。

画完后，他签上名，递给她看。女士脸上浮出一丝笑容，头一次见她笑，头一次看见她眼角明显的鱼尾纹。

她只看了一眼，就把画像搁在一边。

"坐下来喝杯酒吧！我买单。"她不容商量，也不征询意见，向服务生要了一杯威士忌。

吴子强想："不就一杯酒吗？干吗那么寒碜我！"他没说什么，礼貌地递上一张名片，然后在女士对面坐下来。

女士看了看他的名片，上面写着："湖南省美术家协会会员、岳麓油画院院长、湘楚大学客座教授……"

吴子强解释说："这是一张旧名片，现在我是自由职业，住在宋庄。"

她正了正坐姿，眼睛也变得生动而有温度了："哦，吴老师。我没带名片，我姓黄，您可以叫我小黄。"

吴子强心想："还小黄呢？都该叫您黄阿姨了。"

小黄说："您是湖南人？我那口子当兵就在湖南，我也在湖南待了好几年。"

"您怎么一个人在这里独饮？"

女人很敏感，知道他伸出了触须，在探自己的虚实——一看就是那种情场老手。犹豫片刻，她还是如实告诉了他："我那口子长年在美国。"

"孩子呢？孩子在美国读书？"

"我们没有孩子。"

吴子强想："又是一出现代版《闺怨》！"他基本上明白自己所处的有利地形。只要发动进攻，攻必能克！

但是，他不想整那些事儿。他和春燕感情很好，儿子已经来到世上，他得像个父亲的样子。再说，对方已是半老徐娘，对自己没有太大吸引力了。所以，他的眼神平平淡淡，没有因荷尔蒙改变而放光或变得柔和什么的。在他眼中，她只是一个买主，一个生意伙伴。

"您是油画家？"她玩味着那张名片，懒懒地说，"我能请您给我画张油画像吗？没准我还能买您几幅画呢！"

"没问题！"吴子强说，"画多大尺寸？在哪里画？我去准备画框。"他确实渴望挣钱。

"在家里画吧，我家房子宽敞。"

小黄给他留下了地址、电话，约定了开工的时间。哇！她住在贡院六号，那是北京市的天价楼房！

一切都谈妥以后，吴子强抢着要结账。他说他是男士，不让他付钱就是看不起他，就是打他脸，就是……等服务生送来账单，他一看就傻眼了：人民币 1268 元，把他口袋里所有的钱掏出来，再加上他的衣服裤子和鞋子，也凑不够这个数。他只好乖乖地把嘴闭上，僵硬地笑着，没敢将手从口袋里抽出来，呆呆地看着对方结账。

临别时，小黄笑眯眯地掏出 300 块钱放在桌上："吴老师，这是画像的钱。"

吴子强死活不要，又不好意思在公共场合和她拉拉扯扯，只好把钱留在桌上，小跑着离开了。

吴子强骑车回到姚家园住地，下了碗面，喝了瓶啤酒，躺在床上，一边摩挲着肚皮一边琢磨：她对画像好像并无兴趣……那厮寂寞了，给闲置得太久啦！她逛三里屯，哪里是泡酒吧？分明是在找艳遇！怎么就让我碰上了呢？她被闲置了，我也被闲置了。我已经好几个月不近女色了，正是如狼似虎的年龄，饥渴难忍呀！如今送到嘴边的肥肉，白白嫩嫩，一顿超级大餐！干吗不吃呢？

想着想着，那家伙就硬邦邦地勃起来了。

可是，这叫什么事儿？要是被燕子发现，那日子还怎么过？就算不让她发现，当面做人，背后做鬼，我他妈多累呀！再说，那娘儿们并无真情，只是有钱，只是用钱买笑，买一个性工具，我算什么呢？

堂堂一个男子汉，一个大艺术家，靠那玩意儿挣钱，我还有脸活吗？

思前想后，他不能到她家里去。对方呼过他几次，他没有回话。

他从三里屯消失了，找了一份画行画的工作。

3

画行画是按照顾客的口味画画儿——无须内涵，没有情感，没有艺术追求，鲜艳漂亮招人喜欢就行。通常是老板给画样，不用动脑筋，照着临摹就是。画得很细腻，抹得光光的，最后老板点头就行。

画行画看似省心，实际上很累。因为画价很低。你老得算钱：今天画了几幅，挣了多少钱？你会画完一幅接着再画一幅，一刻也不愿耽搁。

画画儿的乐趣在于探索，在于意外惊喜——画面效果充满变数。

行画不允许探索，你必须如法炮制。一天两天还行，时间长了，你会心中起腻，觉得画画儿索然无味，觉得画画的人生索然无味。

有人说，艺术家画行画，就像良家妇女当妓女，钱没挣来，还坏了贞节。

吴子强陷在行画中，自信心大打折扣，前途变得渺茫，以前那股勇往直前的冲劲丧失了。有时来了灵感，头一天还信心满满，雄心勃勃，睡一觉起来就成了泄气的皮球——他对未来开始恐惧。

他是那种自制力比较差，承受力也比较差的人，心里有苦就要倒出来，把坏情绪倒给别人，自己才能睡一个安稳觉。

吴子强和王自鸣常有走动。只要心里苦闷，他就拎瓶二锅头，去找王自鸣喝酒。

王自鸣有副好脾气，经常被人倾诉，自己却从不诉苦。他心里的苦已经板结了——他在宋庄待了十几年，要名没名，要钱没钱。他的家在外地，老婆带着孩子在外地上班。他们夫妻关系名存实亡。老婆另有情人，和情人在一起过。王自鸣想看孩子先要经过老婆同意，同意的前提是他得给孩子带生活费去。王自鸣挣钱困难，干脆长期不回家了。

其实，王自鸣不是没有能力挣钱。他早年在一家制鞋厂上班，有技艺，有稳定的收入，结婚生子，一帆风顺。他却成天"望着远方"，成天苦恼。他心里老有一个声音在呐喊："我要画画儿！我要画画儿！"

他不顾妻子的反对，辞职在家，专心画画儿。可是，画了很多，堆得满屋都是，却无人问津，推销不出去。很快，家里揭不开锅了。

他自己可以忍，可以馒头就咸菜，可是家有妻小，他必须去挣钱。

他搞过装修，搞过设计，画过行画，也挣了一些钱，养家不成问题。

家里有点钱，又开始鬼迷心窍。这些年他迷上了观念艺术，一门心思要自创流派，想一鸣惊人，搞得日子不像日子，家不像家，把老婆孩子冷落在一边，过起了苦行僧式的生活。

王自鸣孤身一人来到画家村，忍受清贫，每天倾情投入，耕耘不辍，画了一大堆光屁股婴儿，神闲气定地等着伯乐出现，等着成功之鸟飞到他的院子里来。

他时刻面临着"成功就在明天"的诱惑。

吴子强找王自鸣喝酒，多喝几杯就唉声叹气，嘟嘟哝哝——说他不该结婚，说他不该到这鬼地方来，说他不该要孩子，一切都被毁了，他背着沉重的壳陷在这片沼泽地里，离他的梦想越来越远……

"就你这德性……也敢来宋庄闯！"王自鸣的头脑被酒精灼烧着，两眼通红，口无遮拦，"成功只眷顾那些有定力……的人。大师都耐得住寂寞……像你这样婆婆妈妈、怨天尤人，吃点苦头就想往回跑，肯定与成功无缘！"

"操！我要像……你，一个人来宋庄混，我早成……成了！"

王自鸣凑近吴子强，红眼盯着红眼："可惜啊！可惜你老……婆，那么好的一个女人，明知无望，还跟着你苦苦坚守！"

他俩就着一盘花生豆，诉着各人的苦，喝着聊着，飘飘欲仙了。

十一

春燕餐馆

1

梁春燕看见吴子强压力那么大，每天起早贪黑，耷拉着脸，完全沦落为一架赚钱机器了。她想出去找份工作，减轻丈夫的负担。

她找过几个单位，都因吴子强反对没有去成。

"别出去丢人现眼了。你把家管好，把乐乐带好就行，挣钱是爷们儿的事。"

"你别打肿脸充胖子了！趁妈妈在这里帮忙，我出去找份工作，多少也给你减轻些负担。"

"你还真打算让妈长期住下去呀？"

"妈妈在这里帮咱们多大忙呀！妈妈把乐乐养得多好呀！谁不愿意家里有个老人呢？"

吴子强不好说什么，他满脸无奈。

春燕又遇到一个机会：有家餐馆要转让。她按照电话号码找到那个老板。桌椅、锅灶、餐具……一应俱全。只需将墙面粉刷一下，将餐具清洗消毒一番，添些碗筷，便能开张。

她和老板谈妥：转让费 1.5 万元，签约时一次付清。年租金 3.6 万元，季付。

她和妈妈都有开餐馆的经验，她知道怎样把餐馆做得受人欢迎，红火兴旺，她知道怎样通过餐馆挣钱。

她跟吴子强说了自己的想法，问道："你来不来？你来咱们一起干，肯定比你画画挣钱多！"

吴子强听得出来，春燕方针已定，只是告诉自己，不是征求意见。再说，这个事还算靠谱，开餐馆对春燕来说是轻车熟路，来钱快，没有风险。

他没说什么，只说自己烧成灰也是画家，不能受一点压力就改行。

春燕从雅安请来一位姓秦的厨师，他的川菜烧得不错。又把堂妹卓玛叫来帮忙。家里还有些钱，她妈妈身上带着些钱，又让吴子强帮她凑了万把块钱。一块名为"艺术家餐厅"的牌子挂出来了。

春燕和卓玛在电杆上贴了几十张小广告。第一天搞活动，只收成本费，啤酒随便喝。来的人特别多，光啤酒就喝了五十箱，亏空 2000多块钱。不过，餐馆很快就兴旺起来，每天流水 2000，半年下来，收回了投入，还有盈利。

在这里就餐的多是回头客。那些懒得自己做饭的艺术家们，为了结束饥一顿饱一顿的日子，让生活过得有规律些，都愿意来这里包餐；还有许多白天画了一天画，晚上过来喝酒吃夜宵的；或者傍黑饱餐一顿，打算回去熬个通宵的。

三五好友聚在一起，边喝边聊，吞云吐雾，一个个东倒西歪，酒瓶摊满一地，走路踢得"叮咣"乱响……

宋庄已经有好多家餐馆了，梁春燕的餐馆与众不同。

这里没有考究的菜谱，只在小黑板上写着菜单；服务员也不花言巧语，卖弄热情，只是实话实说。

对顾客来说，饭菜便宜固然高兴，更重要的是收获一份信任——在别处，当下在任何一家餐馆，你都可能挨宰，唯独在这里你不用担心。吃完结账，比你估算的还要便宜。宾至如归，吃得心里热乎乎的——信任能产生温度。

艺术家之家，不能没有艺术气氛。吴子强帮着作了一番布置，将电灯一律装饰成挂在梁上的"油"纸灯，墙面做了些陈旧的效果，贴了几幅在潘家园地摊上找来的月份牌画（其中竟有两幅春宫画！），立柱上贴着"太平盛世，莫谈国事"的告示，让餐馆看起来有上世纪初的宁静氛围。又装了一套音响，间或播放些活泼轻松的民乐小调，帮你调理出一种喝酒聊天的闲散心情。

那两幅线描的春宫画，开始没有引起春燕注意。后来等到它沦为顾客的谈资和笑料，她才搞明白是怎么回事，于是坚决取下来扔在地上，大骂吴子强："坏透了！""不尊重女同志！"

其他方面，他们也很尽心。比如说让顾客吃放心油、放心菜，所有食材都从正规渠道购进，并将发票公示备查……

凡在这里吃过饭的人都是回头客，都是义务广告员——走出餐馆时剔着牙，脸上洋溢着满意的笑容。

在这里包餐的客户，春燕和他们约定，每天按标准搭配荤素。譬如闻达一家三口，一顿48元，能吃到两荤两素一汤，三天之内不重样。董青平、傅双北、王娅楠、白明合为一桌，每顿56元，三荤两素一汤。这样可以吃到更多的花样，也省去了顿顿点菜的麻烦。春燕掌握了各人的口味和饮食习惯，给他们搭配着上菜。客人来了就吃，吃完就走，月底结账。有人因为赶画或出门耽搁了，饭菜会给你留在纱布罩下，随吃随热。

春燕这家餐馆，成了名副其实的"艺术家之家"。人们不仅解决了吃饭问题，还获得了社交的方便，每天在这里见面聊天，打诨逗乐。谁卖了画，就请大伙儿放开了撮一顿。

王自鸣自己在家里吃，他经济来源不稳定，吃饭比较凑合。后来，春燕给他八折优惠，微利，还允许他赊欠，他自然愿意跟大伙儿一起来餐馆包伙了。

饭店日渐红火，春燕也越来越忙，越来越累。

每天凌晨四点，天不亮她就起床，骑着电动三轮车到八里桥批发市场去采购，七点到十点，她和卓玛将一天要用的鱼肉青菜全部洗净，切好，供厨师备用。从十一点开始，到晚上十一点打烊，她得收款，帮着送菜收碗擦桌子，可以说是马不停蹄。

她还得挤出时间来给孩子喂奶。幸亏有妈妈帮她带孩子，给她解决了后顾之忧，她可以放心扑在餐馆上了。

半年下来，她明显瘦了，眼窝发污，有些憔悴。但她每天兴致勃勃，起早贪黑，乐此不疲。

现在，她比丈夫名气大多了。吴子强其人其画没有引起人们注意；梁春燕和她的餐馆在宋庄可是有些名气了。人们经常把那餐馆的本名给忘了，干脆就叫它"春燕餐馆"。人们到春燕餐馆吃饭，享受诚信与亲和。春燕的漂亮仍旧出众。她身上有一种气息，令人赏心悦目，如沐春风。她用真、善、美挣钱，顾客花钱吃饭，"打包"快乐，人人心甘情愿。

梁春燕没有精力照顾丈夫了，但她心里时刻想着丈夫。她知道丈夫想要什么。她知道丈夫心中苦恼，还知道他为什么苦恼。

"子强，别画行画了，你还得往前走呀！"

"不画行画，日子怎么过？这个家怎么支撑？"

"得了，别想那么多了，咱们餐馆生意不错，钱够花了！"

"让我坐在家里花你挣的钱？甭逗了！你妈还不骂死我？"

春燕开餐馆挣了些钱，经济压力减少了，吴子强却没有兴趣追求什么艺术了。他除了画行画，就是喝酒，喝得醉醺醺的。他不在家里喝，也不在春燕的餐馆里喝，他跑到别的饭店里去喝。每逢多喝点酒，他便喋喋不休：说自己不该结婚，不该要孩子，现在陷在泥沼里了，离自己的梦想越来越远，看不见希望了……

他在春燕面前不说什么，但那无望的心情写在脸上，梁春燕全都看在眼里。

2

"喂，是吴子强先生吗？"一天，吴子强忽然接到一个陌生人的电话。

"您哪位？"

"我是三味画廊经理，姓牟，想和您见见面。"

"喂喂！您是哪位？请再说一遍！"

"我是三味画廊牟经理，想约您见见面。"

"好！牟经理，您说，什么时间？在什么地方？"

"今天下午四点，在元茂宾馆203房间，我等您。"

天呀！财神敲门了，画廊老板约我见面！怪不得昨晚做梦，踩了一脚屎呢！

他的兴奋溢于言表。他对春燕说："嘿！有人要买我的画！燕子，财神自己找上门来了，天上掉馅饼，想挡都挡不住啊！"

春燕笑道："好事。这些年你的功夫没有白下。"

"晚上我要请人吃饭，你准备一桌菜。"

"你领他到大一点的餐馆里去吃吧，该花的钱就得花。"

整个下午，吴子强都在等待着这个时刻。他把画室收拾妥当，把代表自己水平的画挂在合适的位置，同时把自己也收拾了一下，让自己看起来像个大艺术家。三点五十分整，他拎着电脑，带上自己的宣传材料，赶到了元茂宾馆。

寒暄之后，牟老板提出来要买他两幅画。

"您去画室看看，挑两幅吧。"

"不用了，你的画在展览上看过，电脑里挑挑就行了。"

吴子强打开电脑，牟老板只随便看了看，就确定了两幅画，给价四万块钱。

"噢……待会儿我给您把画送来。"吴子强心里纳闷，"还没见过这样买画的呢！也许，这家伙太有钱了。"

回到家里，吴子强当着岳母和春燕的面，把两万块钱拍在桌上，抑制不住地得意："嘿！世上怪事真多，你见过钱找人吗？人家连看都没看，就买我的画，你说说！你说说……"

春燕满脸高兴，抱着儿子说："乐乐，你爸爸挣大钱了，以后供你到美国去读大学！"

母亲不在时，她一把拉住吴子强，问道："总共卖了多少钱？"

"四万，四万块钱。"

"那两万呢？"

吴子强嗫嚅道："我打算去美院进修一年。我不想画那些行画耽误工夫了，我还得继续为理想奋斗！"

"进修一年要交多少钱？"

"一万多。"

"你把钱都给我，你用的时候我给你，省得放在你身上瞎花了。"

吴子强有点奇怪，她今天怎么啦？怎么管起我的钱来了？

十二

艺术学府

1

吴子强考上了中央美院油画系进修班，交了 1.2 万元学费，开始了他向往已久的进修生活。

他差点儿陷入行画的泥潭而不能自拔，因为他慢慢地适应了行画，滋生了惰性，一度丧失了探索的热情。幸亏三味画廊牟老板买了他两幅画，不仅减轻了他的经济压力，而且大大提振了他回归艺术的信心和勇气。所以，他重振精神，到美院进修来了。

令他沮丧的是，上课地址居然在校外，是校方临时租用的一栋废弃了的厂房。地方虽然宽敞，也有条件解决吃住，但终究没有在美院校本部上学的那种神圣感。倒像是随随便便被塞进了一个山寨进修班。

吴子强从小就有"美院情结"。他在文化馆学画的时候，有一次老师带领他们来北京，到中央美院去参观。U 字形楼道里挂着画，楼梯间立着巨大的石膏像，教室中间摆着模特儿台，从屋顶天窗洒下柔和的天光。环境幽幽的，空气中飘荡着浓郁的艺术气息。上课的都是些著名画家。吴子强多么想天天待在这栋教学楼里，天天和那些大名鼎鼎的画家碰面，听他们讲课啊……假如人间真有天堂，那就是他的天堂！他做梦都想上中央美术学院。

美院对他来说，有一种神圣感。哪怕在美院的楼道里待一会儿，他也会感受到由衷的幸福。

可是，连着考了两次，他都没有考上……事隔多年，现在如愿以偿，却是被塞在一个完全没有了神圣感的工厂里，先就让他感到不快。

还有令他不快的是，第一节课居然冷冷清清，没来几个人，也没按照课程表的进度安排，临时改变了教学内容。

课程表上明明写着画着装胸像，现在大家面对的是一尊名叫大卫的石膏像。在哪儿不能画石膏？还用交那么多钱来进修！

给他们上课的老师姓郭，他一个劲地给教务处打电话，跟他们都快急了。最后关上手机，无奈地摇摇头，解释说："教务处约的模特儿临时有变，取消了。咱们这一周改画石膏像。多画一张石膏像没有坏处，只有好处。许多最基本的造型问题都是在石膏像上解决的。"

郭老师比吴子强小一岁，是去年毕业的研究生，没有老师架子，完全像个同班同学，口无遮拦，什么都说。

有同学问他："教务处手里有那么多模特儿，干吗不换一个？"

"那里边水深，咱们弄不明白。"

"是不是系里挣钱没分给他们？"

"没根据的话咱不敢乱说……现在开始画吧。"

于是，搬石膏像，搬画板，移动画架，钉素描纸……一阵短暂的骚动之后，教室里静下来了，只听到"嚓嚓嚓"的铅笔在纸上划动的声音。

"郭先生（大学里管老师叫先生），咱们班多少人？怎么就来了这么几个？"

"到齐了应该是二十个人，缺席一多半……人少好啊，你们享受研究生待遇。"

"那些人光交钱不来上课，傻不傻啊！"

"他们一点都不傻。"郭老师笑道，"他们这会儿正忙着挣钱。无非是拿钱来买个文凭，熬个资历，中央美院的文凭很值钱！"

"以前，美院的进修生也很牛逼呢！"

郭老师看着学生画画，一边动手帮着改几笔，一边和他们随意聊着："那会儿的进修生都是各地的专业画家或大学教师，都已小有名气。系里把他们招进来，细细打磨，目标是要培养艺术家。

"现在不一样了——我不是踩你们，现在上进修班，只要交钱，来者不拒。摸摸脑袋就可以跑来进修，然后口口声声称自己'中央美术学院毕业'。我听着都臊得慌。"

郭老师转到吴子强身后，看了一会儿，接过铅笔在形体上拉了几根直线："先别抠细节，先找大形，注意'势'的走向，注意方和圆、硬和软、实和虚……这些对比关系，要画出视觉节奏来。该放松的放松，该强调的强调，不要照抄对象，要拿自己当个艺术家，不要在这里画学生作业。"

他一边说一边用铅笔在纸上大刀阔斧地"砍"来"砍"去。不一会儿，纸上的大卫像变得空间分明，形体明确，呼之欲出，结实而大气。同学们都围过来看，心中不能不暗暗佩服。

郭老师正想要说些什么，突然手机响了。

他取出手机看了一眼，"喂"了一声，迅速转身走出教室，关上了门。

同学们听见他在门外说："噢，我不是安排人过去了吗？怎么？还不够？好吧，我这就过去……"

一个同学努了努嘴："看见没？一边上课一边挣钱呢！"

直到第三天，郭老师才回来继续看画，话不多，显得身心疲惫。

2

开始画人体了，第一节课画一个少女模特儿。

学生们早早地盼着，这一天来的人特多，原本宽敞的教室显得有些拥挤。大家忙着找位置，准备画具，除了磕磕碰碰的声音之外，很少有人说话。所有人都神情肃穆，好像在等待一个神圣的时刻。

没多久，郭老师来了，模特儿也来了。人们的眼光都聚焦在模特儿身上。

那是一个普普通通的女孩，皮肤白皙，略显丰满，说不上漂亮。头发被染成了火红色，没有化妆，身材很匀称。

她转到屏风后面。不一会儿，屏风上面荡起一缕青烟。又过了一会儿，模特儿披着睡衣，手指夹着烟卷，走了出来。她若无其事地坐在一把椅子上，没有表情，慢慢地吐着烟圈儿。

"路上顺利吗？"郭老师问她。

"你们这地方太远了！我从六点钟往这儿赶，车上还没座位，站得腰酸腿痛，真他妈不是人干的活儿。"

"你可以要求增加远途补贴，路上要算时间。"

"是得增加。不增加不来了。谁爱干谁干！"

"别别！姑娘，你可别把我们晒在这儿！"

模特儿笑了："放心，我晒谁也不会晒您。"

她扔了烟头，等着摆姿势。

郭老师说："车上站了半天，累了，今天画张卧姿吧。"

她小声说了声："谢谢！"自己脱去睡衣，躺在模特儿床上。

模特儿床很低，只有四五十厘米高，上面铺有棉垫、枕头和灰白色的衬布。她熟悉各种供写生用的卧姿，选了一个上身平躺，头和下身侧卧的姿势。郭老师从各个角度观察一番，将她的脚和手稍微移动一些，就确定下来了。

教室里立刻搅起一阵忙忙乱乱、磕磕碰碰的声音。同学们都在调整位置，抢占最佳角度。有人在拖动画架，有人在抱怨什么，还有人吵了起来，几乎要动手。突然"嘭"的一声，一个画架倒在地上，把大伙儿吓了一跳。

人们这才回过神来，都"扑哧"笑了。

郭老师笑道："咱们班上……有公司老总，有大学老师，有国家干部。有的已为人父母，都是为人师表，育人管人之人，可不能像幼儿园的小朋友……好啦，闲话少叙，言归正传。今天我们画的模特儿姓姜，大家可以叫她小姜。她的身材非常好，腿型尤其好，皮肤色彩很丰富。大家画的时候，要始终把握色彩大关系，不要只追求局部色彩，不要看什么画什么。此外，注意头、胸、胯几个大形体之间的穿插转折，注意各个区域的色彩变化。"

还没说完，许多人就开始起稿了。

最后，他补充道："你们互相不熟，班长就由我指定了。吴子强，你当班长，往后请你掌握时间，每次画五十分钟，中间休息十分钟。"

说完后，他走了，当天没有再回来。

吴子强老得想着那五十分钟，过一会儿要看一次手机，多少分散了一些注意力。他没有跟人抢座，找了一个人们抢剩的位置，离模特儿很近。

这是一个光彩照人的胴体，白里透红的皮肤和皮下淡青色的血管都看得真真切切。

他的目光始终在那些敏感部位间游走……以至于弄得自己面颊发烧，浑身战栗，像喝醉了酒。

他想起了在省艺校上学时画过一次女人体，也产生过类似的冲动。

当时的老师说："人体完美地体现了全部艺术美规律，画人体是高尚而神圣的艺术活动，如果谁在画人体时有杂念，那是品行不端、思想龌龊，他就不配搞艺术，更不可能成为艺术家！"

几乎所有老师都这样教育学生。

那时年少，懵懂无知，他有一种负罪感，被说得抬不起头来，为自己的"下流龌龊"苦恼了好些日子。

现在如果谁那么说，他会说："扯淡！照这样说，首先毕加索就是个大流氓，就不配当艺术家！"

抬头看看身边，那些猛兽般贪婪的眼睛，那些半天没有画上一笔的发痴发呆的面孔……谁能逃脱这亘古不变的自然法则！

但是，艺术眼光和世俗眼光是两码事，虽然二者很难截然分开。面对一个异性人体，世俗眼光会止步于性幻觉和性冲动；而艺术家必须专注于艺术感受，认真研究构成画面的各种绘画因素：形体转折、虚实变化、画面色调、冷暖对比……你必须在脑子里浮现出一幅动人的图画，才能产生艺术灵感，充满创作激情。面对充满诱惑力的胴体，你必须被艺术表现的激情鼓动着，才能排斥掉人欲的干扰，专心画好一幅画儿。当然，人欲避免不了会掺杂进去。无非是，人欲流露得多一些，他的画里便多一分邪恶，多一分兽性；人欲流露得少一些，他的画里便多一分圣洁，多一分神性。

艺术史表明，只要是天才，只要真实于自己的感受，无论往哪个方向走，他的作品都会光彩照人。

3

吴子强原本希望班上有几个画得好的同学，能带着自己往前跑，帮助自己快速提高。现在他是班上画得最好的。尤其画人体，简直成了他的拿手节目：用大笔挑几样颜色，一笔下去，一捻，一拖，再扫一扫——又有形，又有色，又有虚实变化。几笔就能把一个形搞定。他对人体结构成竹在胸，画起来痛快淋漓。大家经常围在旁边看他画画，发出啧啧的赞叹。这让他很受用，自觉不自觉地在作画过程中添加了表演的成分，以取悦于围观者。他无意中忘记了艺术追求，常常轻率地对待每一次作业，并且愈发满足于表面上的帅气，而忽略了精神和情感的表达。

日子过得飞快，一年的进修快要结束，已经进入毕业创作阶段了。

毕业创作是一个人学习成绩和创造才能的全面表现，作品是要公开展示的。有的学生凭毕业创作便一举成名，奠定了一生的基础。

画什么呢？吴子强翻阅着自己的一摞速写本，那里边记录了他在各个时期捕获的形象，和一些偶然觅得的灵感。

速写本里有一幅小画：一个蹲在墙根晒太阳的男子，正在展臂打哈欠。

这幅小画让他产生了灵感，他画了一组打哈欠的画：第一幅是老师在上课时打哈欠，这是他上中学时亲眼看见过的；觉得还不过瘾，又画了第二幅，外科大夫做手术时打哈欠——这是想象的延升。

如是一发而不可收拾，他连着画了警察在岗亭上打哈欠、服装模特儿在 T 台上打哈欠、恋人做爱时打哈欠、开会的人围着会议桌打哈欠……

他带着饱满的激情画了一批画，取名《哈欠系列》。他选了五幅画送去参加毕业展览，在墙上挂了一排。

他眼巴巴地盼着展览开幕，盼望自己的作品被围得水泄不通，被人热议，他盼望一举成名……展览开幕的前一天，郭老师突然通知他，叫他赶紧选两幅课堂作业送去参展。

"为什么？"

"《哈欠系列》系里审查没通过。"郭老师说，"你那哈欠留着到宋庄去打吧，美院不让打。"

是的，美院是学院派的大本营，有一整套不可逾越的传统观念、方法和审美标准。你游离了这个体系，你就是怪胎、异类，就会让专家权威看了不顺眼。你就待一边去！

4

郭老师跟吴子强关系不错。他不在的时候，吴子强成了半个班主任和辅导老师。当然，郭老师有好事也会想着他。有一次他接了一批高档会所的装饰画，分给吴子强几幅，让他几天就把一年的学费和生活费挣回来了。

郭老师对吴子强，是名副其实的亦师亦友。有一天在美术馆看完展览，郭老师请吴子强到一家小餐馆吃饭。

"从下周起，我不给你们上课了。"郭老师说。

"为什么？"

"我参加了讲师团，去宁夏支教。"

"您是系里的主力，正在第一线上课，怎么能让您去呢？"

"我自己要求去的。"

"您好像……心里不舒畅。"

"几年以前，我和你一样，一心一意想学点本领，做梦都想到中央美院当老师。现在该学的学完了，该挣的挣来了，忽然觉得，没意思了。"

"我也奇怪，咱们学校的老师都是名气很大的画家，都有很深的功力和修养，按理说，正是玩命画画，努力出作品的时候。可是，许多人的成名作出来以后，就从画坛消失了，很少能看见他们再度浮出水面。难道……大学老师也对艺术失去了热情？"

"岂止是对艺术失去热情？许多人对文化，对信念，对思考，对真理，对朋友，对明天……都丧失了热情。"

"普遍感到失落？"

"岂止是失落，是找不到北了！精神堕落、道德腐败如果光发生在政界、商界、军界，还不足为怪。如果发生在学校，在学校中蔓延，这个社会便没有一方净土，真是病入膏肓了。"

"郭先生，我发现您其实是一个忧国忧民的人。"

"忧国忧民谈不上。我只是不喜欢虚伪，不喜欢虚伪的说教，不喜欢那些口是心非的伪君子。我去宁夏支教，是想换一换空气，寻回那种天然淳朴的感觉。支教之后，我可能要到国外去。"

"去哪里？"

"美国。"

5

吴子强和郭老师正聊着，忽然看见一个毛粒球似的脑袋在门口晃了一下……吴子强马上认出了他，站起来喊道："董老师，董青平老师！这边来！"

董青平过来了，带着他儿子。

吴子强正准备介绍，他二人已经热情地握上了手。原来他们认识。

"冬锵，叫郭叔叔，叫吴叔叔！"他转向郭大鹏，"这是我儿子。"

"叫什么名字？"

"董冬锵。"

"董老师是京戏迷，连儿子的名字都是锣鼓点儿！"

"坐下一块儿吃。这孩子真精神！"郭大鹏叫服务员开了个包间，加了几个菜，要了瓶泸州老窖，他知道董青平好酒。

"董老师今天怎么过来了？"

"我带儿子过来看展览。"

董、郭二人互道了各自的近况，一个说他在宋庄闲居；一个说，他在学校里瞎混。

他们碰到一起不像别人那样炫富炫贵，倒是在比无事和无聊，好像无事和无聊是当今文人的一种境界。

冬锵趴在他爸爸耳边说："爸，我要吃比萨饼！"

"这是川菜馆，哪儿有什么比萨饼？"

"隔壁就有！"

"郭叔叔要了这么多菜，还要什么比萨饼？"

"不！都是大人吃的，你们从来不照顾小孩，只知道自己喝酒！"

郭大鹏和吴子强都笑了。吴子强忙说："隔壁有一家必胜客，叔叔给你去买。"

"谢谢吴叔叔！"他目送着吴子强出门，回头嘟哝道，"哼！我妈到哪儿都先问我吃什么。我妈特好！"

"这孩子，给惯得越来越不像样了！"

郭大鹏给他夹了一只虾："冬锵，学习怎么样？"

"门门百分，年年是班里的先进！"董冬锵不假思索地脱口而出。那神情好像在说："吃块比萨饼还不应该吗？"

吴子强买来了比萨饼。儿子吃饼，老子喝酒聊天，互不干扰。

老董问："大鹏，现在忙什么哪？"

"我提交了申请，打算去宁夏支教，听毛主席的话上山下乡。"

"好事。要解决中国的问题，必须从农村做起……教育界像你们这样有信念、有使命感的老师不多了。很多人都是为了谋生，为了挣钱，不择手段地挣钱，对学生并不负责，这就很麻烦了。"

"您别夸我，我知道自己几斤几两——算不上好的，当然比那些操蛋的要好一点点。大气候这样，空气中弥漫着霉菌，没办法。负面的东西能传染，能以极快的速度蔓延！"

"我记得你以前不大爱说话，只知埋头画画儿，现在也成愤青了……你们班有个罗长林，现在在哪里？"

"他举家移民美国了。"

"那会儿常来找我，几年没见他露面了。出国也不打声招呼！"

很快，一瓶酒见底了，郭大鹏又要了一瓶。

吴子强问郭老师："您去美国，也是办移民吗？"

"技术移民。现在办技术移民比较容易，费用也不高。这几年美院好多人都办出去了。"

"美国鬼子真是用心良苦。"董青平喝了几口酒，愤愤地说，"一方面纠集大小喽啰围堵打压中国；一方面借中国的钱纵乐享受；这还不够，还要把中国花了几十年工夫培养的人才掏空！"

"他们的移民法早就有，也不是针对中国的，世界各国的人才他们都'挖'。咱学校好多人都拿绿卡了。"

"都走啦！"老董深深地喝了一口，"你们遇到一点不顺眼，不顺心的事，拍拍屁股就走人，丢下咱们的祖国老娘……"

"您到宁夏支教，那地方可苦了。"吴子强觉得老董喝多了，嘴上没有把门的，说话没有了分寸，赶忙转换了话题。

"他妈妈也一直惦着把他送出去。"老董摩挲着儿子的头，"这么点小孩子，不好好在国内打基础，不把根扎深一些，将来还不变成水上浮萍？当然啰，出去走一走，看一看，增长些见识，不是坏事。"老董还陷在刚才的思绪中，"可是，如果是因为不喜欢这地方，嫌弃咱们的祖国老娘，就移民，就远走他乡，这多少有些令人伤心。"

老董沾酒就醉，一醉就话多，还弄得泪眼花花的。

"爸，您怎么啦？"儿子停止了吃饼，望着父亲眼睛里的泪花儿。

"没事，爸没事，跟叔叔喝酒，高兴！"

郭大鹏和朋友们经常聊起关于"移民"的话题，大家的心态都很平和，没想到老董竟然会如此纠结，还真动感情。

"吃菜吃菜！董老师，咱们谈点轻松话题！"

"轻松话题……能轻松吗？咱们都欠着债，兄弟。咱们国家教育资源有限，你我上大学，读研究生，把别的同龄孩子的机会挤占了，剥夺了，咱们学成之后不感恩，不报效，不奉献，拍拍屁股就走了，加入他国国籍，还要宣誓，在两国交战时效忠他国……把生你养你的母亲扔下，把你度过快乐童年和初恋过的这片热土扔下，把你奋斗过打拼过的生活扔下，跑到异国他乡去坐享别人创造的富庶，寄人篱下看人脸色，那么多人啊，都成移民潮了！咱国人的自尊到哪里去了？"

郭大鹏被说得小脸儿红一阵白一阵的，他无法沉默了。

"当然，董老师，谁都知道待在家乡比背井离乡好，谁都知道当主人比寄人篱下好。可是，在这片土地上，我们是主人吗？我们被愚弄得还少吗？如果人们满意自己的生活，干吗有那么多人放弃一切，背井离乡，走上一条艰难的求生之路？

"是的，我们是占用了一些教育资源，我们还没来得及报效祖国。但是您看看那些有权有势、有后台有靠山的暴发户，那些大贪小贪，他们把俺祖国老娘的口袋都掏空了，把非法掠夺来的人民的血汗钱，成千万上亿万地转移到外国银行里去了！

"我们在国内作奉献，我们所获甚微，我们承担高额税负，我们无偿献血，我们向灾区捐赠……我们献出一切，能够填平那些饕餮的巨胃吗？"

老董也觉得，目前的中国，贫富悬殊，贪腐成风，道德沦丧，内忧外患……确实存在相当多的问题。

"现在，新的领导班子已经走马上任，咱们政府不正在以前所未有的力度推动改革，改变作风，惩治腐败吗？解决问题需要一个过程呀！"

"中国历来不靠法制保障，而是盼望清官治国，这就很不靠谱。本届碰上了清官，前边的事谁买单？下一届如果碰上昏官、贪官，怎么办？谁能保证历史悲剧不会重演？我们小老百姓永远不能掌握自己的命运，永远不知明天会怎样，多恐怖啊？"

"如果人心散了，中国就真要亡了。"老董站起来，端着酒，拍着郭大鹏的肩膀，"兄弟，哪怕有一千个理由一万个理由，也不能对自己的祖国失去信心，也不能背弃自己的老娘扔下她不管！明白吗？因为咱们是男人！裤裆里有那个挂件！肩膀上负有责任……

"铁肩担道义，什么叫铁肩担道义？咱们不能当局外人，不能当怨妇，更不能逃跑，咱是七尺男儿，要有担当！"

老董嗓门儿越来越高，唾沫星子飞溅，引得服务员推门窥望。郭大鹏给弄得特别尴尬。

"铁肩担道义？"郭大鹏斜了老董一眼，满脸不可理喻的神情。

"您好像活在真空里……您担一个试试！漂亮口号谁不会喊？"

"喝多了，喝多了。今天咱们不该喝这么多酒。"吴子强一筹莫展，只能说些不着边际的话。

老董没有反驳，也没有劝慰，没有再说什么。他的手比画了半天，嘴唇动了半天，不知道他想要说什么。

十三

中秋夜

1

吴子强在康定和春燕一见钟情，坠入情网，海誓山盟。他本想正正经经办个结婚典礼把春燕娶到手。但小地方人接受不了他，拿他当怪物，春燕父母不拿正眼看他。朗杰局长找个借口把他遣送回户籍所在地去了。吴子强也不好惹，复又潜回康定，玩了一把"好莱坞大片"，半夜里把春燕"偷"走了。

刚到宋庄时，两人关起门来嘻嘻哈哈地拜过一回堂。那只是二人同床之前的一个仪式，一个"野合"的仪式，算不得世俗婚礼。现在孩子已经来了，吴子强认为，补办一个正式婚礼，是对春燕的尊重，也是自己人生的一件大事。

他对李小冉说："孩子快满周岁了，我想在孩子生日那天补办一个结婚典礼。正好刚卖了两幅画，顺便请大伙儿喝一顿，你帮忙给主持一下。"

"你怎么这会儿才想起来办婚礼？"

"你没看我这几年焦头烂额吗？实在顾不过来呀！"

李小冉提出了不同的看法："补办婚礼，意义不大，反而不美。不若用一个变通的方法，纪念你俩的那个日子。"

"怎么变通？"

"你不是在康定的篝火晚会上靠一首《康定情歌》打动了梁春燕吗？咱们再办一场音乐会，你俩再次合唱《康定情歌》，不是更有意义吗？"

"举办音乐会？谈何容易？再说，没有听众，我总不能对着旷野自己给自己唱吧？"

小冉快速转动脑筋："我来张罗，你甭管了。"

李小冉找村委会罗主任来了。他把一个牛皮纸信封交给他："沈老的画，昨天给您取来了。"

罗主任递给小冉一支烟，打开画来看了一眼，脸上没有表情——他搞不清该说什么。他将画又还给小冉："好事做到底，你拿去托裱一下，明天我要用。"

"嘿！您还真舍得给人？这可是沈老的精品！"

"舍不得也得给，咱有事求人。哪天你还得给我搞一幅冯主席的画！"

小冉满脸惊愕："冯主席的画可不好求，除非……除非您给他批块地。"

罗主任笑了笑，没有说什么。他心里在想："这小子……吃上宋庄了！"

抽了几口烟，李小冉说："罗主任，宋庄住着好几百艺术家。中秋快到了，您还不张罗一场文艺晚会？"

"你小子又在憋什么屁？搞晚会你掏钱？"

"这么多画家到宋庄来，又是租地又是盖楼，把地价炒那么高，宋庄都肥得流油了，别他妈只进不出，铁公鸡一毛不拔！"

李小冉见什么人说什么话，他和村干部见面，总是骂骂咧咧，人家还就吃他这一套，觉得他不拿自己当艺术家，不见外。

小冉递给罗主任一支中华烟："真的，主任，这么多艺术家住在宋庄，您不能只收钱，屁事不做。您把他们整合起来，变成资源，每年搞两次活动，在电视上亮亮相。有这么一块招牌，能做好多事哩！"

"你小子说得轻巧。搞一台节目，请明星，请电视台，没有几百万下不来。这钱你掏？"罗主任打算要出门，他边说边往外走。

"哎哎！请什么明星？"李小冉追了出来，"宋庄藏龙卧虎，什么人才没有？您就搭个台子，提供些吃喝就行了，让他们自娱自乐。顶多把电视台请来，我找人画两幅画就有了。"

主任停住脚，想了想："你做个方案，做个预算，搞具体一点。"

李小冉做了一个预算，这事果然就成了，罗主任找一家企业赞助了 5 万块钱。

2

八月十五这天，日近黄昏，李小冉开着一辆新换的黑色吉普，拉着女友玛丽、吴子强夫妇和孩子，还有卓玛和春燕妈，一起来到潮白河。

河里原来有水，上游有橡胶坝拦截，露出了干涸的河床。在一块平展展的河床上，村里派人搭了个舞台。舞台上摆着一架钢琴。一辆金杯车停在旁边，正往车下卸烧烤用的物品，在河床上摆了一地，光啤酒就有六十箱。

已经来了百十来人，王自鸣、董青平、傅双北、闻达、白明、王娅楠、王娅楠的男朋友麦克，都到了。老董经过前妻特许，把正在上小学的儿子也带来了。

大黑也来了，它避让着陌生人，紧贴傅双北寸步不离。

还有人从河堤上陆续赶来。

许多人和春燕妈打招呼，围在她身边逗孩子玩儿；吴子强和朋友们在一起抽烟。老董抱住大黑狗，一边抽烟一边摩挲着它的脖子，不时看一眼傅双北。他儿子董冬锵和白明待在一起，嘀嘀咕咕聊得十分投机。

几个女孩离开人群，结伴往芦苇丛里走去。没多久，只听有人

"哎呀"大叫，她们拔腿就往回跑。

"怎么啦？"

女孩们气喘吁吁："有人！苇子里猫着一个人！"

"在近处找个地方呗，干吗跑那么远？"

女孩们上来缠住老董，拽住他胳臂摇摇晃晃："董老师，您得保护我们！您在前边给我们探路！"

人们开始起哄："嗬！老董，义不容辞啊！"

"董老师，封您为护花使者！"

"不行，得先把青平大哥阉了，要不把花儿全给祸害了！"

女孩们又一阵撒娇："走吧，董老师，我们信任您。"

董青平说："叫几个身强力壮的去。我一个糟老头子，真要遇上坏人也打不过。派联合国维和部队去。麦克！麦克！来来来，派你去执行任务！"

麦克和王娅楠正在亲密无间地热聊，忽然听到叫他，懵懵懂懂地站起来，问道："干吗？"

老董指着那几个女孩，又指指远处黑乎乎的苇丛："你带她们去方便方便。"

"方便方便？"麦克满脸不解。

"对，方便方便！"

麦克是个诚实的人，没那么多花花肠子，一听有用得着他的地方，便欣然赴命。被王娅楠吼了回来："回来！你傻呀你？董老师你就犯坏吧！"

在大伙儿的哄笑中，麦克始终不知道他错在哪里。

"叫师傅把汽车开远一点，就在汽车后边方便。"王娅楠出了个主意，才算给两个爷们儿解了围。

有人招呼去领烧烤用品。王自鸣叫上白明，白明又叫上麦克，带上董冬锵，搬东西去了。

哑巴神色慌张，匆匆从堤上赶来。

人们陆续搬来了烧烤用品，围在一起用竹签子穿羊肉串儿，引燃木炭。河滩上飘浮着一层青色烟岚，到处洋溢着欢声笑语。

大黑今天可高兴了，到处有人叫它，到处有人给它肉吃，它成了抢眼的明星。

哑巴格外兴奋。他吃肉的速度比谁都快，吃得比谁都多，别人剩在竹签上的筋筋绊绊也被他啃了，满脸油腻腻地放着亮光。他吃得多，干活也多。人们只有五分钟热情，他能从头坚持到底：穿肉、烧烤、烤好了给人们分发……连打扫场地，收拾餐具都让他包揽了。

晚霞褪净了红色，剩下瓦蓝瓦蓝的天幕，夜色笼罩了河滩。一轮橙黄色的大月亮挂在天边，洒下温暖朦胧的月辉。舞台上挂了几盏明晃晃的汽灯，小飞虫们兴高采烈，在汽灯周围欢快地旋飞扑打。

晚会开始了。

玛丽穿着一件局部绣有缠枝花纹的红色旗袍，捧着一本册页走到台上。

旗袍有点儿紧，使所有突出的部位鼓鼓胀胀。小风撩着袍角，大腿时隐时露，带有几分挑逗的意味。她打开册页，笑眯眯地注视了一会儿台下，等着大家安静下来，然后用生疏的汉语说道：

"宋庄艺术家中秋赏月文艺联欢晚会现在开始！"

河滩上响起了掌声和口哨声，穿插着莫名其妙的敲打和喊叫，以表示对这位陌生洋女的好奇和呼应。

"第一个节目，男女声二重唱《康定情歌》。演唱者：吴子强、梁春燕。

"我们的主人公在美丽的山城康定相遇、相恋。这首歌对他们有特殊意义。今天正逢他们结婚三周年纪念，又是他们的儿子周岁生日，现在，请他们再次唱响经久不衰的《康定情歌》！"

河滩上的人们乱糟糟地都在忙着烧烤和吃肉，掌声稀稀拉拉。

春燕穿着婚纱，吴子强穿着西服。音箱播出了前奏……

吴子强说："我们将这首歌，献给辛劳的母亲和我们可爱的宝宝。"

春燕妈妈抱着孩子坐在台下，脸上出现了难得的笑容。

歌曲由春燕开头："跑马溜溜的山上，有朵溜溜的云呀……"

她的嗓音清脆甜美，但被这辽阔的旷野和嘈杂的声浪吞没了。当吴子强的第二声部跟上来以后，他下意识地运用共鸣，扩大了音量。

"不能冷场！"吴子强想。在这空旷的原野上，如果不把他的嗓音发挥出来，很难镇住场面，很难把正在吃烧烤的观众的注意力吸引过来。所以，他不能太顾及春燕了。他亮出嗓子，充满激情，尽情发挥，越唱越起劲，越唱越高昂。

自始至终，夜空中响彻他那高亢洪亮的声音。

春燕今天唱得不很尽兴，她唱唱停停，跟着吴子强的节奏磕磕碰碰地往前赶，有些地方都听不见她的声音了。

她想起了康定广场上的那个篝火晚会，她被大伙儿推出来唱《康定情歌》。

吴子强冷不丁冒了出来，对她点点头，拿着话筒站在她身边。

那会儿他们刚认识。这意外的合作让她骤然紧张，乱了方寸……

幸亏她对这首歌太熟悉了，她很快让自己镇定下来，润了润嘴唇，随着节拍轻轻摆动，让自己恢复到轻松的状态。

刚开始时，吴子强的声音明显比梁春燕洪亮，节奏也快。但他很快调整过来，跟随着春燕的节拍，用恰如其分的声音为她铺垫，为她烘托，为她画龙点睛——她与不少男声合唱过，那些愣头愣脑的小伙子只顾自己往前闯，只顾显摆自己洪亮的嗓子，每次合作都让她沮丧——她头一次遇到这样迁就她，照顾她的搭档，头一次感到自己的歌唱这么自由，这么流畅，这么完美。她明显地感受到了身边那个美丽男声对自己的呵护和帮衬。

那几分钟的合作，那个呵护她歌唱的男人，无论过去多久，即使到了垂暮之年，她也不会忘记……

很遗憾，今天在宋庄的河滩上，那份美好的感觉找不回来了。

不过，吴子强还是把大伙儿的热情鼓动起来了。河滩上，人们用牙齿咬住羊肉串，腾出手来，报以热烈的掌声。

玛丽又出现在台上，等着掌声停息。

"下一个节目：独唱《我的女神》，作词、作曲、演唱：麦克。麦克先生是美国著名的摇滚乐歌星，长年在东海岸巡回演出，很受欢迎。现在请大家欣赏他的精彩表演！"

没有乐队，麦克抱着一把电吉他上台了。

他用生硬的汉语说："这首歌是最近写的，献给我的女神楠子。"

王娅楠被感动得哭了，哭得跟泪人儿似的。

麦克抱着吉他弹了一段前奏，前俯后仰，要死要活。然后一句紧接一句，用沙哑的嗓子，以说唱的方式，直杠杠地喊出了歌词："我走南闯北苦苦寻觅，终于遇见了，我梦中的女神；你是清泉唤醒了早春，你是朝阳撕破了黎明，你是快乐的天使，引我进天堂……"

他高高瘦瘦，一双大眼睛显得诚实而善良，还有几分羞涩。可是唱起歌来完全出人意料：嗓音浑厚，有些沙哑，像草原上仰天嚎叫的狼。

台下掌声雷动。掌声合着说唱的节奏，伴着歌声前行，直到结束。麦克满怀激情，掀起了一股席卷河滩的风暴。

这个美国鬼子真够绝的！他唱完后，别人的节目没法演了。

王娅楠跑上台，热烈地和麦克狂吻，鼻涕眼泪蹭了他一脸。

玛丽又站在台上了，笑眯眯地看着他俩，等待着掌声退潮，等待着他们结束那漫长的热吻。

"下一个节目……"

玛丽刚刚开口，掌声复又热烈起来，害得麦克一次又一次地鞠躬谢幕，直到掌声平息。

"下一个节目，钢琴独奏《月光奏鸣曲》，作曲：肖邦，演奏……"

突然，不知谁喊了一声："来水了！河里来水了！"

人们这才发现，河床里有水流动，注满了坑坑洼洼，正在缓缓积聚。有人已经踩到水了，鞋里灌满了水。

"注意啦，大家撤到高地去！快撤！"李小冉四处察看，高声嚷嚷。他是晚会的组织者，怕出事儿，督促大家赶紧撤离。

因为河水流动的速度缓慢，人们并不惊慌。大家说说笑笑，边吃边收拾东西，往河滩的高处撤，觉得还不放心，又往河堤上撤。把那辆金杯车也开到河堤上去了。钢琴只能留在台上，等水退了再说。

演唱会只好暂时停下来，但烧烤和吃喝不受打扰。只要有酒喝，哪怕是半截身子泡在水里，人们也不会觉得扫兴。

3

水，已经注满了河床，很大的一片水面，展现在人们眼前。那个舞台露出水面，像一叶方舟漂泊在浩渺的海上。舞台中央，摆着那架钢琴。

夜色朦胧，月亮悬在天空，水上漂着一叶方舟。月光如轻纱漫天洒下来；微风乍起，水面闪动着无数细碎的光斑。

"多美的月色啊！"傅双北自语道。

突然，灵感袭来，她从包里掏出相机交给王娅楠："楠子，帮我拍几张照片，一定要拍好！太有诗意了！"

说完，她撩起长裙，涉过河水，朝着舞台蹚去……

"危险！危险！"人们都很担心。

"双北，还在涨水！"

"没关系，我会游泳！"

很快，傅双北爬上舞台，拧干裙子，在琴凳上坐好，理顺长裙，打开琴盖，试了试音。

她向玛丽点了点头，玛丽站在河堤上继续刚才的报幕："下一个节目，《月光奏鸣曲》，作曲：肖邦，演奏：傅双北。"

这会儿，水面又上升了一些，刚刚淹没了舞台台面。

朗月下，一架钢琴立在平静如镜的水面上，一位白衣仙女正在倾情演奏。清脆欢畅的琴声滑过浩渺烟波，弥漫在透彻晴朗的夜空里……

"一幅超现实主义的杰作！"老董吃着羊肉串，笑道，"她总有新招儿！"

哑巴拿着羊肉串，忘了往嘴里送，一副心醉神迷的样儿；王娅楠找来三脚架，架好相机，认真替傅双北拍照片；所有人都被眼前的情景陶醉了。人们纷纷拿出相机来拍照，电视台的摄影师完整地记录下了这场演奏，后来这些镜头在杂志封面上，在电视荧屏上反复出现，成了经典的观念摄影作品。

傅双北的《月光奏鸣曲》结束后，玛丽接着宣读："下一个节目，京剧《智取威虎山·打虎上山》，演唱：董青平，钢琴伴奏：傅双北。"

董青平正在吃羊肉串儿，吃得满嘴挂油。听到这里，他愣住了。

"什么什么？今天有我的节目？"

"怎么没有？这不宣布了吗？"

很多人认识董青平，河堤上响起了又一阵热烈的掌声。

"董老师，回头再吃！"人们抢下羊肉串，把他从凳子上拉起来，推到河边：

"远山在呼唤，快去！"

老董畏畏缩缩，不敢下水……

"你一个大老爷们儿，还不如傅双北呢！"

老董脱了鞋袜，交给儿子。儿子嫌臭，随手扔在地上，捏着鼻子跑远了。

他挽起裤管，试探着下到水里，小心翼翼地朝舞台蹚水过去。

"就您这尿样儿，还'打虎上山'呢！"

"穿林海……"老董在水里就来了一句。这一唱石破天惊，让人们满怀期待。

他爬上舞台以后，站在中央，一高一低挽着裤管，一副大大咧咧的样子——凭这台风，先就赢得了一阵喝倒彩的掌声。

老董对双北点了点头，前奏之后，开始了他的"穿林海，跨雪原"的气冲霄汉的高亢演唱。他嗓音宽厚洪亮，穿透力强。咬字吐词，字正腔圆；一板一眼，丝丝入扣。体现了他在京剧方面颇具功力。

他喜欢京戏，喜欢看，喜欢听，喜欢哼唱。很多时候，他跟收音机学，跟电视机学。他乐感好，领悟快，学几遍就能唱个八九不离十。

如果让行家点拨几次，教会他正确的发声和运气，他可能还要唱得好一些。但他浅尝辄止，止步于自娱自乐。

十三年前，傅双北刚考进中央美院。也是中秋节，学生会举办联欢晚会，安排她给董青平唱的《打虎上山》伴奏。那会儿相互还不认识，谁跟谁也没什么意思，合作完了就完了，谁也没去多想。

现在都住到宋庄来了，都进入了中年，双北翻寻历史，对那次合作倍加珍惜。所以，趁着今天又是中秋夜，特意请主持人安排了这个节目。

董青平唱完后，河岸上响起了热烈的掌声。他邀双北一起谢幕，双北附在他耳边说："董兄，还记得十三年前美院礼堂的那次中秋联欢晚会吗？"

董青平想了想，如梦方醒："记得记得，那是咱俩第一次合作！"

为感谢双北再次邀他合作，他想献给她一个拥抱。当着那么多人，双北不好驳他的面子，僵直着身子让他抱了一下。于是河岸上又是一阵掌声狂飙……

离开舞台时，老董先跳到水里，他弓着腰，等着背她涉水。但傅双北不愿意，老董僵在那里，一副不知所措的样子。

"老董，该出手时就出手！"

"嗨！下手啊！还等什么呢！"

堤上的人们一边吃羊肉串一边起哄，掌声一阵盖过一阵。

老董忽然大彻大悟。他转过身来拉住双北的手，往回一拽，把她拽到自己怀里，抱起来就走，吓得双北"嗷嗷"乱叫。河岸上响起了经久不息的掌声。

大黑狗跟在后面，欢快地叫着。

老董抱住她，深一脚浅一脚地往回蹚，双北因为害怕，紧紧搂住了他的脖子。老董贼胆包天，趁着夜色在她脸上狠亲了一口……

董冬锵一直在跟白明学勾手拳，对他爸爸的所为毫无兴趣。

哑巴本来就不喜欢老董，自此以后，更加憎恶他了。只要相遇，必定怒目而视。只要看见他和女人说话，必定弄出些动静来，以"搅了他们的好事"。

玛丽把吃了半截的羊肉串交给李小冉，接着宣读："下一个节目：打击乐《锅碗瓢盆进行曲》，作曲：拉威尔，演奏：老亚当乐队。"

五个穿着稻草裙，装扮成土著人的演员，分别手执锅碗瓢盆，踢着水花，蹦蹦跳跳来到台上，像军乐队一样，一边行进一边变换队形，开始了他们的打击乐演奏。喇叭里播放着拉威尔的《波莱罗舞曲》，是那种行进的旋律。小号在打击乐的烘托下层层推进，如浪潮一般推向高潮。反复几轮之后，逐渐减弱，渐行渐远……演员的动作夸张幽默，人们随着节奏击掌，掌声响彻河畔。

接下来，还有合唱、独唱、诗朗诵、舞蹈……直到晚会快要结束。

忽然有人骑着摩托车从河堤上飞奔而来，大声喊道："大家快快撤离！大家快快撤离！刚接到通知，上游水库放水，镇政府要求大伙儿赶快撤离！"

"嗬！嗬……"人们一边笑，一边起哄，一边骂，继续他们的烧烤和演出……

十四

迷　失

1

吴子强结束了进修，反而找不到感觉，画不好画了。他也不想画画了，一点儿激情和欲望都没有了，拿起画笔来就想睡觉，就想抽烟。

很多人都说架上绘画死了。很多人都在背离传统，另辟新路。吴子强站在十字路口，乱了阵脚——跟着宋庄这帮人搞观念，玩前卫？他没有兴趣；回头去画写实风格的画？回不去了——他先前被行画毁了，后来又被在课堂上学的技法箍死了。拿起画笔来瞻前顾后，畏首畏尾，无法自由表达了。

人不能在追求高雅的同时怀抱低俗，那是两条道，两股劲儿。在两者之间往复穿梭，眼睛和心灵都受不了，都会受伤。"雅俗共赏"只是一个降低艺术门槛的借口，永远不可能接近真正的艺术。

这期间，三昧画廊的牟老板又买过他的画。他不假思索地把自己最好的作品卖给了他。

"留着没有意义。"他想。

儿子快四岁了，小家伙长着一个聪明的大奔儿头，一双满含笑意的眼睛，学会哄人，学会撒谎，学会看脸色说话了。会数数，会背唐诗，还会骂娘。他是那种聪敏好动的性格——这一点像自己。

小家伙刚出生的时候又瘦又小，现在变成了一个结结实实的大胖小子——不能不佩服他姥姥有点石成金的本领。

老人爱外孙，把孩子捧在手心里，爱护有加，事必躬亲，甚至变得独断专横，不许别人插手，包括孩子他爸。

吴子强带孩子，动辄得咎：手重了、水凉了、喝风了、吃得太急……总之，没有老太太不挑毛病的地方。现在，孩子会跑会跳了，本该和父亲一起到野外去爬山玩水，长长男子汉的胆魄。但事实上，儿子已经被老太太"霸占"了，老人对孩子的担心和袒护近乎病态。怕这怕那，总怕万一怎么着；处处护着，事事拦着，弄得吴子强十分沮丧——儿子变得越来越娇气，越来越骄横，变得任性不讲道理，想干什么就干什么，想要什么就得给什么。吴子强话说重一点点，他就扑进姥姥怀里"哇哇"大哭，招来老太太的"严正交涉"……

吴子强初为人父，满心欢喜；现在，儿子身上的许多毛病，叫他看着不顺眼，不舒服，他有点讨厌自己的儿子了。

老太太进门以后，不知不觉间，他俩调换了角色：老人反宾为主，指挥一切，安排一切；吴子强就像在别人家里打工，处处要看主人脸色。

吴子强是一个内心脆弱的人——尽管他是一家之主，却总在揣度别人怎么看、怎么想，处处疑虑，畏首畏尾；另一方面，他又是一个敏感多虑而情绪化的人，经常为一些鸡毛蒜皮的小事弄得自己痛苦不堪，无端地憋气。

吴子强看着老太太不痛快，看着儿子不痛快，甚至看着梁春燕也不痛快了。

女人一生多变：少女时期单纯温顺；恋爱时期小鸟依人；生孩子以后，变得相对强势。这是动物界的普遍规律——母性必须担负起哺育和保护幼子的天职。此时此刻，梁春燕刚好到了护犊时期，她的热情和注意力全在儿子身上，对丈夫不太关注了；此外，梁春燕还面临着经营餐馆的压力。她的餐馆正处在最艰难的爬坡阶段。挺过去就站住了，挺不过去，就得趴下，所有投入都将付诸东流。

吴子强不愿过问餐馆，他的心思不在餐馆上。除了画画，他不愿意为别的事情分散精力。春燕"无枝可依"，又没有退路，只得铁了心自己往前闯。

唯一能帮她的只有秦师傅。有时候她觉得，餐馆能不能火起来，厨师是那个命悬一线的关键人物。所以，她对秦师傅的关心有时竟超过了吴子强，经常嘘寒问暖，经常对他笑得灿烂，经常给他带盒烟或买件衣服回来，后来连称呼都变成了"秦哥"。

她心里压力大，又无分身之术，只好让自己变得粗放和强悍，以节省精力和情感。她把充满笑意的眼神从丈夫身上收回来，专门奉献给儿子，只为儿子绽放，剩下的她要给厨师，给顾客；每天风风火火，骑着电动三轮车往返于餐馆和菜市，指挥一切，安排一切；办事决策，自己一锤定音——这些变化，让一个女人从柔弱变得坚强，让她身上的魅力变成了能力。

无论从哪个角度说，吴子强是被边缘化了，和春燕之间的感情被稀释了，过去的好日子找不回来了。他心里空空荡荡。

2

他常常一个人坐在水泡子边的小餐馆里，要上一瓶二锅头，将自己灌得晕晕乎乎。

他失去了目标，失去了动力，像断了线的风筝，飘飘荡荡，不知要坠落何方。

爱的洪水退去以后，心里空荡荡的，既无风，也无雨；既没有爱，也没有被爱，像行走在月球上，清冷寂寞得令人恐惧。

爱情是什么？世上有没有真正的爱情？

中国人理想的爱情是"白头偕老"，那是过日子，是说不论有没有感情，好歹要过下去；西方人用爱神丘比特的箭比喻爱情，倒是沾点儿边。爱情来临，是因为爱神用箭射中了你，是因为你受伤了。伤得重，爱得便深，便长久；伤愈了，箭被拔除了，你的身心恢复成原来的样子，爱情便结束了。不论你们曾经怎样爱得死去活来，高潮过去以后，他对于她，不过是千万男人中的一个普通男人；她对于他，不过是千万女人中的一个普通女人。

三味画廊的牟老板又来买过几幅画。吴子强口袋里有钱，心里不慌，便有些心高气傲，不甘心在家里做"三等公民"了。他对家人的态度变得粗暴，和春燕越来越疏远，对老太太越来越不耐烦。为了驱除心中的寂寞和苦恼，他不仅酗酒，还到洗浴场所去找小姐，消磨掉多余的精力。

一天傍黑，吴子强打通了那富婆的电话，到贡院六号找她来了。他没有带画画的工具，只带了两瓶好酒，穿得干干净净，在那豪宅里待了一宿。后来，他又去过几次。

春燕发现了吴子强身上的变化，发现了吴子强和自己在疏远，不知道是因为什么。她试图弥合两人之间的裂痕，但找不到裂痕在哪里。

"为什么呢？我这么辛苦，处处替他着想，哪一点对不起他？

"是妈妈引起的？是妈妈住在这里让他心里不痛快？可是，妈妈给我们帮了多大忙呀！如果妈妈不在这里，吴子强不可能去进修，我也不可能开餐馆，乐乐不可能长得这么好……再说，姥姥已经离不开乐乐，乐乐也离不开姥姥了，我怎么能忍心把他们拆开呢？"

真是难死了！一边是妈，一边是丈夫，谁不高兴她都心痛，痛得她愁眉不展，寝食不安，经常半夜失眠。

她对妈妈说："妈，您别生子强的气，他顶不容易的。"言外之意是："您对他好一点，热情一点，别那么冷冰冰的！"

老太太没听明白。老太太的心思全在乐乐身上，便说："谁生气呀？干吗要生气？没有啊！"

谈半天跟没谈一样。跟子强还要谈吗？不必谈了——没法谈。"反正我不能答应叫妈回去。我不能干那种没良心的事！"

3

三味画廊的牟老板找梁春燕来了。他们两人像地下工作者接头，坐在餐馆的包间里秘密商谈些什么。春燕将门留了一条缝儿，一边说话一边注视着走廊里的动静。

牟老板问："吴先生最近情绪好一些吗？"

春燕说："没有，脾气越来越坏……"

"怎么会这样呢？您这样替他着想，这样扶持他，这样的夫人到哪里去找！"

"人都有低潮的时候，过一段时间等他缓过来，会好起来的。"

"要不要我跟吴先生谈谈，让他懂得珍惜。我都要替您打抱不平了。"

"别，别，您千万别泄露出去，千万别捅破这层窗户纸！他自尊心很强。"

牟老板看梁春燕紧张的样子，笑了："好吧，就依您的。只是我在北京的三味画廊要撤掉，过几天我就回台北去。替您'买'吴先生的 8 幅油画，全部归还给您。都包装得很好，我叫人开车拉过来了。"

"太感谢了。我还要给您一些补偿吧？不能让您又帮忙又搭钱。"

"没什么费用。朋友之间帮点小忙，不要放在心上。"

十五

美协主席

1

送全国美展的作品从各地源源运来北京，汇聚在中国美术馆。

工作人员正在拆开包装，按画种分类摆放，以待评委们逐件审议筛选。

冯立伟是美协主席，当然也是评审委员会主席。他最感头痛的不是收画和布展——事务性工作有展览办公室的一班人马，他只需带领评委审定作品就行了；最让他头痛的，是各地送礼、请吃和求情的访客与电话。

生存在体制内的画家，作品能否参加全国美展，是其专业职称或行政职务晋升的重要依据；也是其作品获得市场认可的重要依据，于名于权于利都有密切关系。所以，对于那些淡泊艺术，追名逐利的好汉豪杰，这是一定要拼搏的战场。

评选作品期间，冯立伟干脆离开家，和评委们住到京郊的宾馆里来了。通通关掉手机，门口设岗谢绝访客。这样，一来可以免除骚扰之苦，二来可以保障评选作品的公平与公正。

李小冉和冯立伟的关系非同一般。这期间，一般人找不到他，但李小冉随时可以见他。冯立伟另有一部呼机，呼机号仅限于家人和几个挚友知道。小冉是其中之一。

按理说，冯立伟和李小冉不是一路人，不在一个档次上。冯立伟是知名画家、大学教授，经常参加展览，出版过多部画集，有政治头脑和政策水平。虽然说不上画得多好，但声名在外，影响很大。一路斩将过关，熬到了美协主席的位置，在美术界算是"万人之上"，位高权重了。能和他交往的人，都是政府要员、社会名流、艺坛大腕……哪里轮得上李小冉这么一个没有公职，没有名望，也没有水平的从宋庄走出来的小混混跟他称兄道弟？

这就是特定历史时期的非常现象——在人际关系中，利益主宰一切。所有人为的隔阂自行消解，原有的尊卑贵贱全都打乱，猫和老鼠在一口锅里吃饭，警察和小偷勾肩搭背——大家抱成一团，为了共同致富。

当今社会红尘滚滚，龙争虎斗，各级官员掌管着予夺大权，致使关系学盛行，为艺术市场拓展了无限空间。但凡个人升迁、项目审批、公司发展、地方财政……都需要领导一杆笔，都需要领导高兴。能哄领导高兴的方法很多，其中送名人字画是最儒雅、最实惠且风险最低的方法。

美协主席的画，自然让人趋之若鹜，争相求购，价钱一路飙升。

冯立伟的画在市场上供不应求，有多少要多少，想卖多贵卖多贵。可是，他是官员，他得顾及形象，不能因为卖画把前程毁了。尽管卖画并不违法，但公职人员历来以"无私奉献""全心全意为人民服务"的面目出现，他也不能例外。所以，即使卖画，他也尽量避人耳目，不留痕迹。李小冉便是他物色的最佳搭档——他熟人多，路子野，脑子灵，安全可靠，不会给自己惹麻烦。冯立伟每年通过李小冉卖出去的画不下百幅。

赶在全国美展选作品之前，李小冉从济南飞回北京，兴冲冲地找到冯立伟："谈妥了！冯老师，对方按 8 万一平尺，买您 30 幅画，月底把钱打过来。"

冯主席给他倒了杯水，看他掏出烟来，又找来一个烟灰缸，陪他坐下——他是那种胸有城府，喜怒不形于色的人。

"怎么，走银行？"

小冉知道他想说什么，直言道："不就交点税吗？该交就得交，省得以后出麻烦。"

"不光是税的问题……还是叫他们送现金来吧。"

小冉颇有难色："那得提现，得开辆车来……好吧，我再跟他们商量商量。"随后，他从包里取出两张美术作品的照片递给冯立伟："对方就一个要求：这个人的作品，请您务必放行。"

冯立伟接过照片来，蹙着眉头看了一会儿，又看了看背面的文字，把照片扔在桌上："这种东西，也好意思往上送？"

"画家是贺总的孩子。他们过五关斩六将，就差最后这道关了。"

冯立伟捡起照片来看了看，挑出一幅表现炼钢厂的画，收进抽屉里。

"以后少揽这种事——画可以不卖。"他心里在说，"我的画不愁卖！"

李小冉灭了烟，收起另一张照片，起身告辞："贺总那人不错，他非常崇拜您，哪天您可以见见他。"

2

展览馆里，初选通过了的作品靠墙戳了一圈，等待评委们投票。最后根据票数确定作品能否入选。

评委们陆续到了，他们手里拿着红色标签，慢慢地浏览，有时也交换意见。冯立伟已经转了一圈，看过了所有作品。他让工作人员将初选淘汰下来的作品打开，他从里边挑出两件作品：一幅表现领袖视察革命老区的画、一幅描绘炼钢工人奋战在炉前的画。他叫工作人员将这两幅画放到大厅里去。

冯立伟领着评委们逐一评议作品。董青平也在其中，他不怎么说话。看到那两幅新拿来的画，他打破了沉默，直杠杠地说："这两幅画前天初选不是淘汰了吗？怎么又出现在这里？"

冯立伟说："适当照顾一下题材，作为全国美展，有些题材是不能空缺的。"

"照顾题材不能降低水准啊！"

冯立伟笑道："你们考虑的是每件作品的水准，我考虑的是整个展览的水准。我们是相向而行。"

董青平还在嘟哝："没用，票数不够，你放在这里也选不上！"

另一个评委说："别跟冯主席争了，冯主席有一票放行的权力！"

大伙儿笑了，老董只好闭上嘴，跟着众人继续往前走。

评委之间其实都有默契，都在暗中互相照顾，只是没人同董青平交易罢了。

有件青铜雕塑摆在他们面前，细看，题目叫《当代夸父》，作者傅双北。

以前，有不少人画过夸父逐日，都将夸父画得肌肉发达，高大威猛，迈开长腿跨越大山大河，搅得流云飞渡，大地震颤，仿佛能听见"咚咚"的脚步和"嗖嗖"的风声。

傅双北这个夸父，身材微胖，神色慵懒。他拎着酒瓶，兀自坐在山头，两手松垂，遥望远方落日，眼神空洞，满脸迷惘……

有人说：这是一件深刻的现实主义作品，它准确地揭示了当下普遍存在的社会问题，刻画了当代人真实的精神状态——没有信仰，没有激情，不再追求真理，不再追求人生价值，安于物质享受和眼前的寻欢作乐。

艺术家唯有真诚，艺术作品才能唤起心灵的共鸣。

有人说：不能一叶障目，以偏概全。不能拿个别现象、局部现象或一时的现象当主流。

有人说：现在的社会乱象，已不是个别现象、局部现象和一时的现象了。

有人说：这件作品偏离了中华民族自强不息的传统价值观。

有人说：一个病人，如果讳疾忌医，必然加速死亡；一个社会，如果遮遮掩掩，不敢揭露问题，解决问题，必定酿成大患；艺术应是社会的良心，社会的镜子。一旦社会出了问题，艺术家虽然无力疗治，却有发现，揭露和呐喊，引起世人重视的责任。

还有更多的人说……但最后得归冯主席说：艺术作品还是要鼓舞士气，催人奋进！这件作品太消极，就不要参加投票了。

按照他的逻辑，社会机体腐烂发炎，只能吃补药，顶多吃点保健药。不能打消炎针，更不能动手术。

董青平了解这件作品，他没有再说什么。他知道这类问题是不需要争论的。争也无用。况且，冯主席有一票否决的权力。

于是，主席冯立伟，在众多评委投票之前，宣告了这件作品的死刑，也宣告了现实主义的死刑。

十六

多雪的春天

1

董青平好久没有见到儿子了。见儿子一面真难，甚至想在电话里和儿子说话都难，家里的电话都是他妈先接。

董冬锵一直在他妈妈的监护下读书，他天资聪颖，学习努力。小学期间，功课门门优秀，在班里年年得奖，经常受到学校表扬。升入市重点中学后，他嫌学校伙食不好，饭菜没有妈妈做的好吃，不愿意住校。妈妈便把自己的房子租出去，在学校旁边租了一套一居室，自己睡在厅里，省吃俭用，照顾冬锵的饮食起居，还找了最好的外语老师为他恶补英语，一心想着将来让他考托福，把他送到国外的名校去深造。

初中二年级的时候，董冬锵喜欢邻居一个女孩。她叫胡蝶，聪慧可爱。两家隔得不远。他俩天天结伴上学，结伴回家，还在一起温习功课做作业。

有一天，几个骑自行车的高年级男生把他俩堵在胡同里，一个戴墨镜的男生粗暴地把胡蝶拽开，把董冬锵逼到墙根。

冬锵喊道："你要干什么呀？"

那家伙二话没说，上来就是一顿拳脚："干什么？啊？你没长眼？那是我大哥的女人，你也敢碰？"

那个被称作大哥的家伙个头稍高，长得聪慧白净，戴副金丝眼镜，十五六岁的样子，一条腿跨在单车上，笑眯眯地看着胡蝶。

不知冬锵是被打傻了还是给吓傻了，浑身哆嗦，一个劲地喘粗气。

墨镜揪住他的头发，呵斥道："记住：以后不许你再靠近这妞儿，再让老子看见你跟她在一起，见一次打一次！见十次打十次！听清了没？"

冬锵连连点头："听清了，听清了。"

"重复一遍！"

"……见一次打一次，见十次打十次。"

那家伙凑到他跟前，笑眯眯地问："想去学校告状吗？"

"不敢！不敢！"

"告也无妨，校长也得哈着我们！"

"不告！不告！"

他拉下脸来，指着冬锵的鼻子恐吓道："假如你说出去，你就死定了。听见没？报案也没用，警察不管我们。"他指了指老大，"他爹管着警察！明白吗？"

"明白！明白！"

"滚！"

他一脚将董冬锵踹开，回过头来转向胡蝶。

胡蝶满眼恐惧，小脸儿煞白，呆在一旁不敢吱声。

"甭害怕，没你什么事儿！以后放学，由咱们大哥护送你回家，甭跟那窝囊废混了！"

说完，他将胡蝶往"大哥"怀里一推，吓得她尖叫一声。

"找死啊？"老大呵斥道，"你丫不会绅士一点？"

墨镜连声道歉："对不起！对不起！不是故意的。"

老大和蔼地对胡蝶说："别怕，别怕，往后谁敢欺负你，告诉我，我来收拾他！你叫什么？"

她瞟了他一眼，内心平静了许多。

"胡蝶。"

"好名字！名字跟人一样可爱。"

他扭头看了一眼自己的车架："如果你愿意，就坐上来，我送你回家。"他命令另一个男孩："耗子，你把她的车带上！"

"大哥"在学校里特显眼，女生们常常在背地里议论他。胡蝶也曾经喜欢他，她愉快地跳上了车架。

老大一声唿哨，孩子们一阵风似的拐出了胡同，往大街上疾奔而去。

2

董冬锵吃了哑巴亏，跟谁也不敢说。他好像变了一个人，变得胆怯而自闭。白天沉默寡言，晚上尽做噩梦，成绩也掉下来了。这让他妈很着急，急得直哭。三番五次找孩子谈，和老师一起找孩子谈，找心理医生咨询，领他到大医院去看神经科，甚至偷偷找巫医讨咒符，烧成灰冲水给他喝……所有努力都无济于事，他就是萎靡不振，心不在焉，学不进去，成绩直线下降，人也变得消瘦憔悴了。

他对功课全然没有兴趣了。好几门主课，从原来的九十七八分掉到了现在的六十分上下。铆一铆劲儿能达到七十分，稍有松懈，就不及格了。

重点中学作业多，压力大。董冬锵原是个极要强的孩子，在班上是获奖专业户，表扬、先进、羡慕的眼光……全让他独揽。现在成绩掉下来了，总也完不成作业，那些光环全落到别人头上去了。经常挨老师批评，受同学白眼，这让他受不了。他的身心崩溃了，常常做噩梦，失眠，半夜起来，一个人坐在楼顶上发呆流泪……

张明霞被吓坏了，她生怕儿子出事。

无奈之下，她来找董青平。见面就劈头盖脸："你也不过问过问儿子！啊，扔给我就不管了？你倒活得轻松！"

老董被她说得莫名其妙，辩解道："我连见他都要经你批准，我怎么……"见前妻哭了，哭得很伤心，他停止辩解，忙问："出什么事了？"

问了半天，也没弄明白。

他和儿子谈了一晚上，儿子只说："我不读书了，我要到少林寺去练功夫！"

问他为什么？他只说喜欢武术，别的什么也没说。

老董估计他遇到麻烦了，经过一番思考，毅然说："到我身边来上学吧。我教你画画儿。儿子，你天生是个画家坯子！初中毕业报考美院附中！"

儿子欣然接受了父亲的建议。试着画了几张，他忽然喜欢上了美术，很快就走火入魔。他在美术方面表现出了非凡的才能——悟性强，感觉好，提高得极快。

董青平非常高兴。

老董从小就想当画家，想当大画家，后来在国画系本科毕业之后，阴差阳错读了史论系研究生，又被调到美研所工作。领导一看重，就没法改行了。他经常有"入错行"的遗憾。儿子小的时候，他用了很多方法诱其学画，小家伙就是不上钩。现在他忽然迷上了画画儿，令老董兴奋不已。他和前妻商量，想把儿子接到自己身边，悉心培养，送他报考美院附中。自己一生的学业修养，都能对儿子的成长有用，连专业书籍都是现成的，足够儿子一辈子受用了。

但是，前妻不这么想。和老董在一起生活的岁月里，她饱尝了艺术家怪癖的戕害，她对艺术家没有半点儿好感。她不想让儿子走这条路，不想在自己身边再出一个"艺术疯子"；还有，她不愿意儿子跟他爸走得太近，走近了她心里不舒服。

但是儿子的成绩急转直下，让她心力交瘁，深陷痛苦而无力回天，她只好同意了董青平的安排。

董冬锵转学到通州，进了一所普通中学，学习压力小了，每天有足够的时间画画了。老董和美院附中的老师都是校友，他熟悉他们的考试要求，甚至了解各科的出题规律。他每天给儿子安排素描、速写、色彩等针对考试的作业，亲自领着他到街上画速写，到村里找农民画头像，一边画一边讲解，儿子的绘画水平突飞猛进。附中老师看了他的作业，都说报考美院附中没有问题。

功夫不负有心人。董冬锵果然顺利地通过了考试，成为美院附中的学生。他重拾自信，恢复了正常的心态，脸色红润了，性格也开朗了。

董冬锵身材不高，微胖。五官还行，但个头始终撑不起来，长到一米六六就定格了，死活不往上长了。无论他妈给找来什么偏方，都攻克不了这道难关。

他属于那种特聪明、特敏感、特有心计的孩子。看着班上的美女对自己不屑一顾，看着她们每天跟那些花瓶男生犯贱，他心里就有气。他想，个子矮是天生的，没法改变了。我得把画儿画好，要让所有同学趴在地上仰视我。所以，他画画特用功，加上感觉好，成绩提高很快。他的素描和色彩在年级里都是最好的，好几张作业被留校了，被张贴在教学楼楼道的橱窗里。

老师说，董冬锵的画可以拿到大学去当范画。同学们对他另眼相看，老师对他格外重视，董冬锵每天生活在炫目的光环里。

3

时间过得真快，转眼之间，董冬锵已经在美院附中读二年级了。他的专业课是年级里拔尖的，文化课成绩也都在中等以上。他出落得一表人才，显得彬彬有礼，尊敬老师，友爱同学，遇事忍让，很少跟人吵架；但回到家里，尤其是回到他妈妈身边，就不是那么回事了：脾气暴躁，大喊大叫，张嘴就编瞎话，什么活儿也不干，提出的要求得不到满足就大发雷霆……好像一出校门就被魔鬼附身，完全变成了另一个人。

老董发现儿子身上有不少毛病，父子之间有过深入的交谈。老董说："儿子，不要不好意思，不要害怕面对自己的缺点，不要因为学习好就无视自己身上的问题。你在学校表现得很乖、很懂事，回家来却变得蛮横不讲理，对你妈大喊大叫，为什么？为什么在自己身上会有两副面孔？"

"家是避风港呗！在妈面前还不许放松放松？"

"不，不能这样，儿子，心智健全的人要懂得感恩，要善待他最亲近的人，要善待弱小的人。爱，得从身边做起。

"每个人的内心都有善恶两面，如果你懂得感恩并心怀仁爱，就会变得善良，远离邪恶。

"邪恶的人往往欺软怕硬，在强者面前低三下四，专门对弱者施暴，那种人很龌龊，令人不齿；刚强正直的人顶天立地，不畏强暴，怜惜弱者，这是真英雄，是天地之大美，我希望我的儿子心地善良而又无所畏惧！"

可惜，这样的谈话太少，董冬锵先是跟他妈住在一起，后来又住校，父子俩待在一起的时间太少了。

4

升入二年级时，董冬锵喜欢上了三年级的一个名叫金婷婷的女生。那是一个如花似玉的女孩，长得无可挑剔，性格开朗，气质出众。董冬锵简直被她迷住了。

每逢下课铃响，他便早早地离开教室，跑到楼道里去，看着三年级的同学从教室里拥出来。如果运气好的话，那女孩会夹在人流中间，从他身边跑过去。有一次她不小心碰了他一下，还对他浅浅一笑，留下一缕淡淡的芳香。或者她也会在楼道里待一会儿，蹦跳两下，有时甚至就站在他旁边，看窗外景色，随意说两句什么……

每逢两个年级合在一起上大课，或者听报告，便是董冬锵欢乐的盛宴。有一次她来晚了，居然坐在他的前排，可能因为赶路，气喘吁吁，脸红扑扑的，还回过头来问："讲了多少？借我笔记看看好吗？"董冬锵因为一直在胡思乱想，只记了一个大标题，害得她只好找别人的笔记本看。

自从喜欢上金婷婷以后，就像一颗种子在土里发芽，一天天长大，一天天膨胀，占据了他的整个心田。他已经没有心思做别的事了，一天到晚心里全装着金婷婷。

他断定，她肯定能读懂自己的眼神。而且她肯定也已经喜欢上了自己——从她的眼睛里能看出来，她在主动接近自己。

一天中午，同学们都到餐厅吃饭去了，董冬锵走在最后。他探头朝三年级教室里望了一眼，发现金婷婷还在画画，便走到她跟前，心儿"怦怦"乱跳，柔声问道："你还不去吃饭？"

金婷婷给了他一个灿烂的笑："我要画完这一点……哎，你帮我带一个馒头吧，给你饭票！"

董冬锵把饭菜端了回来，两人在一起吃了第一顿饭。

以后，他俩常常一起在教室里吃饭，一起钻图书馆，一起到公园聊天，或者一同参观美术馆。星期天，他们相约到798去，或者到北影厂去看明星们拍电影，或者到香山去爬鬼见愁。

这样过了半年，他已经离不开她了。如果有一天见不到她，他会如热锅上的蚂蚁，不知该怎样熬过这一天，他会整夜失眠。

眼看快放寒假了，他多么高兴呀！他想邀她一起去三亚旅游，这样，他和她可以天天待在一起了，天天到海里游泳，天天晒日光浴……没准还能住在一起呢！

一个周末，下课以后，只有他们两人在教室，他问她：

"哎！寒假咱俩去三亚，怎么样？"

"不，我不想去三亚。"

"你有安排吗？"

"我等人。"

"等人？坐在家里等人，'等待戈多'吗？多可笑呀！咱们去三亚吧！"

"一点也不可笑。我必须等着，我男朋友从美国回来。"

"什么？"董冬锵"噌"地站起来，脸色煞白，"你说什么？"

"我说……"金婷婷被他的样子吓了一跳，"你怎么啦？"

"你有男朋友，为什么不早告诉我？"

"你也没问过我呀！"

"那你为什么还跟我交朋友？你干吗要骗我！"

"交朋友怎么啦？我也没说我爱你。我骗你了吗？"

董冬锵突然呆若木鸡，瞠视着前方，泪水夺眶而出。

金婷婷被吓坏了，她不知所措，到宿舍里拿了一堆脏衣服，悄悄回家去了。

太阳没入了地平线，黄昏吞没了大地，黑暗弥漫教室，董冬锵还站在那里，泪水已经干涸……

金婷婷的手机响了。

"婷婷，我是冬锵。"

"知道。"

"我们能谈一谈吗？"

"我不想谈。你必须打消那个念头，我已经有男朋友了。"

沉默了好一会儿，对方怯怯地说："你能考虑我吗？我真的很爱你呢！"

"不能。我已经有男朋友了。"

又是一阵沉默，对方好像哭了。

金婷婷烦了，甚至讨厌他了。她合上手机，茫然四顾。

晚上，金婷婷躺下了，为了摆脱烦闷的心情，她拼命在电脑上玩游戏。十点来钟，手机又响了，她听到了对方的哭诉："婷婷……我已经……我们能不能，还像从前那样做好朋友？"

金婷婷斩钉截铁地说："不行！"

过了一会儿，手机又响了，响了好长时间。

婷婷特生气，打开手机就大叫："你烦不烦呀？你没完没了啦？"

她合上手机，把它扔在床上，咬了咬嘴唇，继续玩她的游戏。

游戏玩得特顺，连连升级，这让她的心情多少舒畅一些，哼着小曲，找了点吃的。快十一点钟的时候，手机又响了，她看都没看就按了拒接键，关了手机，上床睡觉了。

一直睡到第二天清晨，床上洒满明亮的阳光——昨夜下了一场雪，落到地上就化了，枝梢的绿芽挂满水珠儿，屋檐的流水"哗哗"地响，喜鹊在树上"喳喳"地叫。她翻了一个身，打开手机。

手机显示，昨晚有十二个未接电话，都是董冬锵的。

"真无聊！"

她原本以为，董冬锵是一个老实本分的孩子，跟他做朋友有安全感，不必担心后果。她的男朋友在哈佛，忙得连电话都很少打，她又没有闺蜜，甚至没有走得近一点的朋友，在学校住校有很多自由支配的时间，她感到孤独和寂寞。同学们大多跟异性朋友在一起，她怎么就不能呢？没想到碰上这么一个人，黏黏糊糊像蹭了一手鼻涕！

她决定以后再也不理睬他了。

再往下看，里边有董冬锵发来的短信："亲爱的婷婷：请允许我向你说一声我爱你！感谢你半年来所赠予我的快乐，我带着甜美的回忆走了。你把我的心焐热了，又无情地把它扔在雪地里，任我怎样哭泣呼喊，你都不愿安慰我一声，甚至不愿多看我一眼。我真是没法活下去了，活下去很艰难，很痛苦。死亡对我是最好的解脱。亲爱的婷婷，我死后，倘若你能叹息一声，流一滴眼泪，以后还能记得我，便是对我……"

金婷婷给吓坏了，还没看完，她便从床上一骨碌滚下来，跑出家门，冒着飘飞的雪花，钻进了出租车。

刚进校门，就听有人议论：教学楼那边摔死了一个人。

十七

谁来拯救我

1

一夜之间，董青平的头发白了一半。

他料理了儿子的后事，很长一段时间无所事事，就这么待着，什么也不做，坐在屋里自言自语。

"孩子不能这么养啊！"他深深地自责。

他不敢责怪前妻，只能在没人的地方自言自语。

"不能把孩子养得跟豆芽菜一样。

"从幼儿园开始，就应该让孩子承担责任，正视挫折，让他们从小窥见社会的丑陋，让他们从小面对不顺利、不公平、不公正，经受委屈和挫折……

"光会背书本，光会考高分，人格道德不健全，有什么用呢？

"一旦国家有事，一旦危机降临，依靠这些脆弱的肩膀，能扛得住吗？"

其间，他还要到医院去照看前妻。

儿子突然离世，张明霞崩溃了，垮了，住进了医院。虽然她有妹妹照料，虽然老董和她已经没有瓜葛，但老董仍有很多愧疚和自责。想当初，一个如花似玉的姑娘，如今憔悴成这样，伤心成这样，他老董难辞其咎。

是不幸的婚姻把她拖入了这场灾难的深渊！

其实，老董不应该去医院。他去医院，反而会刺激前妻，效果适得其反。

后来，他请了个护工，让护工和她妹妹轮流着值班，这才让她妹妹有了喘气的工夫。

傅双北、吴子强、王自鸣、王娅楠，还有别的一些朋友，经常过来看望董青平，陪他聊天，陪他做饭。

他变得像祥林嫂了，只会唠叨那几句话："我怎么会犯这样的错误呢？悔呀，后悔莫及！"

他整宿睡不着觉，引发心率过速，血压偏高。他去医院看大夫，开了些药。在医院走廊里，他看见走在前面的一个男孩——他快走几步，追了上去，抓住他肩膀："冬锵！"

"哦，对不起，认错了。"

从医院窗口，能望见楼下的学校操场。老董望着那些欢蹦乱跳的孩子，就会想起自己的儿子；或者闭上眼睛，仅仅听见他们的喧嚷，就会想起冬锵来，就会想起他童年时那稚嫩的小模样儿，就会想起许多快乐的往事……想着想着，赫然闯入他脑海里的，竟是一个俯卧在血泊中的惨不忍睹的背影！

老天呀！我犯了什么弥天大罪，竟要遭受如此残酷的惩罚！

可是……我的儿子，不明明是三好生吗？百里挑一呀！孩子们的榜样！榜样怎么会是这个样子呢？

天下的孩子……天下的父母啊，你们要以我为戒！不要走到我这个地步。

我们总有老的一天。我们老了，我们死了，国家的担子要压在这些娇嫩的肩膀上，他们会交出怎样的答卷呢？

老师们一天到晚，加班加点，辛辛苦苦地给孩子们灌输知识；学校里弥漫着应试和评比的紧张气氛；家长一天到晚催促孩子争第一，争第一，争第一……

我们是在为国家的未来培养栋梁之材？还是在培养人才的车间里悄悄塞进了私货，改变了目标，在为各自的私欲卖力气？

目标改变，就会南辕北辙，到达不同的终点。和用化肥、农药、转基因技术培育农产品一样，和用激素、催生剂、增肥剂喂养出来的家禽家畜一样，用死记硬背催生出来的，用高分数填充起来的虚胖的"人才"，难道不是教育界误人子弟，"谋财害命"的"杰作"吗？当然，这不能全怪校长，也不能全怪老师，主要是教育大纲的设计出了问题——你仅仅以分取士，以文凭论英雄，能不举国上下趋之若鹜吗？

儿子的脆弱、儿子的死，是必然的吗？

无尽的痛苦和忧虑，逼得老董不得不喝酒。

2

董青平在宋庄过起了隐居生活。

他拒绝怜悯，拒绝同情，拒绝照顾，沉默寡言，避开朋友。有时独自喝得酩酊大醉，躺在床上蒙头大睡。

朋友们背地里说："青平大哥废了。"

"……可惜呀！"

傅双北和吴子强，常常推开门，逼他起来洗漱、做饭、收拾屋子，或者逼着他坐起来跟大伙儿聊天，参加朋友的聚会。

朋友们说："董老师，您不能趴下，我们还指着您写文章呢！"

"我那文章……有屁用？还不如放屁呢！"

为了躲开朋友们的"纠缠"，他干脆揣着酒，骑车到河边去，一边喝，一边自言自语，把自己灌得酩酊大醉，四仰八叉地躺在河堤上，直到天黑被人找着，背回家来……

一天，一个从内蒙古鄂尔多斯来的女孩，背着铺盖行李，慕名来到宋庄，到处打听董青平。

她遇见了傅双北。双北和梁春燕正在聊天，她俩问明了缘由，领着她找董青平来了。

女孩见面就说："董老师，我爸要我来北京找您，要我跟您学画。"

董青平吃惊不浅，满脸慵倦顿时烟消云散。他扶了扶眼镜："姑娘，你搞错了吧？你找错人了。"

"没错！就是您！您是董老师，我认识您！"

"你认识我？"老董更是惊诧不已。

"没错！董老师，我爸叫我来跟您学画。"

傅双北和梁春燕愣在一旁，也被搞得满头雾水。

"该不是碰上了骗子吧？"董青平想。现在骗子结伙作案，拿女孩作诱饵，给人下套……

这女孩不像坏人呀！你看她的眼睛，那么诚恳，那么单纯，充满期待，带着几分焦灼，骗子哪有那么高的演技？

他问女孩："你爸爸是谁？"

"我爸在内蒙古鄂尔多斯文联工作，他认识您。他叫我来跟您学画。"

"有你爸爸写的信吗？"

"有……叫我在路上弄丢了。"

女孩说了她父亲的名字。董青平不认识这个人，但也说不准。他常到各地开会，接触的人多，也许一时想不起来。

"可是，这么大的事，事先连招呼都不打，说来就来了，没有这么办事的！"他有些生气，决定给她买张火车票，明天打发她回去。

"两位姐姐，"他对傅双北和梁春燕说，"今天请你们帮她安排一宿，明天我想办法。拜托了！"

"其实，我什么地方都能睡。"女孩扫视了一下空空荡荡的画室，"我自己带了被子，睡沙发上就行！"

"不行不行！"老董急了，"你跟两位姐姐走，明天我帮你安排。春燕家里地方窄，双北就一个人。谢谢你了，双北，就一宿。"

"小妹妹，你叫什么名字？"傅双北问。

"我叫柳巴。"

"怎么像俄罗斯名字?"

"我们是鄂伦春族。"

"好能闯啊!柳巴,咱们走吧。"

"双北姐、春燕姐,你们先走吧。我认识您家,一会儿我去找您。董老师这屋里太乱,我帮他收拾一下。"柳巴捋胳膊挽袖子,把泡碗筷的盆端到了院子里,打开水龙头……

三个人都很吃惊……

"这孩子好朴实啊!"春燕说。

傅双北小声说:"青平兄,这孩子聪明、懂事、心眼好,值得教!"

3

柳巴在老董家里留下来了。

每天,老董花一小时给她上课,给她讲解最基本的造型知识。其余时间,给她留了大量作业。这女孩聪明,原本有一些绘画基础,学习很专注,提高得很快。除了画画,老董还要求她读些书,他书柜里有的是书。

她住在傅双北家里,白天到老董家来。她干活麻利,两家的卫生都包了。平日在春燕餐馆里吃饭。有时她也做些自己拿手的饭菜,包一顿饺子,把双北阿姨叫来,改善一下口味,创造一种家的氛围。当然啰,老董和双北也会自觉地帮她干些活儿,不会把家务压在她一人身上。尤其是双北,只要柳巴一动手,她就不好意思袖手旁观。可以说,柳巴起了一个很好的带头作用,促使这两家的卫生有长足改观。

老董觉得,这样也好。各尽所能,各取所需。他教柳巴学画,柳巴帮他料理生活。柳巴很阳光,很单纯,很乐观,总是笑眉笑眼。有她待在身边,让他不再孤独,暂时排解了丧子之痛。让他僵死的心慢慢苏醒过来。

过了些日子，老董弄清楚了：柳巴高中毕业，没考上大学，在家乡当了两年民办教师。她喜欢画画儿，总想找老师学画。她爸爸是鄂尔多斯文联一个烧锅炉的工人，根本就不认识董青平。是柳巴自己在电视上听过老董讲绘画课，一连听了两个月，对他的音容笑貌铭记在心。她不仅崇拜他，也很信赖他。后来又在网上查到了他的地址。她对爸妈说要去北京打工，买了张火车票就上宋庄来了。

老董很同情她，也很珍惜她对自己的那份信赖。他决心尽自己的绵薄之力，教她学画，供她上大学，把她培养成可用之材。就当自己在家里"扶贫"，或者说，就当她是自己的女儿。

又过了些日子，他们之间有了更深的了解，彼此无话不谈，不再猜忌，不再设防，就跟爷儿俩似的。柳巴说她不想跑来跑去，太不方便，想住到这边来。于是，董青平帮她收拾了一间厢房，糊好窗户，安好门锁，简单买了些用具，烧热了炕，她就搬过来了。

老董给柳巴制订了严格的教学计划，上课一丝不苟，作业布置得很多，要求极其严格。有一次，柳巴因为看电视连续剧上瘾，做作业马马虎虎，一撂下笔就打开电视机，被老董骂了个狗血淋头；还有一次因为做家务耽搁了作业，也被他训得直哭。

他真的拿她当女儿了。

老董和妻子离婚以后，他几乎失去了儿子。因前妻的阻挠，他和儿子很少有机会见面，很少尽到当父亲的责任。后来，为了教儿子画画，虽然住在一起，但儿子身上的许多毛病让他失望，爷儿俩并不贴心，老董心里一直很孤独。

柳巴不一样。柳巴很开朗，很阳光，不怕吃苦，有情有义，知道疼人，总想着替身边的人做点什么……

天上掉下个画画的女儿来，干吗不好好教她呢？

十八

哑巴啊哑巴

1

转眼间，哑巴快三十岁了，来宋庄也已十几年了。他变成了一个地道的宋庄艺术家：头发胡子老长，穿一件满是兜兜的坎肩，叼一个木疙瘩烟斗。在这里他算老资格了：画作等身，积聚了足够的自信，对于后来的娃娃们，他根本不把他们放在眼里。谁要想批评他的画，一边待着去！他画的都是心里的画儿，他受过高人指点！

哑巴打心里热爱宋庄，热爱宋庄人，憎恶那些给宋庄抹黑的坏蛋。假如有人在街上乱贴乱写，乱擤鼻涕乱扔烟蒂，他必出面制止；假如有人在街上过分亲热搂搂抱抱，有伤风化，他必怒目而视；假如有人贼胆包天欺负宋庄的女人，他必替天行道大打出手；像董青平这样行为不轨的人——先是对傅姐心怀鬼胎，继而又跟一个小姑娘在一起鬼混——早就被他列入了受鄙视的黑名单了。

他表达憎恶的方式有两种。来阳的，便怒目而视，用牛眼瞪他；来阴的，是背地里使坏，叫你抓不着把柄。

一天，老董从城里回来，打不开自家的门锁了。他忙活半天，累得满头大汗，钥匙就是插不进去。好几个人帮忙，还是捅不开。没法儿，只好找来开锁公司，师傅看了看，说是锁眼被堵了，必须破拆。

锁眼被堵了，怎么可能呢？出门时还好好的，老董百思不得其解。他问村里的孩子，孩子们从背后指了指哑巴；他质问哑巴，哑巴严词正色否定了，嗓门儿比他还高。

哑巴一直不喜欢董青平。不喜欢他长那样儿，不喜欢他戴副破眼镜，不喜欢他走路的姿式……尤其不喜欢他作风不正派！

就是这样根正苗红的宋庄人，居然也有把持不住自己的时候。

连日来，哑巴中邪了，没有心思画画儿了。即便勉强坐在那里画，也是心不在焉，老走神儿。

几天前的一个黄昏，他爬上一处平房屋顶，想画天边的晚霞。无意中听到"哗哗"的水声和女人的笑声。他发现屋顶上有一排天窗，天窗下边是澡堂。他吓坏了，匆匆逃离了屋顶。

他因渴望而逃离，逃离让他愈加渴望……他借职业之便在展览上看见过女人身体，他在地摊上买了一本人体画册藏在枕头下。这些参照物有助于他展开想象，通过想象望梅止渴。

望梅止渴的结果让他越望越渴，竟至辗转反侧，夜不成眠，魂不守舍。似乎被一根弹力绳拉着他，不容分说将他拽上那个有天窗的屋顶。

水雾迷蒙中，几条白色裸体赫然入目！

哑巴极度紧张，赶紧趴下，紧贴屋顶，就像父辈打游击时进入了敌人的封锁线；有一千只手一万只手把他擒住，拖向窗边撑开眼皮，命令他在昏暗中仔细搜索……

一扇天窗因合页松动变得摇摇欲坠。当工人上去修理时发现屋顶上许多可疑的污渍。当天晚上，哑巴被好几个男人擒获，臭揍一顿，送到了派出所。

2

当哑巴再次出现在宋庄街头时已是两年后的夏天。这期间他被送去昌平筛沙子，被遣送回乡，并被父亲强制和邻村的那个跛女子结婚。他把跛女子的肚子鼓捣大了，趁家人放松防备时又偷偷跑了出来。

重回宋庄，他的状况明显不如以前了。原来的单位不再雇他，所有人都视他为洪水猛兽。他完全沦为乞丐，靠乞讨活命。

他的心气没有以前高了，不再管街上的闲事，不再自诩为宋庄的护花使者，见了谁都抬不起头来，碰见漂亮女孩，他甚至不敢多看一眼。他怀着负罪感躲避着所有的目光。曾经令他跌入深渊的那个澡堂，成了他的噩梦。

对董青平他自然不再睥睨；碰见傅双北——曾经带给他温暖令他敬重的女神——他远远地避开了。

他出现了严重的心理障碍。

他回宋庄来，是因为对往日岁月的深深眷恋，和对绘画的一往情深。

唯一能激活他生命活力的，只有绘画。他将乞讨来的钱，省吃俭用，全买了画布和颜料。他住在一栋无人看管的烂尾楼里，每天在楼里作画。他的画只供自己看，无须和人交流；别人在他的画前如窥天书，如读鬼符。但谁都能通过色彩和笔触，感受到他内心的狂躁，他的渴望，他的呐喊，他涌流的生命……

十九

冲天一鸣

1

艺术这个精灵很诡谲，藏匿得很深。一些被称作"艺术家""艺术大师"的人其实和她毫无关系。许多人苦苦寻觅一辈子，也不见得能与她谋面，不见得就能觅得真谛，修成正果。

画商是商人，他们只对钱感兴趣。他们只研究市场，只研究顾客的口味，并不研究艺术。所以绝不要以为被画商捧红了的就是艺术家。画商凭着对市场的判断，凭着对艺术的肤浅理解，凭着自己的好恶，游走于市场，用货币这根链条牵着艺术家们忽东忽西，搅得艺术界颠三倒四，鱼目混珠，乱象丛生。

宋庄的艺术家，像一群仰着脖儿嗷嗷待哺的雏鸟，都在眼巴巴地盼着画商来买自己的画儿，都希望自己的画能进入市场，火上一把。

如果有人卖了画，他就很风光；若有人被包养，画多少人家收多少，他就特牛逼；若有收藏家抢着跟他签合同，在宋庄人眼里，他就成功了！周围的同行，就会起而跟风，模仿他的观念或风格，做些小的改动。无非是你画男嬉皮士，他画女嬉皮士；你画裸身光头，他画泳装光头；你画民国老照片，他画"文革"老照片；你画艳俗，他画不堪入目的俗艳……

所以，对待宋庄的成功人士，你千万别用艺术的眼光去挑毛病。

艺术规则和市场规则是两码事。宋庄的择优汰劣，是画商当裁判，而且是外国画商当裁判。

在宋庄，关起门来一门心思探讨艺术的人不多。除非他看破红尘，淡泊名利，心有鸿鹄之志。还有，他必须另有经济来源。否则，艺术没搞出来，他会饿死在路上。

吴子强在宋庄东撞一头，西撞一头，忙活半天，还没有找到北。他天天盼着画商光顾画室，也有盼来的时候，不过是转一圈就走了，留给他接二连三的失望和惆怅。

梁春燕的餐馆重新装修了一下，显得整洁宽敞。她要吴子强挑几幅画挂在墙上，以提高餐馆的文化品位。

找了半天，吴子强找出几幅在美院进修时画的创作。那是一组题名《哈欠连天》的组画，内容很单纯，画男女打哈欠：开车、走路、上课、开会、做爱……在各种场合打哈欠。有一幅画，画了几百人在广场上集体打哈欠，千姿百态，无一雷同，蔚为壮观。

当初他画那些画，是试图突破自己，走一条观念艺术的新路，并没有太多的想法。画完以后，想参加美院进修班的毕业创作展，未获通过。在宋庄展出过一次，没有引起什么反响，画就被杵在墙角了。

今天他把这些画翻出来，回过头来看，还真有点儿意思——至于表达了什么，他一时说不清楚，至少别人没有这么画过。

"尽挂些打哈欠的人儿，你叫人家还怎么吃饭！"春燕看不上这些画，"不会找点风景画吗？哪怕挂几幅仕女画也行。"

春燕知道自己不懂美术，丈夫执意要挂，也就不再坚持了。

2

从美院进修回来快一年了，吴子强没有画画儿。

他和春燕之间的关系时好时坏，最初爆发冷战的那些日子，两个人都很伤神，痛彻心扉，每次都是死去活来。慢慢地吵多了，双方都不当回事了，都心气平和了。换句话说，都麻木了——两口子闹到这份上，说明感情已经坏死，不好修复了。

吴子强不想画画，又不想回家，便只有喝酒，把自己灌得醉醺醺的，然后到洗浴房去找小姐按摩，跟小姐调情，将身体里那点剩余的精力发泄掉，在澡堂里泡上半天，睡上一觉。

一天，他正在澡堂睡觉，突然手机响了。他睡得懵懵懂懂，看都没看，就把它按灭了。

过了几分钟，手机又响了，他还是懒得接。不过他已经醒了，打开手机，看了看来电记录，他被吓了一跳——媳妇连着来了五次电话！

"喂！喂！是燕儿吗？"他慌忙拨通了梁春燕的电话。

"你上哪儿去了？急死我了！有人要买你的画！"

吴子强一下热血奔涌，血压升高。幸亏年轻，他没被撂倒。

"我在朋友的画室里……谁要买画？买哪幅画？"

"就是你挂在餐馆的那几幅……你快回来吧，他们正等着呢！"

吴子强穿了衣服，冲出门，一骗腿跨上摩托车，风驰电掣冲回了家。

买画的人还在用餐。他是一个美国小老头，留着短髭，看上去有六十来岁。陪同他的，还有一位旅居纽约的中国籍画家、一位城里的美术批评家和一位英文翻译。吴子强认识那位批评家，姓肖，叫肖家驹，给宋庄的画家写过文章，好几个人都是他给推出国门，推上世界舞台的。

他们看见吴子强来了，起身相迎，互相作了介绍，老外名叫詹姆斯，主要收藏亚洲各国的当代艺术品。

随后，詹姆斯问了一些简单的问题：什么地方人？在哪儿学的画？挂在墙上的这些画是什么时候画的？去过美国没有？喜欢宋庄的生活吗？

吴子强是英文文盲，全靠翻译帮忙。

他要春燕给他们加几个菜，加两瓶酒。老外说他们都吃饱了，要求到他的画室去看看画。

画室离得不远。吴子强开开门，屋里落满灰尘。

"最近我很少到这边来，我一直在中央美院画画。"

吴子强有意避开了"进修"这个词儿。他把一捆进修时画的课堂作业打开，将画一幅幅戳在墙根："这些都是最近画的。"

老外以为他在美院当老师。不过他不在乎这些细节，看了一遍，没有表现出特别的兴趣。他对翻译说了些什么。

翻译说："詹姆斯问，您的作品有代理人吗？"

吴子强后悔自己没有早做准备，没有找个朋友冒充代理人。那样会显得自己很有身份。现在，他只好摇头。

"他问，您想不想卖画？"

吴子强心中狂喜，差一点冲口而出："当然！当然！"但他告诫自己："要沉住气！"于是，他平静地说："可以卖，只要价钱合适。"

"他想买挂在餐馆的那六幅油画，请您出个价，按美元折算。他也希望价钱合适。"

这事很突然，令吴子强猝不及防，因为最近完全没有卖画的迹象，他压根儿就没有考虑过价钱问题。他在脑子里迅速搜寻着各种关于画价的信息：10万？8万？6万？5万？不行！第一次打交道，不能把人要跑了。6000？3000？2000？5000？不行，太亏了！干脆8800吧！这个数吉利，也还合理。折算成人民币，每幅画6万多元。六幅画，天啊，是一笔大数目呀！

吴子强平静地说："每幅8800美元。"

翻译告诉詹姆斯。

"OK！"老外二话没说，当场定了下来。

翻译对吴子强说："詹姆斯希望您沿着这个方向画下去。还可以概括一些，大胆一些。明年他再过来看看，或许可以跟您签约。"

吴子强看着詹姆斯，真诚地说："很高兴与您合作！"

告别的时候，他握着肖家驹的手，表达了深深的谢意。他知道，在后面的事情中，老肖能起很大作用。

他把客人送走，回到画室，兴奋得快晕过去了。

3

吴子强头一回成批卖画，头一回见到这么多美元。

他数了一遍又一遍，一边数钱一边懊悔：当时怎么没把价定高一点呢？詹姆斯是个大收藏家，在纽约有一家大画廊，哪有几千元一幅的画呢？定价太低，兴许人家还会低看了你呢！

"亏了！亏了！亏了！"他后悔得心里隐隐作痛。

"往前看！"他安慰自己，"先跟人家建立联系，兴许大头在后边呢！"

第二天，他花了两万块钱人民币，在潘家园地摊上买了一只明代的粉彩瓷碗，敲开了肖家驹家的大门。

他和老肖并不熟，没打过交道。但老肖人很随和，对画家也很好，有不少前卫艺术家围在他身边。

保姆叫他在客厅里等一会儿，说肖老师正在写文章。

他借机会浏览了一番客厅里的陈设：整整一墙的书柜，里边摆满了书，其间有不少陶瓷古董；条案上摆了些充满异域风情的工艺品；墙上挂了几幅当今走红画坛的画家的作品。

半天，肖家驹才出来。

老肖认出了他，热情地招呼他，好像知道他要来似的。

老肖询问了一些吴子强的情况，鼓励说："你画得不错，找到了自己的突破口。"

吴子强说："现在画画的多如牛毛，能不能冒出来，全靠肖老师提携！"

老肖笑道："你不已经冒出来了吗？詹姆斯喜欢你的画。他的眼光在西方有一定代表性。"

"这个……只是一个商机，要想进入学术层面，在艺术界站住脚，还得靠肖老师一支笔！"

"不是那么回事，不是那么回事！"老肖笑呵呵地说，"我这支笔只能从画家那里获得灵感，它无法点石成金。"

"肖老师，詹姆斯叫我沿着这个方向继续画下去，您说我应该注意哪些问题？"

"遵循你自己的内心。别人的建议听多了，就没有你自己了。"

"他说我的画应该更大胆一些，我有点不大明白。"

"詹姆斯是西方人。他的观点是西方人的观点。"

"他说要大胆一些，是指艺术上，还是指政治上？"

沉默了好一会儿，老肖才说："可能都有。聊天的时候，他把你归入'政治波普'一类了。"

告别时，吴子强把一个用报纸包得严严实实的包放在条案上，说："不成敬意，从老家带来一件小礼物送给老师。"

老肖没有特别注意那个报纸包，把他送到门口，憨厚地笑笑："常来玩。有什么事就说。"

二十

因祸得福

1

秋天，老肖推荐吴子强参加了香港中国当代艺术展和德国艺术家实验展，第二年又参加了圣保罗双年展。詹姆斯买回去的那几幅画，也参加过两次展览，并于当年获得了北美画廊协会颁发的金奖。

有位理论家把吴子强归类为"玩世现实主义"。并撰文说他的作品里透着一股厌倦责任，玩世不恭的嬉皮士精神，是当代社会尤其是当代青年深层精神的投射。后来，更有人说"这批画是对'文革'及'文革'以前集体主义精神的反讽，表达了当代普遍存在的松懈情绪和玩世不恭"。

所有这些说辞，都是理论家和记者们挖掘出来的。他们的职业就是无中生有，点石成金，把死的说成活的——这或许就是美学家所说的"形象大于思维"的道理吧？

其实，吴子强没有想那么多。他只是找到了一个别人没有表现过的打哈欠的生活细节，只是觉得这样画生活化，有些新意，没有想更多。也没有想到它们会火起来。现在一下子反响强烈，来势凶猛，让他都没有思想准备，想拦都拦不住了。

吴子强到圣保罗出席了双年展的开幕式，又获得美国一个基金会出资邀请，以访问艺术家的名义在欧美转了一圈，见识了国外五花八门的现代流派，大受鼓舞。

从欧洲回来，他请李小冉帮他筹备在中国美术馆办一次展览。

美术馆的展览需要预约排队。李小冉神通广大，不知怎么就给插进去了，而且将吴子强的展览安排在金秋季节，和一个法国印象派大师的展览排在同一时段，这叫搭顺风车，是再好不过的安排了。

但是，在审查吴子强的作品时出现了问题。展览方要求他撤掉三分之一的作品，所有涉及伟人和要人的那些"轻率的作品"必须剔除。

这怎么行呢？吴子强想。他花钱租场地，展品的主体，支撑他成名的重要作品却不能参展，展览还有什么意义？

没有办法，退而求其次，李小冉在798找了一家名叫TW的外国画廊，和他们谈妥了条件，并且签约了协议，交了定金。

总共准备展出60幅画，其中28幅是他的《哈欠连天》系列，其余是他在新疆、西藏的写生作品。前者侧重观念，表达他对生活的理解；后者侧重艺术，展示他的艺术修养和技术水准。他请肖家驹写了篇短文，拟作展览和画册的前言。

当他收到前言的时候，颇感失望。本来，他以为老肖会从学术的角度来肯定他的作品，为他在学术上定位，将他推到中国前卫艺术金字塔顶端的位置。

可是，老肖通篇都在阐释现代艺术。最后，他才捎带着，不痛不痒地说了说吴子强的画：

"吴子强试图从一个新的角度来表达他对世界的认识。"文章说，"他将这个时代普遍存在的怀疑、否定、慵懒、困倦等情绪浓缩在一个'打哈欠'的生活细节中；他试图用偶然的戏谑来消解长期构建的严肃说教和虚妄权威……

"这些，是《哈欠》系列画的当代意义。

"艺术家的思维通常是单线条、片面和极端的。他们有时因此而曲径通幽，从独特的角度通向真理；有时却纯粹是想入非非，痴人说梦，像狂躁病人的呓语……"

他是在肯定自己还是在否定自己？

看不出来。

对自己的作品不置可否，是他无意疏漏，还是有意回避？

看不出来。

这样一篇不痛不痒的文章，用吧？窝火。不用吧？得罪人。

思前想后，他找到一位年青评论家，请他补写一篇文章，着重阐述《哈欠》系列在中国现代艺术史上的重要意义，放在肖文后面。这样，算是比较扣题，也有些分量了。

经过一个多月的忙碌，吴子强的画册印好了，画展布置好了，报刊发了消息，请柬全部发出去了，就连开幕酒会用的糕点糖果和红酒也都准备好了。

星期五这天，就等着下午三点钟开幕。

中午两点钟，忽然来了几辆警车，警察查封了展览，在门上贴了封条，然后把吴子强、李小冉和画廊老板带回派出所进行讯问。

应邀参加开幕式的人陆续到了，加上闻讯赶来看热闹的，画廊门前聚集了二三百人。

人们在画廊门前等待，议论，隔着玻璃往里拍照。

吴子强忽然被蒙上了一层神秘色彩，变成了热议的焦点——那些年，凡是官方查封过的展览，都会产生广告效应，引起瞩目和热议，受到疯狂追捧。人们对吴子强的画忽然产生了浓厚的兴趣，都想隔着玻璃朝里看——越不让看，越是好奇，想探个究竟。

消息在网上迅速传播开来，还附有查封现场的照片。在很短的时间内，网上被转载了二十多万次，热热闹闹，沸沸扬扬，吴子强成了网络红人。

画商们像猫一样闻到了鱼腥味儿，看到了即将到来的商机，纷纷表示要买吴子强的画，有人悄悄地下了定金。

过了两天，不知为什么，警察启开了封条，撤消了对展览的查封。

据说，上边看了材料，没有批准立案。但也没有说查封错了。于是，警察暂时封存了吴子强的三幅画，通知他这三幅画不得展出，不得公开出版。算是给这次行动画上了一个句号。

展览开馆的第一天，展室内外人满为患，挤得水泄不通。60%的作品被贴上了已售标签。闭幕那一天，《哈欠》系列全部作品销售一空。

吴子强的名字在画家村已经如雷贯耳，一些艺术杂志的记者慕名前来采访，收藏家找上门来买画。他的画价每天都在飙升，他的画有多少，市场就要多少。

2

一天下午，李小冉叫吴子强去贵宾楼餐厅吃饭，告诉他有一位台湾的大老板要见他。

台商姓洪，五十来岁，黑胖黑胖，看上去很壮实，说一口带广东腔的国语。他一上来就东拉西扯，滔滔不绝地叙说自己的"奋斗史"。

"我祖上是潮汕人，我父亲1949年当青年军去了台湾。我也当过兵，解放军炮轰金马的时候我驻扎在金门，整天躲防空洞。防空洞里有的是时间，有的是模特儿，我画了不少速写，在台湾的报纸上发表。后来我当了战地记者，结识了我的太太。她父亲在马来西亚开锡矿，我脱离军队后在那边帮着岳父打理业务。我的文化不高，但脑子灵活，很有商业头脑……"

同桌有他的两个助手，还有老肖、两位北京的知名画家，大家都不插话，笑眯眯地看着他，他只顾"讲史"，并不涉及业务。

然后，话锋一转，大谈特谈他的"秘书"。

"别人的太太都不高兴丈夫身边有年轻漂亮的女秘书，我太太相反，她赞同我带年轻漂亮的女秘书。她说男人出门，无论开什么名车，戴什么名表，都不及身边有位年轻漂亮的女秘书……"

大家都笑了，夸他太太有品位。

"我们这位黄小姐，论长相，论人品，论能力，都是百里挑一。"他把秘书夸得不好意思了。女秘书举起酒杯来提议喝酒，想把他的嘴堵住。

"我们都是君子，并没有什么对不起我太太的地方。"

李小冉看他没完没了地说下去，有些着急，找一个合适的机会，转换了话题。

"洪老板不是对吴先生的画有兴趣吗？今天正好聚在一起，何不具体谈谈？"

洪老板这才打住，转到买画的话题上来。

"是的。我很喜欢吴先生的画。我要做，就得做大，不想小打小闹。"

李小冉问："洪老板想怎样做？"

"小打小闹，就是我从你这里买几幅画，到别的地方卖掉，赚点差价。这不是我的风格。我要做，就得垄断，最少签八年十年合同，我按年付你款，你按年给我画。我要出版画册、找媒体宣传，到世界各地办展览，把你的画价炒上去，翻几番，甚至翻几十番，我才有钱可赚。"

吴子强说："这样当然好啰！"

"如果吴先生同意跟我合作，你跟李先生沟通一下，你签个委托书给李先生，让他跟黄小姐他们谈。"

"我们不谈具体的事，我们是朋友。走，我带你们几位洗脚去。"洪老板边说边起身，笑道，"声明在先，怕老婆的不要跟着我！"

3

回到家里，吴子强对春燕说："洪老板在贵宾楼宴请我，咱们不能失礼。咱们在家里回请他一次。"

吴子强一路走过来不容易，今天能有这样的转机，有这样大的起色，春燕当然为他高兴，当然愿意助他一臂之力。洪老板是财神，别说请他吃一顿饭，就是请十顿八顿，她也乐意。

"到时候叫秦师傅做几个拿手的菜，挑两个服务生伺候着。你什么也不要做，穿讲究一点，戴些首饰，当一个体面的女主人就行了。"

"我就是一个小地方来的，你别叫我装模作样，我装不来。"

"你看你看，关键的时候叫你出点力，你都舍不得……"

"我能出什么力，画是你画的，人家看上的是你的画。"

请客那天，秦师傅使出浑身解数，做了满满一桌菜，配置讲究，品相不俗，味道十分地道，让洪老板赞不绝口，没等主人礼让他就动筷子了——他谈笑风生，不拘小节，率直里透着自负。

春燕把厨房里的事安排妥当后才出来陪客。

她没有刻意着装，还是平常穿的衣服，干净素雅；把头发绾了一下，插了个发卡，在发髻上缠着一小串松石玛瑙——这是藏女常有的装束；手腕上戴个玉镯，也是平日就有的。

吴子强将夫人介绍给客人。洪老板眼睛放光，立马站起身来，弓着腰，伸出了手："吴夫人好漂亮！"

春燕脸红了，她莞尔一笑，和洪老板拉了拉手："我们这里条件有限，做不来洪老板喜欢吃的菜……"这是她备战了半天才想好的几句话，临场还丢了两句——她平日嘴不笨，但这种应酬场面她不习惯。

"夫人说这话见外了！今后我们合起来做事，就是一家人了，一家人不说两家话。"

春燕的出现让洪老板变安静了，眼睛里收敛了那股放肆的光芒，嘴巴也有把门的了。他有点儿紧张，想要装得儒雅一些。他走南闯北，阅人无数，还从来没有怯过场呢！

他反复想着刚才的握手："多柔软的小手呀！"

吴子强举杯向洪老板敬酒："敬洪老板一杯，祝我们的合作前景广阔！"

洪老板一仰脖儿干了。李小冉和吴子强劝他慢点喝，说这酒度数高。

"酒逢知己千杯少！能交上子强老弟这个朋友，是我三生有幸！子强，以后咱俩就是兄弟了，你只管专心画画，别的事交给我打理，我保你名扬天下，让你和弟妹过上大富大贵的日子！"

在座的陪客，包括李小冉、理论家老肖，还有洪老板的助手，全都举杯相庆，祝贺他们合作成功。

洪老板忽然对梁春燕的手镯产生了兴趣："弟妹这手镯是和田玉吧？"他想要看一眼。春燕慌忙要摘下来给他，一边摘一边说："我妈给我的，戴了好多年了，有些紧。"

"不用摘不用摘，我就看一眼。"他拎起了春燕的手腕左看右看，还对着光看……

他又一次触到这只柔软的小手，感受到了电流的穿透！

"子强老弟金屋藏娇，好福气啊！你要给弟妹买几件相般配的首饰才是呀！"

吴子强笑道："哪里是我藏娇啊，想藏也藏不住。现在人家是成功人士，经营一家餐馆，知名度比我高！"

"嗬！弟妹还有这般雅兴？"

洪老板对春燕开的餐馆饶有兴趣，仔细询问了她的经营理念、经营情况，然后兴奋地说："餐饮挣钱啊！我也一直想在大陆搞一家餐饮连锁企业，看来我跟弟妹有得合作了！"

春燕很受鼓舞，她做梦都想要把自己的餐馆做大，苦于没有资金。她不那么拘谨了，有说有笑，脸上洋溢着生动的神情。

4

经过几个回合的讨论，李小冉代表吴子强，跟洪老板的委托人正式签了合同。合同规定吴子强每年交 30 幅油画给洪老板，洪老板每年向吴子强支付 300 万元人民币。其中详细规定了画的内容、尺寸、画布质量和纳税、打款方式、打款时间以及违约责任等方方面面的内容。时间签了八年。

吴子强每年可以得到 300 万元的收入。这和他刚到宋庄时，求爷爷告奶奶，四处碰壁，16 幅画才卖了 1500 块钱，真是天壤之别——这就是市场神话！

对方按合同要求，预付了 60 万定金。

吴子强没有时间高兴，他得马上动手画画了。

按照约定的标准，他定做了一批画框，请人绷好亚麻布，刷好底子，便开始了工作。

他将收集来的图像资料铺开，一遍遍浏览，开始构思。最先确定了 3 幅草图，其余的，他要在创作的过程中慢慢酝酿。

吴子强采用局部画法，每个局部一次完成，一个局部接着一个局部，推向全画。待干透以后，再作统一润色加工。

第一幅画花了他十天时间，每天从早上画到天黑，晚上还要在灯光下画两个小时。天天如此，全仗年轻，身体结实，才有可能坚持。

第二幅画，他还能保持旺盛的精力。待画到第五幅、第六幅画，他觉得难以承受了。每天画同样的画，他已经没有一点儿激情了。

正式签合同之前，李小冉曾经征求过他的意见：是不是太多了？要不要将 30 幅改为 20 幅？或者 15 幅？

吴子强想，少画 10 幅画，损失 100 万块钱！那怎么行呢？再说十来天画一幅画，对他来说不算什么。他是快手！

没想到，最初的激情过去以后，没完没了地重复，那心情、那心气完全不一样了。每天起来，洗漱完毕，吃点东西，他就得坐在画布前，用小笔蘸着颜料，一笔一笔地画。一天要画几万笔，他没有时间思考，没有时间推敲，没有时间看电视，没有时间陪儿子玩，没有时间找朋友喝酒，甚至没有时间生病——合同像一座大山，压得他透不过气来。

他变成了一架机器，按照同样的频率，永不停歇地画下去……可是，他是肉长的呀！他没有机器结实。他常常画得眼发花、头发晕，画得想吐。

想到合同签了八年。要过八年这样的日子，他非得死在画布前不可。

二十一

盛名之下

1

吴子强现在有能力支撑这个家了，他希望春燕停掉餐馆，回家里当全职太太，照顾好他和儿子。他不假思索地说出了自己的想法。没想到梁春燕居然不同意！

春燕和她的餐馆已经分不开了。

她从改良川菜、改进经营、积累经验到积累资金，已经跨过了艰苦的创业阶段。现在驾轻就熟，成竹在胸。下一步她和秦师傅正商量着，打算物色一处宽敞门脸，扩大规模，提高档次，开一家大餐馆。

春燕在这个过程中找到了自信，发现了自己的价值，明确了人生目标。

洪老板说的餐饮连锁店，也许是逢场作戏，说说而已。春燕开始有些激动，后来细细思量，她打消了这个念头——这钱宁可不挣。她觉得洪老板这人不能沾，他眼神里有太多的邪念。女人很敏感，女人的直觉八九不离十。

她不能跟吴子强说这些捕风捉影的事。毕竟子强还要和那人合作，自己小心一些就是了。

吴子强的成功固然令她高兴。一下挣那多钱，这是多年来梦寐以求的。但钱不是万能的，有些东西不是用钱可以弥补的。这几年她和吴子强之间的感情裂缝在悄然扩大，虽然没有明火执仗，但相互之间的冷漠和疏离是明摆着的。这令梁春燕深感痛苦。

吴子强这人没什么坏心眼儿，也还善良，但不好相处。他心里只装着他的画儿，只想着成名成家，根本容不得别人拖累他。而且他小心眼儿，敏感多疑，感情容易生变……这样一个人，你想完全委身于他，指望他一辈子养你，不太靠谱。

所以，梁春燕确立了自立的原则，确立了自己的奋斗目标。她必须把餐馆做好做大，为孩子升学和出国深造准备资金。还有，她喜欢做餐馆，又正处在雄心勃勃的发展期。你让她关掉餐馆专事家务，她会失魂落魄。

再说，打理生活，完全可以花钱请保姆。餐馆挣的钱，请十个保姆都够用。

是的，吴子强也知道，请个保姆什么问题都解决了，但解决不了他心里的疙瘩：第一个疙瘩，儿子身上有越来越多的坏毛病，他认为是老太太溺爱的结果；第二个疙瘩，只要春燕和秦师傅待在一起，他的心就备受煎熬，痛苦不堪。

如果春燕转让或关掉餐馆，秦师傅就得离开，春燕她妈也会回去照料她父亲，孩子能按照他们自己的想法培养，所有问题都将迎刃而解。

就是谈不拢。梁春燕犟得跟牛似的，还说她正打算开一家大餐馆呢！

两个人已经形同路人，冷漠得不想吵架了。

2

吴子强和洪老板签署的合同快一年了，第一批30幅画该交付了。

离交画期限一个月的时候，还差6幅画。吴子强着急了：平均五天要画一幅画，已经不可能了。

长沙有个叫大老刘的油画家，吴子强以前和他有过交往。那人基本功扎实，画得不错，但画卖不动，闲暇时间很多，常跟别人下棋。

吴子强把他请到北京，住在自己画室里，关起门来，请他完成那6幅画，没告诉他干什么用。

于是，吴子强勾小稿，大老刘参照着他的风格往画布上放大，画完后按照每幅画8000元付给他报酬。然后，吴子强在画上做些加工润色，使它更接近自己的风格。最后签上自己的名字。

吴子强觉得，效果并不比自己单独完成的差。大老刘素描好，画得结结实实，很有体量感和空间感。

他如期交付了这批画，把第一年的余款240万元拿到了手。

3

随着影响扩大，吴子强交往的圈子如滚雪球一般，越滚越大，交往的名人大腕也越来越多。他的名声已经溢出了宋庄地界，溢出了北京，无论走到哪里，都会有人趋上前来握个手，递个名片，请吃请喝。

宋庄那帮共同打拼过的弟兄，渐渐分化成富人和穷人、贵人和贱民，他们的命运和心态都发生了变化。但无论怎么变，圈子里的规矩不会改变。

是宋庄艺术家，就得遵守宋庄惯例，卖了画要请大伙儿撮一顿。吴子强和春燕商量，决定在自家的餐馆里请客。

圈里的人都来了，酒比什么都有号召力。只要闻到酒香，不请自来，多么重要的事也得放下。

老董近来没做别的事情，每天教柳巴画画儿，有时自己也画，在无聊中打发日子。聚众喝酒是难得一遇的"节日"，他照例会来。吴子强的作品虽然被美国人和台湾人看上，虽然现在他有钱，走到哪里都前呼后拥，粉丝多多，但老董不以为意——他只是换了一个叙述的角度，画了一个有典型意义的生活细节，在绘画语言上没有突破——

那是虚胖，他不可能走得太远。

李小冉心里颇不平静，可以说很不是滋味儿。他和吴子强一起在县文化馆跟吴老师学画，子强坚持下来了，成功了。他中途放弃了，东一榔头西一棒槌，老想找捷径致富，到现在还是无头苍蝇，满世界乱撞。不知道他家的财神哪一天才会显灵。

后悔吗？不后悔，也不能后悔。他退不回去了，那么多年没摸画笔，他已经没有勇气重拾绘画，只能继续在江湖上闯荡了。

傅双北永远生活在自己的内心世界里，她很少考虑人际关系——从不逢迎别人，甚至不知道应该逢迎谁。也不关注别人怎样看自己，她很少想那些事；她今天来，是享受聚会。一个人生活太寂寞了，天天热闹也受不了。她愿意隔些日子和大伙儿聚一聚，哪怕是看着别人喝酒吵架也行。

吴子强的成功，对于王自鸣来说，既是鼓舞——原来谁都有可能成功！也是刺激——大家五湖四海，来宋庄拼搏，凭什么成功之鸟总是飞到隔壁院子里去？老子哪一点不如人？是时候未到，是时运不济，还是祖坟风水不好？

他在焦虑中寻觅，在焦渴中等待。但外表还是乐乐呵呵，别人看不出他心里的焦灼。

吴子强走红的结果，直接受影响、受刺激的是闻达。它导致了中国当代艺术棋局重新洗牌，"江湖"座次重新排位。那些兴风作浪、趋炎附势的媒体记者和"理论家"一股脑儿拥向吴子强，把闻达冷落在一边。原来送给闻达的那些桂冠和溢美之辞，现在被他们洗一洗，漂一漂，打造一番，送给了吴子强。

闻达在这样的场合，浑身不自在。但他不能显得沮丧，也不能露出忌妒，必须表现得跟什么事也没发生过似的。因此，他脸上时时挂着八大山人的签名——"哭之笑之"的奇怪表情。

吴子强从一个无名小辈，一跃而成红得发紫的前卫艺术家，变成圈内明星。从一个穷光蛋，一夜变成身家百万的富翁；兜里装那么多钱，处处受人追捧，各种好事接踵而来，他都不知道该怎样说话，怎样走路了。

这个时候的吴子强，很容易招来同行的反感——你表现得谦卑一些，人家说你装孙子；你稍为端着点儿，人家说你小人得志——横竖不好做人。让人怎么看怎么不顺眼。

吴子强和闻达，正是处在这种重新磨合的时段。以前他尊闻达为兄，称呼"老师"，相敬有加，但心里并不十分佩服。现在自己受到热捧，光彩照人，把闻达冷落在一边，他觉得"本该如此"，于是当仁不让，落落大方地取代了他。

吴子强的春风得意，他的得意忘形，于不经意间挂在脸上，透露在言语中。令闻达大为反感。

还没喝醉的时候，他俩都戴着微笑面具，都在扮演"有教养的角色"：客客气气，哼哼哈哈，尽量以玩笑掩饰裂缝。谈天说地聊艺术，就是不评价对方，更不会赞颂对方的作品。有时为了显示自己当了名人还不失谦虚的品质，宁可大赞特赞王自鸣——因为把他抬多高，无损自己，心里不硌硬。

酒过三巡，乘着醉意，便有些剑拔弩张了。

闻达坐在吴子强对面，喝得醉醺醺的，瘫坐在椅子上，一副要散架的样子，吟道："北冥有……鱼，其名为鲲。鲲之大，不知其几千……里也；化而为……为鸟，其名为鹏。鹏之背，不知其几千里；怒而飞，其翼若垂……垂天之云……"

"闻兄，唠……唠叨什么呢？"吴子强用挑衅的眼光看着他，"怎么着？接着喝……喝啊！尿了吧？"

"吴……子……强，还知道自己姓……什么吗？"

"操！我不姓什么！有本事你把这一瓶干……干了！"

"就你那点水平，还跟我叫……板？看在你平日叫我老师的分儿上，我让着你，老师让着学……学生！哈，老师让着学……生！"

吴子强靠在椅背上，醉眼蒙眬的样子，笑道："谁给谁当学……

生？老子背着手撒尿——不服（扶）你！"

闻达给吴子强满了一杯："你小子……别以为怎么着了……你走到哪儿还姓……吴！"

"有本事你把这一瓶喝……喝了，操！"吴子强启开一瓶酒，推给闻达。

王自鸣摇摇晃晃站起来，端着酒，贴在吴子强耳边说："子强，你说说，你怎么……运气那么好？我怎么，就碰……碰不上？天下好事都让你摊……上了！"

吴子强靠在椅背上，醉眼蒙眬地斜睨着他，嘟哝道："你小子也不……服，是不是？什么叫'摊……上了'？这种事是摊……摊得来的吗？"

闻达站起来，端起酒瓶"咕嘟咕嘟"一饮而尽。然后，他又咬开一瓶，粗暴地蹾在吴子强跟前，酒花四溅，溅了吴子强一脸，泡沫"哧哧"地往外直冒。

"喝！有本事接着喝！你小子顶多算……算个尿！也敢跟我叫板？"他失态了。

吴子强"噌"地站了起来，推了闻达一把："怎么着？你以为……你真是那只鸟（diǎo）啊……哈哈！"

眼看他俩要动粗，众人纷纷拦住，把闻达送回了家。

第二天酒醒了，闻达心想：吴子强今非昔比，以后都在圈子里混，别搞那么僵。他给吴子强打了个电话："子强，昨天喝多了，喝多了，我都不知道怎么爬到床上去的。我没说什么过头话吧？别当真啊！过些日子咱俩接着喝。"

"没事儿，闻哥，咱俩谁跟谁？没事儿！"

吴子强是南方人，内心精致细腻，像安徽宣纸，对笔痕黑韵极为敏感，一旦落下污迹，便难以去除——他小心眼儿。

他很长时间耿耿于怀，避着闻达，即使见面，笑得也不自然。

二十二

拍卖天价

1

吴子强从卖画的钱里拿出来 60 万，专门用作宣传费。他在各主要网站、报纸和杂志上买版面，发表自己的作品和评论作品的文章，发布自己在国外办展览的消息，让自己在媒体上频频亮相。

吴子强加紧自我宣传的同时，台商洪老板也加强了宣传攻势。

洪老板有一个炒作团队。他自己不很懂画，他的团队里有专家。他们瞄准吴子强，不是说吴子强的画怎么好，而是他具备炒作的条件：一、有西方画商买他的画，已经崭露头角，可以借势；二、刚刚起步，价格不高，有增值空间；三、属观念艺术，符合中国当代艺术发展潮流。

经过充分企划，他们制定了严谨的方案，分头执行。

首先，请大陆的权威学者写评论文章——什么？请不动？他们不愿意放下架子为不入流的画家吹吹捧捧？没关系，给钱！多给钱！大陆学者稿费低，给他们提高十倍，一篇文章也就几万块钱，他们会乐得屁颠屁颠，召之即来，来之能战。让他们从各个角度分析吴子强绘画的艺术高度、精神深度、学术水准、在国内外的影响、在美术史上的地位……这叫有钱能使鬼推磨。

他们甚至将美国画商詹姆斯买回去的画，在纽约展出时获得"北美画廊协会金奖"也当作噱头，搬出来大做文章——那本来是一个行业协会的无足轻重的内部奖项，是詹姆斯为了提高他的藏品价格搞的小把戏，居然也被拿来炒得沸沸扬扬，好像吴子强真的成了欧美一颗耀眼的新星。

他们的宣传重点主要针对大陆、港澳台和东南亚的收藏群体。洪老板是个精明人。他知道欧美收藏界不会买吴子强的画。像詹姆斯那样的买主，恐怕主要是出于意识形态的考虑，而且他背后肯定有基金会支持。要想用吴子强的画赚大钱，必须进入拍卖会。在拍卖流程中做局，去套那些资金雄厚、雄心勃勃、新近涉足收藏领域的华人收藏家，尤其是大陆那些没文化没经验的新贵。因为他们的钱来得容易，敢冒险，舍得砸钱。

不到一年，吴子强已经名声大振。很多出版物、专题展览主动邀请他，电视台给他做节目。他已经进入中国现代艺术大餐的菜单，成为收藏者必点的一道名菜。当然，他的作品也越来越个性化，越来越"胆大"，突破了所有禁忌。在打哈欠者的队伍中，各类名人、伟人都被他收编进来。

宣传工作已经如火如荼，将吴子强炒得沸沸扬扬，在收藏界十分引人注目了。剩下的事，是要找几家拍卖公司合谋"做局"。

2

洪老板首先在北京选了一家大拍卖公司，事先和对方谈妥：如果交易成功，按章程规定的百分比付拍卖佣金并照章纳税；如果溜标，是自己人举牌买了，则只是象征性地付点酬金。

拍卖公司为了彰显拍卖业绩，造成买卖火爆的印象，私下里允许艺术品持有人设托儿参与竞拍，在溜标时将拍品买下，这是潜规则。

拍卖会在一家五星级饭店的宴会厅里举行。

这是一场中国当代油画专拍。所有拍品均编上号，印成一本精美的图录，开拍之前预展了三天。

洪老板带着他的团队在展厅里转了一圈，心中已有了六分把握。

参加这场拍卖的，都是中国当代油画界的实力派人物。其中有超写实风格的，有表现主义风格的，也有前卫的观念绘画。这些画家以前都有很好的拍卖纪录，有的成交价高达千万以上。

开拍这一天，洪老板安排了四个人坐在拍卖场的不同方位举牌竞拍，自己在宾馆里电话遥控。

吴子强的作品安排得比较靠后。他是新面孔，近期价格在一路走高，很多买家都在关注他。

他的一幅名叫《哈欠连天——小松鼠》的画，画男女二人坐在公园长椅上，一边谈情说爱，一边哈欠连天。满园秋色，地上落叶缤纷，一只松鼠在落叶中寻寻觅觅，腮帮子吃得鼓鼓胀胀。

起拍从 20 万起。先是两万两万往上加，然后是五万五万往上加。很快飙升到 100 万。稍为顿了顿，像是喘了口气，便十万十万地往上蹿。

拍卖师很有鼓动性，有煽动的本领。好像他用鞭子轰赶着那些买家，前赴后继地往前蹿；洪老板安排的那几个托儿起了很大作用。遇到坎儿，买家犹豫时，他们举一下牌，就带领众人冲过去了，于是接着再往高处攀升……

现在已经叫到 420 万了，还要跟进吗？

一些收藏界的老手，基本上偃旗息鼓，坐一边凉快去了。一般来说，对于没有形成稳定市场的新面孔，他们怀有戒备，怕买到手里后价格缩水，变成烫手的山芋；几个刚刚入行的"少壮派"，他们财大胆子也大。再说，他们事先不是没有做过功课。他们研究过吴子强的资料，知道确有美国画商詹姆斯买过他的画，而且在北美得过金奖；他们还研究过许多评论家的文章，确定吴子强的画有升值空间。

于是，从 420 万接着往上走。二十万二十万地加，有两个买家穷追不舍，升到 520 万时甩掉了一个。升到 580 万时，最后那一个也含糊了，不敢往前跟了。只剩下洪老板的四个托儿，自己跟自己竞。

一般情况下，托儿只是领跑，领一段赛程以后，适时闪到一旁，让出跑道。他们自己决不当冠军。

今天是例外，他们自己跟自己竞，自己当冠军，这是事先安排的……二十万二十万地往上加，直到越过 1000 万元，在 1080 万元时落槌，全场提着的心，才算落了下来。

第二天，吴子强的名字不胫而走，神秘买家以 1080 万元天价独占"画魁"的新闻充斥了网络、电视和报纸杂志。

3

洪老板不遗余力地施展魔力。他通过熟人联络，领着吴子强到法国巴黎、荷兰阿姆斯特丹、比利时布鲁塞尔、德国波恩、希腊雅典、奥地利维也纳等地走了一圈，每到一座城市，都要找一家知名度不很高的大学或美术馆，向他们赠送一幅吴子强的画，和校长或馆长们合影留念。

然后，在网上就会出现了这样的消息：欧洲各国大学和博物馆争相收藏吴子强的作品。不仅有文，而且有图，有真名实姓，谁好意思不信呢？这样，吴子强便真的变成具有世界影响力的中国现代艺术新星了！变成红得发紫的艺坛大腕了。

上次在竞拍中被淘汰掉的那些买家捶胸顿足，肠子都悔青了，一个劲地自责："胆子太小，胆子太小，成不了大事！"

第二年，洪老板在香港选了一家名头更大的拍卖公司，推出吴子强的另一幅油画力作《哈欠连天——昏暗的灯光》。

昏暗的灯光下，十几个人围坐在会议桌周围开会。发言者哈欠不断，四周坐着的人，也都哈欠连天。

起拍以后，几位有购买意向的买家摽在一起，一路争先恐后，过关斩将，在拍卖师的召唤下，跟着几个领跑的托儿，从 100 万元猛追到 600 万、700 万，最后剩下两个人，摇摇晃晃追到了 800 万。其中一个有短暂的犹豫——这家伙看样子不到四十岁，目光犀利，面相坚毅，显得刚愎自用。

还要不要再竞下去？是不是太冒险了？

美国人詹姆斯是纽约有影响的大收藏家。他光顾过的画家，你跟在后边放心捡漏，绝对吃不了亏；欧洲许多大学、博物馆不是都在争相收藏吴子强的作品吗？

再说，大量的评论文章，其中不乏权威批评家的评论，都已说得明确无误：吴子强在中国现代美术界正如日中天，他的作品必定在美术史上留下浓墨重彩！即使 1000 万买到手，也还有很大的升值空间！

前面吴冠中的《墙上秋色》以 2260 万落槌，陈逸飞的《弦乐四重奏》以 2600 万落槌，黄小萌的两幅人物也分别拍出了 1150 万和 1280 万，石中雷的《花棉袄》拍了 1540 万。你犹豫什么？

上次他举到 580 万时放手，丢掉了一次机会，让他心里堵了好些日子。这年月，饿死胆小的，撑死胆大的！谁怕谁呀？干吧！

如是，在拍卖师数到二以后，将要落槌之前，他果断地直接升到了 880 万，想把竞争对手甩掉。

还要不要继续攀高？那几个托儿在等待洪老板的指示。

再往上逼？风险太大了。万一人家退出，全砸自己手里了！于是洪老板果断地下令收兵。

拍卖师数到三，"咣！"一声脆响，《哈欠连天——昏暗的灯光》以 880 万元成交。

那人心中狂喜，他本打算要竞过 1000 万的，现在 880 万拿下来了，值！

吴子强走红以后，许多人起而跟风，宋庄、798、酒厂、潘家园，以及上海、天津、广州等各地画廊，都塞满了打哈欠的画。有的画和尚打哈欠，有的画尼姑打哈欠，有的画婴儿在孕妇肚里打哈欠，有的画猫猫狗狗打哈欠……到处充斥着打哈欠的嘴脸。给人的印象是大江南北、神州大地，到处哈欠连天。

这些形象符号铺天盖地，闯入人们眼帘，强迫你接受——不论你喜欢不喜欢。

这就是时人所说的"视觉风暴"。

二十三

闷热的夏天（一）

1

吴子强在潮白河畔租了一间废弃的厂房，请人装修一番，变成了宽敞明亮的工作室。

他雇了几个美院油画系毕业的高材生，让他们住在那里替自己画画儿。又雇了一个阿姨给他们做饭和打扫卫生。平日大门紧闭，禁绝参观。没有人知道里边在干什么。

他用不着天天钉在画室，每个月花几天时间做些收尾和签名的工作就行了。

他根据质量收画，画家们根据数量拿钱。

这样，每年完成30幅画，轻松得跟玩儿似的。

他有足够的时间供自己挥霍，也有足够的钱供自己挥霍了。

这是一个闷热的夏天。刚进头伏，知了拼命噪鸣，大地热得像蒸笼一般。

突然间，吴子强身边聚了不少人。画室里总是"高朋"满座，出门也是前呼后拥。吴子强学古人豢养门客，仗义疏财，常常请他们下馆子吃饭。

这拨儿人是住在宋庄的有闲人。其中有画家、画商或策展人，还有画界"票友"。每人都有头衔，不是某导某主任，就是某总某经理。

实在没辙的，也要挂一个"协会主席"或"客座教授"之类的衔儿。通常，他们手腕上戴着串珠，名片上挤满头衔，收入不高，口袋里却揣着名烟，喝茶品酒十二分挑剔。

这拨儿人都是新面孔，走到哪儿言必称子强，张嘴就说"那是我最好的哥儿们"，似乎自己也因此长了身价。当然，他们都是享乐主义者，不会聚在一起天天讨论艺术。于是，吴子强的工作室里每天烟雾弥漫，麻将牌哗啦啦"声声入耳"。

吴子强被大伙儿哄着捧着，享受"盟主"的待遇。人们都很自觉，处处顾及他的情绪和脸面。对他的称呼，一律升格为"吴老师"。更有甚者，竟有一两个年轻人跟在他身边，鞍前马后，言听计从，就像跑堂打杂的伙计。嘴里强哥长强哥短，对梁春燕也是一口一声嫂子，诚如短信段子里说的"忠实下属"："领导听歌他买票，领导生气他赔笑，领导搓麻他点炮，领导泡妞他放哨，领导死爹他戴孝。"

有时兴之所至，吴子强会找块画板给人画像。一堆人围得水泄不通，抻着脖儿看他画画儿。他是"人来疯"，在这种场合，总是一手端着酒杯一手持着画笔。有时还光着膀子，露出一身白肉，玩名士做派，故意炫技，惹得围观的人"啧啧"称赞。

画完，签上名，笔一扔，随口说一声："归你了！"

在别人看来，这可是几十万的馈赠呀！于是受赠者千恩万谢，没有得画的越发紧随不舍。

他就要这效果——一拨儿人跟着他、吹捧他、顺从他，眼睛里放出狗看骨头时的那种光芒。这时候他可以想怎么摆谱就怎么摆谱，想说什么就说什么，想骂谁就骂谁。骂完后那人还得给他圆场："操，吴老师又喝高了。"

吴子强享受极了。他就喜欢这种被追捧被仰视的感觉——皇上也不过若此！这辈子还求什么呢？

有人提议：吴老师，咱们成立一个中国现代艺术家协会吧，您挑大梁！

全国美协已经臭不可闻，变成了一个抱团逐利的利益集团，只顾利用那块牌子自己捞钱。而且他们思想僵化，长期压制现代艺术，没有为中国艺术的发展做一点实事。

这提议立刻获得响应，大家都是搞现代艺术的，长期受正统美协冷待和压抑，都盼望有一个自己的协会。吴子强很上心，四处打电话，还租了一套办公室，雇了几个小秘书。

在民政部注册的时候，不让使用"中国"字头，他们便改用了一个更大的字头：亚洲现代艺术家协会。

吴子强当仁不让，当了协会主席。

他很少到画室里去了，每天和那拨"粉丝"浆在一起，在协会办公室里打牌聊天，呼风唤雨。

2

吴子强变成这个样子，让梁春燕很痛苦，看见他就心中流血——这还是吴子强吗？还是她热恋过的那个以命相许的男人吗？这个人一下子挣那么多钱，一下子前呼后拥，忘乎所以，忘掉自己还有家庭还有儿子……

他也不画画儿了，整天打牌整天泡在酒里。他正在朝一个黑洞飘飞而去——围住他的那拨儿人，就是一个巨大的黑洞，把他吸进去出不来了。

没出名时醉醺醺的，出了名还是醉醺醺的，他还有清醒的时候吗？

梁春燕决心拯救这个家。

一天，她对吴子强说："子强，如果你心里还有这个家，就离开那拨人，过正常人的生活。"

"怎么啦？我怎么就不正常了？"吴子强不爱听她那教训人的口吻。

"别天天喝酒了，子强，别跟他们在一起赌了，别把钱都糟蹋了。"

"你不就是心痛钱吗？何必绕那么大圈子？你就直说呗！"

"你什么意思？"

好像我藏着什么阴谋！好像我要算计他似的！梁春燕气坏了。本想什么都不说了，转身就走。可是，他们有儿子，这是他们的家。她不能不替儿子着想，她不能不顾及这个家。

她强压住怒火，耐着性子说：

"乐乐长大了，咱们不能老租房子住。趁现在有些钱，赶紧买套房。咱们在宋庄买套大一点的工作室，你每天在家里画画儿。咱们应该为儿子存一笔学费，将来钱会越来越毛，孩子上学的费用会很高。"

吴子强心想："你开餐馆不是挣钱了吗？干吗不用你的钱买房？干吗老盯着我的钱？我不刚刚宽松一点吗？"

他懒洋洋的样子，点了支烟，深吸一口，冷漠地看着梁春燕："你把餐馆停了吧，把它转租出去……"

梁春燕一听就火了："吴子强，你甭动歪心眼儿！餐馆挣的钱都给你儿子存着。我一分也没乱花！你说把餐馆停掉就停掉？将来乐乐的学费怎么办？"

她被气得脸都白了，都歪了。

吴子强第一次看见"爱人"那么难看的嘴脸，不禁打了一个寒战……

3

台湾洪老板来电话，说计划中的餐饮连锁店已经开始布点。他已经准备好资金，正在香港物色门店，希望春燕飞到香港去一趟，他们进一步谈谈，尽快落到实处，尽快启动。

吴子强心里很矛盾。他明知洪老板是个好色之徒，他的提议说不定就包藏着祸心。可他是我们的衣食父母呀！

万一人家是好意，你拿人家的好心当驴肝肺，不是把自家的财路断了吗？

那可是两千多万的合同啊!

吴子强思前想后拿不定主意……

"让她自己拿主意吧。"他想。

他跟妻子说了洪老板来电话的事。春燕一听,斩钉截铁地回绝了:"不去!"

"可别……伤了和气!"

"怎么不伤和气?你把老婆搭进去就不伤和气啊?"

"我这不是和你商量吗?"

"商量什么?要去你去!"

这件事深深地伤害了梁春燕,再度让她寒心,她的心凉透了。

二十四

闷热的夏天（二）

1

"您的作品经编委会评定，已经入选《中国前卫艺术家》大型画册""敬邀您参加佳士得秋季拍卖会""诚邀您入编《中国当代实力派画家作品集》，并聘请您担任编委会主任委员"……

吴子强每天都收到这类短信、信函或电话。这些人干的都是李鬼的营生。大多媒体只是以各种噱头吸引你花钱，并无宣传效果。所以，他将他们一律拒之门外。有一个尾号为1418的手机号码频频出现，接连发过几次短信，要求采访，他没有理睬。

吴子强现在活动多了，朋友多了，饭局多了。有一天，在一个画展的开幕宴会上，坐在同席的一个女孩引起了他的注意：长相、气质都很出众，还很健谈。她不断往吴子强这边看，好像每说一句话都要看看他的反应。

吴子强也多看了她几眼。于是，那女孩笑吟吟地过来了："吴老师！"

她拖过一把椅子，坐在吴子强旁边，递上一张名片："我叫宋晓倩，《当代艺术》杂志记者。"

吴子强一愣，他看见了那个尾号为1418的手机号码："哟，老相识了！"

"我给您发过好几次短信，想采访您，您没理我。"宋晓倩说。

吴子强笑道："你应该给我打电话，要不太耽误事！"

宋晓倩好高兴呀！她确定吴子强同意她采访，而且不拿她当外人。

认识宋晓倩以后，他开始疏离那拨牌友了。和晓倩聊天是一件快乐的事，如沐春风，像面对一泓清亮的泉水。再说，《当代艺术》是一本很有影响的艺术杂志。半年以前他想上这个刊物，人家还不一定接纳他呢！

吴子强尽量挤出时间来，配合宋晓倩的采访，将作品一幅幅展示给她看，为她讲解创作的心路历程；他尽量推掉牌局，躲开喝酒，把时间留给宋晓倩，随时恭候她采访。

吴子强习惯于让人围绕，习惯于有人倾听、被人吹捧。现在宋晓倩取代了那些粗俗的粉丝，从她嘴里反馈回来的，已经不是那类肤浅肉麻的奉承，而是颇具专业见地的归纳；她对他的奉承和吹捧不会直说出来，而是有意无意间，寻出吴子强和那些名家巨匠相似之处。将他抬到可以和他们比肩的高度。尽管宋晓倩因为专业知识的欠缺，所作归纳和类比可能风马牛不相及，但对同样不知深浅，晕头转向的吴子强来说，却是十分受听。

再加上宋晓倩容颜娇嫩、美眸顾盼，浑身散发着不可抗拒的异性气息，已令吴子强心旷神怡、无酒自醉了。

2

"吴老师，您是怎么开始学画的？您是那种……神童吗？"宋晓倩和吴子强待在一起，总是不停地问这问那——这是她的职业习惯。

"小时候，我跟着父亲到县城里捡破烂。"

她惊愕得瞪大了眼睛："您还捡过破烂？"

吴子强知道，宋晓倩属于那种刚刚踏入社会，单纯好奇的女孩。

必须讲些远离她生活的传奇故事，才能深深地烙入她的脑海，慢慢地发酵。

"小学还没毕业，我爸带我到县城里收破烂。住进了一幢别墅……"

"什么？收破烂还住在别墅里？"

"没错。一栋老洋房，还有家具，据说'文革'时里边吊死过人，从此房子扔那里没人管。"

"妈呀！你们也真够胆大的！"

"那会儿流行'造反有理'，我们撬开门住进去了，里边真大，连存放废品的地方都有了。

"白天，我跟父亲沿街吆喝，晚上帮着他分拣废品。时间长了，我成了分拣专家，知道哪些可以卖钱，哪些可以卖高价钱。我在报纸里掺进些铜版纸书刊，在厚书里挖个窟窿，塞进几块石头，再打成捆……"

"妈呀……多大的孩子？"

"后来，父亲因为被几个戴红袖箍的人追赶，被车撞了，残了一条腿，我便辍学了，接了父亲的班，和父亲调换了角色。那时我十三岁。"

"天哪，才十三岁！"

"没多久，我就悟出了收废品的奥秘。我不像别人那样沿街吆喝，我和各单位看门的老头搞好关系，给他们递支烟，帮他们扫院子……"

"十三岁就抽烟？"

"兜里装着一盒，自己很少抽。我还帮居民楼里的大爷大妈干活儿。主动帮他们扛东西上楼，不要钱，人们管我叫活雷锋。那些大爷大妈有了废品专门找我，不卖给别人，还把家里一些没用的东西送给我。

"一天下来，我稳赚十来块钱，比一个教授的工资还高。"

"天才！您从小就不同凡响，要是去做买卖，准发！"

"要不说命运无常呢！因为偶然的机遇，我偏偏就走上了画画这条路！"

宋晓倩热切地望着吴子强，她怎么也无法把一个大画家和那个捡破烂的脏小孩联系在一起。她等待着吴子强一层层揭开谜底……

"有一天我在文化馆收废品，路过一间教室。因为天热，门是敞着的。

"学生们都支着画架，对着石膏像画画儿。一位瘦高个儿的老师，背着一个小女孩，挨个儿对学生进行辅导。那孩子睡着了，脑袋耷拉着，很不舒服的样子。

"我躲在门口看了一会儿。他们画出来的石膏像跟真的一样，叫我羡慕死了！

"他们每个礼拜天都上课。往后，无论有事没事，每逢星期天，我就跑去看他们画画儿。老师讲的每句话，都被我牢牢地记住了。

"一天，我心里涌起一阵想画画的冲动。石膏像上那些凹凸结构、那些轮廓线、那些明暗转折，让我一看就激动……我觉得我能画好，肯定能！

"可是，用什么画呢？到哪里去找纸和笔呢？

"晚上，我躺在床上，怎么也睡不着，满脑子都是石膏像，都是明暗转折，都是结构线……鬼使神差，我翻身下地，骑上三轮车，来到文化馆，从窗口跳进教室，开开灯，对着石膏像傻看，手里比画着……

"每块画板上都有一幅没完成的画，铅笔盒就留在画架旁边的凳子上。我找到铅笔橡皮，翻过一张纸，在背面画了起来……

"我画得很投入。夜深人静，突然听到远处有人咳嗽，连续一阵剧烈的咳嗽，我知道是收发室的罗大爷醒了，慌忙关了灯，准备逃走。

"听听没了动静，我开亮灯继续画，一直画到天亮，然后，心满意足地走了。"

"真有传奇色彩……后来呢？"

"后来，每个礼拜天我都去看他们画，晚上翻墙进去偷着画。我按照老师讲的解剖知识，在家里照着镜子反复画自己，终于可以凭记忆画出生动的头像了……

"有一天我躲在门口看老师讲评作业。老师从许多画里挑出一张来，盯着看了一会儿，叫学生把它钉在黑板上。

"我吓了一跳——那不正是我画的吗？难道老师发现了我的秘密？难道老师要拿我兴师问罪？

"我想逃跑。可是，我更想听听老师要说什么。好奇心战胜了恐惧心，我没有跑，躲在门外。好在老师和同学都没有注意我。同学们都瞪大了眼睛望着黑板，悄悄地议论那是谁的画……

"'我老跟你们说，嗯，要表现结构，要表现结构，不要抄袭明暗，不要看什么画什么，嗯。'老师有眨眼睛的习惯。在讲话的时候，一着急就眨巴眼睛，还不停地干咳。'嗯，苦口婆心讲了好几个月，嘴皮子都磨破了！硬是改不过来。今天总算有人弄明白了，嗯。你们看，这不画得很好吗？没有画多少明暗，体面关系都画出来了，结构都有了！嗯，虽然不够准确，但只要理解了，下面的问题就好解决了。这是谁画的？'

"同学们异口同声地回答：'李小冉！'"

"就是宋庄那个李小冉吗？"宋晓倩问道。

"是他，我们后来成了好朋友。老师脸上露出了欣慰的表情：'李小冉，嗯，说说你是怎么开窍的！'

"李小冉莫名其妙地站起来：'老师，我，我，我……'

"我心中狂喜，高高兴兴跑回家去了。从此，我萌发了学画的志向。老师无意中的一次表扬，让我坚定不移地朝那个目标走去。

"我还是晚上翻窗进教室去画画，有时一星期要去好几次……"

"每逢礼拜天，我照例去看他们画画，听老师讲评。后来，许多人都发现自己那张画的背面还有画，都声称那不是自己画的，都在作各种各样的猜测，有的猜测甚至带有魔幻色彩，说得有鼻子有眼，吓得班上的女生大白天上厕所都需要结伴同行。"

"你不能……再去了。"宋晓倩沉迷在他的故事里，不自觉地嘟哝着，"他们会抓住你！"

"让你说对了。当我再一次来到文化馆，翻窗跳进教室，开开灯……五六个小伙子从讲台后面站起来，手里都握着棍棒。

"那一瞬间我给吓傻了，他们也都惊得目瞪口呆……

"从那以后，我成了他们班的正式一员。那是吴老师决定的，他免除了我的所有费用，还给我提供纸、笔和颜料。

"吴老师叫吴伯揆，他是我的伯乐、恩师，是我的引路贵人。"

3

在采访过程中，宋晓倩忽然产生一个想法，想为吴子强写一本传记——他少年时代的传奇故事深深地打动了她。

吴子强听了非常高兴。他想，如果倩倩把书写出来，他将把封面设计得和凡·高传记《渴望生活》的封面一样，摆在一起就像一套丛书。他一次次想象它们摆在书架上的效果。

接受宋晓倩采访是一种享受，是吴子强每天盼望的时刻。一接到她约见的电话，他就激动不已，坐立不安，隔一会儿要去照一次镜子。

宋晓倩为吴子强在《当代艺术》杂志上做了一期专栏。封面登了一幅头像，里边发了二十几幅画。花了98000块钱——虽然这些钱够印两本杂志，但对吴子强来说，钱，不是问题。他看重的是和倩倩的亲密合作。

二十五

故乡行（一）

1

吴子强充满期待，很想单独约宋晓倩出门。经过反复考虑，他找了一个合情合理的借口。

他对梁春燕说：近来常常想起死去的父母，他想回老家去买块墓地，将父母合葬在一起。他问春燕能不能一起去……春燕正在开餐馆，又带着孩子，自然是去不成；然后，他将同样的意思对宋晓倩说了一遍，并且说："一路上你还可以深入采访，顺道看看我童年生活过的地方。"

晓倩想，要写好那本传记，这是必须要做的功课，便爽快地答应了。

于是，吴子强和宋晓倩在机场会合，开始了他盼望中的浪漫之旅。

湖南省美协派车到黄花机场接他，并请他俩在希尔顿饭店吃了顿饭。席间，晓倩十分引人注目，她举止大方，应对自如，说话得体，而且对艺术有一定见解，是那种思维敏捷的知识女性。人们知道她是《当代艺术》杂志派来为吴子强写传记的记者，但心里绝不那么想。大家猜测，这妹子与他单独出门，关系肯定不一般。

美协这些人以前和吴子强没有打过交道，和他并不熟悉。吴子强稍微端着点架子，身边带着这么一个年轻貌美的记者，以一种高深莫测的面目出现在大家面前。人们加上各自的想象，吴子强便俨然成为需要仰视的艺术大佬了。

人们拼命巴结他，给他递名片，送自己的画册。那些画册太重，吴子强只好悄悄地扔进宾馆的垃圾箱里了。

下午，南湘市美协派车来省城接他，把他俩安排在南湘云门宾馆。

晚上，吴子强谢绝了南湘市美协的饭局，他想和倩倩在宾馆里休息休息，不受打扰地聊聊天。但宋晓倩主张先去看望吴老师，因为她将要写的书里肯定会涉及吴老师。

2

吴老师是子强的美术启蒙老师，是他生命中产生过重要影响的恩师。吴子强那年离开南湘后一直没有回来，他和吴老师分别快二十年了。

见面时，师生都很激动，激动得热泪盈眶。

"这些年，我一直在外面漂泊，没有稳定的工作，没有来看望老师。"

"一晃二十年了，你看我都老得不成形了……"

他拉着晓倩的手："闺女都这么大了，长得真好！"

子强笑道："她叫宋晓倩，是《当代艺术》杂志的记者，一路上在采访我。"

一听说她是记者，吴老师赶紧放下她的手，不好意思地笑了。

吴老师苍老多了，头发全白了，还是瘦高瘦高的，背有些驼，太阳穴上长了许多老年斑；但面容还那么清癯，目光还那么善良。

吴老师说话声调不高，眼睛很少和人对视。别人望他时，他会立刻顺下眼睑，好像做了错事的孩子。

吴子强打认识他以来，就没见他发过脾气，没见他跟人吵过架。

别人看他脾气好，总喜欢逗他，拿他开玩笑，有时甚至明显在揶揄他，他总能用微笑化解。单位分房子，涨工资，狼多肉少，打得不可开交时，吃亏的总是吴老师。到现在，他还住在两间平房里，他的退休工资不足 2000 元。

吴老师四十岁才结婚。师母是村里一个贫农的女儿，个头不高，不到一米五，能吃苦，干活不惜力气，一天到晚闷头无语。如果别人说吴老师脾气好，她肯定会说："你们是不知道，他那脾气孬着呢！脾气上来吓死人！"

师母二十年前病故了，留下一个女儿叫雪梅，现在快三十岁了。

"雪梅常回家来看您吧？"吴子强问。他清楚地记得雪梅小时候的样子：爸爸背着她在教室里给学生上课——因为妈妈生病，爸爸无论做什么，总是随身带着她。

吴老师笑笑，眨巴眨巴眼睛，没有回答。他拎来开水，泡了茶，摆出些瓜子点心，这才坐下来说话。

"不常来，很少……孩子小，她顾不过来。"

"您女婿做什么工作？"

"在长沙批发水果，这些年做得不错，每天十几辆货车在外面跑，倒是挣了些钱，家里房子很大。"

"您怎么不到女儿家去住呢？岁数大了，身边不能没有人。"

吴老师直摇脑袋，摇得像拨浪鼓似的："不，不不！没那福分。再说，我也不适应……人老了，添了很多毛病，跟孩子住在一起，适应不了。"

"您身体还好吧？"

"不如以前了。但愿我还能画十年画，再去见马克思。"

吴老师除了着急时爱眨眼睛，还有一个习惯：总喜欢在自己的语言中添加些革命口语。要是换上别的场合，人们便会哂笑道："见马克思还慢慢腾腾！是画画重要，还是见马克思重要？"或者会有人说："人家老革命才见马克思，你算什么？马克思不会见你！"

吴老师总是顺下眼睑笑笑。

"老师，我给您带来几本画册。"吴子强打开一个沉重的纸箱子，从里边取出一套《四僧画集》、一套《八大山人书画全集》。在晓倩的帮助下，他打开包装，将画册从套盒里抽出来递给老师。

"这两套书加起来得有二十斤重，真是难为你了！"

吴老师一边翻阅画册，一边念叨："知我者子强也！我平生最爱画册。"

看了一会儿，他问："子强自己没印画册？"

宋晓倩包里装着一本，她想掏出来，被吴子强按住了。

"忘记带了，下次再请老师指教。"吴子强是有意遗漏，他肯定吴老师不会喜欢他现在的画。

"小冉说你现在改画油画了？"

"嗯，上艺专时我选了油画专业，艺专的国画老师不行。"

"你素描底子好，学油画容易上手。"

"老师还和以前一样，每天都画画吗？"

"嗯，闲不住……来，看看我的画！"

吴老师从一口樟木箱里拿出几幅山水轴，在学生面前一一展示。他那表情，像孩子交了作业，正在盼着夸奖。

吴老师是潘天寿的学生。他初学花鸟，后来转攻山水。构图奇特，笔力苍劲；水墨淋漓，苍茫浑厚，非常耐看。

"吴老师画得真好！"宋晓倩真心赞道。

吴子强笑道："你想，名师高徒，我老师的画能不好吗？"

"给提提意见，提提意见！"吴老师很高兴，和学生大谈书画，又抱出一摞没有托裱的画来，张张精彩。这会儿，他那样子年轻多了。

吴老师一张张展示，一张张进行自我剖析。

"这里边，有的像潘先生，有的像吴昌硕，有的像八大山人；有一阶段我还特别喜欢陈老莲……什么时候，如果我的画谁也不像了，只像我自己。不用署名，一看就认出是吴伯揆的画，我就心满意足了！"

吴老师坦诚得像个孩子。吴子强只是笑笑，没有说什么，他很佩服老师这股永不停歇，永远追求的劲头。

"这张纸是 50 年代我在荣宝斋买的，效果就是不一样，现在我还留着几张，舍不得用。"

"您放心用吧，我回北京去给您淘换点好纸，您放心用吧。"

"用不着那么奢侈，现在的纸就能用。要是有机会，你帮我问问市场，如果能卖点画，换点钱用，倒是我需要的。"

"李小冉没帮您联系吗？他路子野。您的画肯定会有市场！我拍些照片带回去，我俩帮您跑这个事。找家画廊，帮您出一本画册，办几次展览，争取秋天做成这个事，到时候您去宋庄住些日子。"

"好是好，"他连续眨了一阵眼睛，"就怕我心有余而力不足。"

"放心吧，老师，一分钱不用您掏，您出画就行了！"

"前年小冉从我这里拿去 80 幅画，说是帮我办展览，最后也不知道办成没有？"

"是吗？这家伙办事拖拖拉拉，老师的事都不放在心上。我回去催他！"

一直谈到太阳落山，该吃饭了。吴子强要请老师到饭馆里去吃，问他想吃点什么。

吴老师说："不必，已经安排好了。"

他们起身出门，走了三分钟，到了另外一个院子里。满院浓荫，簇簇鲜花，一位阿姨笑吟吟地迎了出来……

3

阿姨六十来岁，一看就是个干净利索人，已经在屋里摆了一桌菜，都用碗扣着，专等客人到来。

"我介绍一下，这是黄、黄大夫。"

"黄阿姨好!"晓倩先跟黄阿姨握了手。

"黄阿姨,您好!给您添麻烦了!"

黄阿姨补齐了菜,打来热水让两位客人擦脸洗手,大家坐下来用餐。

"黄阿姨在哪个医院工作?"

"就在南湘市人民医院,我是个护士,退休了。"

"您家里几口人?"

"儿子、儿媳、孙子,共四口。孙子太闹,我说今天有客人,把他们打发出去了。"

关于黄阿姨,吴老师什么也没有说过,子强也不好打听,只是在一旁细心观察。

黄阿姨对子强和晓倩很热情,满脸笑意。不止一次说:"老头听说你要来,可高兴了!"

黄阿姨和吴老师,眼睛望着饭碗,各吃各的饭,没有多少话,偶尔说一两句,也是直耿耿地,跟吵架似的。

返回的路上,吴子强说:"黄阿姨人不错。"

"我们两家几十年交情了,一直处得不错。"

"您没想过再找一个伴儿?您不能老一个人呀!"

"嘿嘿……"吴老师苦涩地笑笑,"她家老头去世以后,我们商量过这事儿,她也同意。"

"为什么没结婚呢?"

"雪梅反对。"

"为什么?"

他眨了一阵眼睛,看了看宋晓倩,后来轻声对小强说:"怕人家黄阿姨惦着这房子!"

"黄阿姨不像那种人!再说,雪梅家不缺钱,给人套房子又怎么了?"

"为这事闹得鸡飞狗跳,我只好说:认命吧!就这样凑合着,反正住得不远，彼此也能有个照应。"

黄阿姨并不缺钱。她有退休工资，自己还能找点刺绣和挑花的活儿干，她的收入不比吴老师低。美中不足的是，她很孤独。还有，她没有自己的房子——这两间房是单位分给她的。儿子没地方去，儿子一家和她挤住在一起，就显得紧张了。

平日，黄阿姨只要做了荤菜，总会留一份拿到吴老师这里来，和他一起喝一盅。当着外人的面，他俩很少说话。就剩他们两人时，原来他们也会说笑，也有打情骂俏的时候。

黄阿姨特别害怕撞上雪梅。雪梅很少来，有两次碰上了，她便话里有话，打盆摔罐，闹得很不愉快。

碰上这样的事，吴老师也没办法，往往会唉声叹气，难受好些日子，整宿整宿睡不着觉。

"雪梅最近回来吗？我得说她，她不能这样，她得替您着想！"

"说也没用。邻居家的孩子都这样，大家比着来。雪梅还觉得委屈呢！嫌我没什么遗产留给她，害得她在婆家抬不起头来。"

"您在她身上没少花心血……都快四十的人了，家里又不缺钱，怎么还好意思啃老？"

"结婚以后，她一心一意在家里相夫教子。等把两个孩子拉扯大了，自己青春已逝，还落下一身病……她也可怜呢！"

这不很正常吗？谁不是这样过来的？难道这就有理由折磨老父亲？

"她心里没有安全感……我又帮不了她……"

吴老师说得云遮雾罩，吴子强听得不甚了了。

4

晚上，吴子强和晓倩回到宾馆。他在晓倩房间里坐下来，东拉西扯地聊了一会儿。

住宾馆的人很少，服务员不知都跑到哪里去了，楼里出奇地静——好像是专门为他俩准备的寂静。这寂静最容易催生欲望。

吴子强怀着莫大的期待……他向晓情敞开心扉，聊起了他的家庭，聊到他和梁春燕的文化差异，心理隔膜，聊到他的孤独，聊到他的空虚和苦闷……晓情涉世不深，她试图运用自己学过的知识，引经据典，来开导这位深陷苦闷的学兄。

可是，聊着聊着，吴子强转换了话题，尽数晓情身上的优点，说他俩有共同语言，和她在一起有多么愉快……

他磨磨叨叨，语无伦次，还要摸她的手。晓情看出他有些心猿意马，无法自制，便推说累了，劝他早些歇息，随即关上了门。

吴子强原想出来浪漫一番，晓情却没有响应，令他大失所望，掉进了冰冷的窟窿。

"也许，火候未到……"他这样安慰自己。

为了打发那难熬的不眠之夜，他只好跑到老师家里来陪老师聊天。

他们聊艺术，聊生活，聊这些年的经历，聊"文化大革命"中的那些人和事……

二十六

故乡行（二）

1

第二天上午，宋晓倩对吴子强说，昨晚接到总编电话，她要提前回北京去。吴子强没有说什么，他们两人都回避了昨晚的尴尬，就像什么也没有发生过。临别，晓倩主动给了吴子强一个拥抱，以化解他深深的失望。

她打了一辆出租车，说了声："玩得愉快！"笑吟吟地挥了挥手，钻进车里，直奔机场去了。

吴子强也打了辆车，从南湘市里回到了老家新塘湾。

仲春三月，满天湿云，连空气也是湿乎乎的。新竹簇拥着农舍，杜鹃花漫山盛开，如浓艳的泼彩，从山坡漫到田埂。

秧苗已经插完，田里灌满了水，像镜子映照着云天，一片片镜子镶满大地，伸展到对面山脚，满眼是茸茸的鹅黄和嫩绿。

吴子强寂寞伤感的心情，被眼前景物激活，稍稍有了些生气。他想起了古人的诗句：两个黄鹂鸣翠柳，一行白鹭上青天——正是眼前景物的写照。他只记得这两句，而且记不清是谁的诗了。

"您离开家乡有些年头了吧？"司机随意问道。

"二十年。埋葬完父亲后我就离开南湘，到海南岛去了，以后再也没有回来过。"

是的，吴子强离开故乡，到处漂泊，已经二十年了。这些年来，他心中塞着一股浓浓的乡愁，常常于梦中徘徊在杜鹃竞放的山坡，奔走在漠漠水田的阡陌上。有一次在秦岭南麓画画，忽然听到林中几声布谷鸟的啼鸣，他被这久违的乡音感动得热泪盈眶……

家乡的最大变化，是新修了高速公路。从长沙到老家，过去要一天时间，现在个把小时就到了；还有一个变化，是盖了许多新房子，都是贴着漂亮瓷砖的两层小楼。还有一些变化，听出租车司机说，就是老百姓能吃饱肚子了，都看上彩电了，生活和城镇的距离拉近了；还有就是烟囱多了，天空变灰暗了，河里漂满油渍和泡沫，河水变臭了；得怪病的人多了……

吴子强的祖父，从河南逃难来到这里，是纯粹的无产阶级，赶上土改分了几亩地。父亲是独苗，吴子强没有别的亲戚，只有一个姐姐，嫁到邻村去了。出租车把他送到了姐姐家里。

小时候家里穷，被人看不起，几乎没有交下什么朋友。这次回来，吴子强要挽回面子。不仅挽回自己的面子，也要挽回父辈的面子。

母亲去世的时候，父亲草草将她埋了，带着十一岁的吴子强到县城里去，以拾荒谋生；父亲去世的时候，吴子强刚被县剧团开除，也是没有钱，只好草草将父亲埋了，孤身离开故乡。现在，父母的坟已经被灌木和蒿草封满，几乎看不出坟头的模样了，只能凭记忆寻到一个大致的位置。

吴子强找到村委会李主任，送了两瓶好酒、一条好烟，外加一个红包，请他批一块墓地。

李主任是他小学同学。他让老婆炒了几个菜，留吴子强吃饭。一边喝酒一边说："老同学，地没有问题。你去找，找好了跟我说一声就行。"

于是，吴子强请了一位风水先生，山前山后转了半天。最后选定一块坐北朝南的山坡地。

墓地定下来后，先将父母的遗骨合葬到一起。

老李帮他安排了一切：搭了一顶席棚，请道士设坛念经，吹吹打打做了三天道场；借小学校操场摆了四十几桌酒席，算是为二老补办了一场白喜事。

吴子强和父母一生受穷，知道挨饿的滋味儿。本来他计划舍粥七天，帮助穷人，以慰藉父母的在天之灵。

老李笑道："现在没有要饭的了，你就是熬八宝粥，怕是也没几个人来喝。"

做完法事后，他画好图纸，委托老李采购石料，雇请雕工，雕栏刻碑，替父母修筑坟墓。

他心里定的标准，是要修一座让乡邻们羡慕的坟墓。

2

一天上午，从市里来了两辆小轿车。车上下来一个戴眼镜的小伙子，到处打听"北京来的大画家"。当他找到吴子强后，激动地说："吴老师，我是市文化局小张，我们陈局长专程来看望您！"

随后，一个中年微胖的男人从另一辆车里钻出来，趋前几步，紧紧握住吴子强的手："哎呀呀呀！吴老师回到家乡也不打声招呼，真是慢待了慢待了。我们昨天得到消息，马上向市领导汇报。刘市长指示我们一定要好好接待。他还说要安排时间请您吃饭。"

吴子强意识到自己功成名就，今非昔比了。他最初的直接感受是一夜之间钱多了，多得都不知道怎样花了；还有就是熟人多了，朋友多了，热情的目光扑面而来。这一切他已经习惯了。他万万没有想到，画画成功还能让他改变身份，从边缘进入中心，从墙外进到墙内，和政府官员亲密接触平起平坐——无论小时候捡破烂，长大后当临时工，追逐艺术梦，浪迹天涯……他始终处在社会边缘，养成了一种边缘心态。现在陈局长、刘市长突然出现在他生活中，对吴子强来说，是一个全新的课题，一种全新的感受。

"我这次回来，只是办些私事，不好惊动领导。"

陈局长说："吴老师是我们南湘人。您在国际上获奖是我们南湘的光荣。您一定要多待些日子，到各处走走，我们正要借助您的名声发展文化旅游产业呢！"

于是，陈局长指示小张："你们这辆车留下来，专门供吴老师用……吴老师有什么要求尽管说，回到家乡千万不要客气！"

3

陈局长走后第三天下午，果然，市长办公室来了两辆车，接吴子强去海天大酒楼吃饭。

当吴子强到达的时候，他们把吴伯揆老师也接来了。

菜肴很丰盛。海味山珍、部队特供茅台酒、市委专用无毒有机菜蔬……上了满满两桌。人们陆续到齐了。有一个白净清秀的中年人最后到场，大家都对他格外热情，想必他就是刘市长。

陈局长先将客人介绍给大家：

"这位是我们南湘大画家吴子强先生。吴先生享誉海内外，他的作品在美国得过金奖，是我们南湘人民的光荣和骄傲。"

众人都站起来，报以热烈的掌声。

"这位大家都熟悉，咱们市文化馆的画家吴老师，是吴子强先生的老师。一日为师，终身为父，所以我们请老先生过来作陪。"

市政府来了十八个人，陈局长一一作了介绍：刘市长、办公室正副主任、财税局局长、文化局正副局长、教育局局长、旅游局局长，还有一些文联和美协的领导及秘书之类的人物。

刘市长站起来，作了热情洋溢的讲话："首先，欢迎从我们这里走出去，我们南湘人民自己的画家吴子强先生回到家乡。祝贺吴先生在艺术方面取得的伟大成就，感谢吴先生为祖国和家乡人民赢得了声誉。同时，也要感谢为祖国培养了杰出人才的吴老师。今后，凡是获得国际大奖或获得国家级奖项的，从我们南湘走出去的杰出人才，我们都要请他们吃饭，尽力为他们做好服务，表达家乡人民对他们的敬意；同时，对培育他们的老师和学校，要送锦旗，以倡导尊师重教，这要形成一个制度。

"我代表家乡的父老乡亲，邀请所有从南湘走出去，旅居在世界各地，包括全国各地的成功人士，经常回家乡看看，为家乡的发展出谋划策，为家乡的建设牵线搭桥，添砖加瓦……"

刘市长说完话，端着酒杯和吴老师、吴子强碰了杯。然后，各主管部门领导，按职务高低，分别讲了话。然后，是各位领导轮番敬酒。

其间，刘市长说，还有一个省农林口下来检查工作的招待会，他不能不去打个照面，中途离席了。

吴子强小声问老师："'文革'害得您差点丢命的那个学生，是这个刘市长吗？"

那天晚上聊天，吴老师说到"文化革命"，提起过这位刘市长。

吴老师显得很紧张，看看左右没人注意，才点了点头，在嗓子眼里说："是的。"

"他没向您道过歉？"

吴老师惊讶地看了学生一眼，半天，才摇摇头："没有……那时他们还是孩子呢！"

"孩子就该造谣吗？"吴子强有些气愤，嗓门儿高了些，引得旁边人注意他。

吴老师赶忙按住他，装出没事的样子。半天，才小声说："也是事出有因……要说起来，他还是你大师兄呢！那会儿他跟我学画画，我们关系不一般，运动来得很猛，他有压力——那会儿谁不害怕？"

"他有压力就给老师造谣？置老师于死地？学生害老师，那还叫人吗？"

无意间，吴子强的嗓门儿又挑上去了，弄得吴老师特紧张，赶忙把脸转向别处，不再与他交谈。

席间，吴子强的手机不断响起，他不时走到外间去接电话。有一个电话是宋晓倩打来的，他神秘兮兮地说："我正在跟市长吃饭呢，晚上我给你回电话。"

他们每天都要通电话，在电话里一聊就是两个小时。

酒过七巡，只见酒店服务员在旁边把餐桌拼起来，铺好羊毛毡子，倒好墨汁，理好宣纸，站在一旁准备伺候。

陈局长看看吴子强喝得差不多了，再有敬酒的，他一律挡了。这会儿，他端着杯子站起来："今天，我们要借这个机会，请吴老师为家乡的父老乡亲留几幅墨宝。"

吴老师画了几十年画，还没有人对他的画发生过兴趣。今天听说市领导要自己留墨宝，他像个天真的孩子，笑得很灿烂。

陈局长说完以后，径直朝吴子强走去，做了一个"请"的表示。吴老师一下僵在那里……

吴子强也愣住了，慌忙辞谢，将陈局长引向自己的老师。

陈局长忙说："再备一张桌子，再备一张桌子，两位吴老师都画。"

吴子强心中暗暗叫苦：我哪里会画国画呢？午少时跟吴老师学过一阵，可是后来改学油画了，连毛笔字都没有好好练过。今天当着老师的面，不是丢人现眼吗？

"陈局长，真正的国画家是吴老师！"吴子强诚恳地说，"吴老师是一流的国画家！我只是跟着老师学了点皮毛，后来改画油画了。"

"吴老师，您画得好不好我们不会评判。我们就知道您代表中国在国际上拿了金奖，今天无论如何您得给家乡父老留个纪念！"

"是呀，吴老师，我们今天就是奔您的墨宝来的，您好歹得给个面子！"

"子强，盛情难却！"吴老师一边裁纸一边说，"领导们这么看重你，你就不要谦虚了，画几张吧！"

躲是躲不过去了。吴子强想，画什么呢？画瓜果菜蔬？画小鸡小鸭？两三笔捻出一只小鸭子，再勾出脚、嘴和眼珠，毛茸茸的，憨态可掬……不行不行，笔墨功力不足，无法遮掩。自己大小也是个享誉海内外的艺术家，不能这样丢人现眼——这些人可能不懂画，他们得了画是要拿去找懂画的人看的。

吴子强灵机一动：画肖像，对着真人画水墨肖像！他能快速捕捉对象，画得很像。他的造型能力能弥补笔墨功力的不足。

吴老师在一旁，默默地画了一幅又一幅，像一个人在那里"自言自语"，无人问津；吴子强这边，被围得水泄不通，热热闹闹，折腾到半夜。

大家都夸吴子强画得好，画得像，果然名不虚传。说吴老师教出来的学生不得了！

还有人想印证一下文联那边传出来的消息，说吴子强的画一幅能卖一千多万。他们直接问吴子强："是真的吗？"

吴子强不置可否，笑了笑："钱都让画商挣了，画家只管画画。"

回新塘湾后第二天，陈局长领着一位市长办公室的女秘书去找吴子强，希望他给刘市长也留一幅画，还说，市委宣传部、市政协那边，也打算请吴子强吃饭，让他有个思想准备。

吴子强把修坟的未竟事宜都托付给老同学李主任，临时买了张机票，匆匆回北京去了。

二十七

黑　洞

1

宋庄出名以后，各路"神仙"纷至沓来。一时间，画画的、做雕塑的、搞前卫的、搞设计的、做音乐的、做影视的、做动漫的、开画廊的、卖画材画框的……都来这儿租房或者租地建房。更有房地产开发商在这里盖起了成片高楼，供全国各地蜂拥而来的艺术梦游者租用。

美术馆也建起来了，不止一座，规模和气派相当大；超市也有了，餐馆更是比比皆是，连理发、洗浴、桑拿按摩店都见缝插针，如雨后春笋。

宋庄的地价（严格地讲，应该是租地价，租地人跟村委会签合同），从原来的每亩不足一万元，热炒到每亩二百多万！

房价也在暴涨。原先，几千块钱能"买"一座院子，后来涨到二十万、二百万……

最先卖了院子的农民，眼看着房价"噌噌"飙升，肠子都悔青了。有人便反悔，一纸诉讼告到法庭，说法律规定城里人不能到农村买农民的房子，原先双方签署的买卖契约不合法，买卖无效，要求收回房子。

一石击起千层浪，所有买农家院的艺术家，都忐忑不安起来，都在瞪大眼睛看法院怎么判决。如果法院判农民胜诉，买卖无效，所有先期卖了院子的农民都会群起而仿效，艺术家们便只好卷铺盖走人。宋庄的艺术产业便会立即变得破败萧条，画家村将变得空寂无人。

还是法官们脑子好使。他们既判买卖违法，契约无效，令艺术家返还农民的宅基地，维护了法律的尊严；又判农民赔偿艺术家修建地表建筑物和各项生活设施所投入的费用。农民一算账，没占到便宜，还得倒贴，只好撤诉。大家相安无事，继续天下太平。

如果想了解"自由""无序""个性张扬"的真正含义，到宋庄去看看艺术家们盖的房子，便能体会一二。

在那里，中式的、西式的；古典的、现代的、后现代的、四不像的……各种建筑风格掺杂在一起，谁跟谁都不搭界，不协调；而且，村里卖给他一块地，他就可边可沿地筑墙盖楼，唯恐留一块空地变成"共享空间"，让别人占了便宜。所以，宋庄的建筑，一栋紧挨一栋，挤得满满当当，不讲错落，不讲揖让，不讲节奏，没有透气的地方，全都板结在一起。

但是，如果细看，每栋房子都很有个性，都有自己的风格，都有艺术匠心，从总体造型，到空间分割，到采光，到用材，到装饰……都设计得相当精彩，都有超凡脱俗的表现！

中国多数城市在现代化进程中，都有互相模仿，千篇一律，缺失个性的弊端，宋庄是个例外，这要得益于现代艺术思潮的洗礼和艺术家个性的张扬。

在短短十几年间，宋庄从一个普通小村，变成一座闻名中外的艺术之城，不能不说是一个中国式的奇迹。

2

李小冉承建的闻达工作室，已经装修完了。还没干透，闻达一家便迫不及待地搬进去了。

他的工作室占地一亩，盖了三层，总共获得 1800 平方米建筑面积。一层打算租给别人开画廊，二层用来陈列自己的作品。三层用作画画、生活起居和健身休息之地。他预留了大露台，打算种植花草，养鱼养鸟。

一天晚上，闻达一家正在看电视。忽然觉得桌椅、柜子都在地板上轻轻移动，桌上的茶壶茶碗也在滑动，有的还掉到了地上，墙体发出巨大的闷响……

"地震！地震！"

他本能地喊了一声，抱起孩子拽着老婆往楼下跑。一口气跑出大门，跑到马路上，回头看，楼房完好，灯光依旧，只是楼体明显倾斜了。看看别人家的房子，看看远处的大楼，依旧灯火辉煌，没有任何不安的迹象。闻达打电话给朋友，问刚才是不是发生了地震？别人都说没有啊，什么也没发生。

闻达一家不敢回屋里睡觉了，找旅馆住了一宿。

第二天清晨，发现别人家的房子都很正常，唯独自己的楼体明显倾斜，墙上有多处裂缝，有的梁柱钢筋被拉断……很显然，这是一座危楼！

闻达把李小冉找来。李小冉看后吓了一大跳，忙打电话把包工头找来，问这是怎么回事？

包工头吞吞吐吐，半天也没说明白。

李小冉满口答应："闻老师您放心！这事我一定解决！一定解决！"

怎么解决？楼体歪了，墙壁裂了，幸亏有两边的楼房将它挤在中间没有倒塌。修修补补无济于事，得拆了重来！

李小冉知道，他赔不起，包工头也赔不起。而且他还知道，这事经不起查，一查都得露馅儿。

他找律师咨询了一下，律师看了看他和闻达签的合同，又看了看他和包工头签的合同，笑道：

"一笔糊涂账——房子没有产权，房主和你签的是委托监管合同，没有提及报酬，房主给投资方 26 幅画，并未涉及他和你的经济往来；你和包工头签的承包合同，没有写明质量要求和违约责任。这个包工头根本就没有施工资质……你们签的都是无效合同。"

李小冉一听，放心了。他干脆跑到海南岛去了。

闻达给李小冉打电话，关机。一天打十几次，一连打了十几天，都关机。他死活找不到李小冉了。

很明显，李小冉耍赖了！

闻达大怒，向派出所报了案。

警察说，你们之间有合同，不属于诈骗。你只能向法院起诉。

于是，闻达一纸诉状，将李小冉告上了法庭。最初，法院认定他们的合同无效，不受法律保护。后来，闻达托了比较硬的关系，从上面压下来，地方法院总算受理了。

经调查，李小冉在四个方面存在违约责任：一、他找的设计方和施工方都是没有法定资质的社会人，这就埋下了质量和安全的隐患。二、在施工过程中，对地基没有进行勘探，没有进行固化处理（地下曾经是垃圾填埋场）。三、使用了劣质钢筋、劣质水泥等劣质建材。四、资金收支不符，存在很大缺口。

对于第四条，法院进行了详细调查：闻达分五次，共交给李小冉 26 幅油画，由李小冉交给纽约一家经营中国当代艺术品的"龙"画廊，该画廊支付给李小冉 40 万美元。按照当时美元兑换人民币的比价，合人民币 308 万元。李小冉实际支付闻达工作室的土建和装修费只有 210 万元，有近 100 万元的缺口。

李小冉害怕了，如果法院追查到底，他最少得判 15 年徒刑。

在监狱里待十几年，他这辈子就彻底完了。

于是，李小冉在旅馆里找到闻达夫妇，送了一份重礼，向他们诉说了自己困苦的家境和不幸的童年。向他们坦白了自己在承建画室时存在用人不当、放松质量管理和挪用资金等问题。检讨过程中一次次痛哭流涕，泣不成声。一个劲地恳求闻哥和嫂子放他一马，让他凑钱为他们重盖一处画室，否则他就活不下去了……害得闻达妻子特同情他，又是沏茶又是劝慰，叫他宽心，千万不要想不开，还赔上了许多唏嘘叹息。

闻达想，把他送进监狱，也拿不到赔偿。不如让他在规定的时间内重新把画室盖好，还能找回一些损失。

李小冉痛痛快快地答应了，写了承诺书，按了手印，对闻达夫妇再三表示歉疚和感谢。

闻达损失了 26 幅油画，得到一座"比萨斜塔"，住不敢住，看着闹心。李小冉借口筹措资金一拖再拖，隔壁邻居不断往城管那儿告。直到城管下了限拆令，他才磨磨蹭蹭，拆除旧楼，重新盖了一座两层小楼。虽然规模大不如前，但闻达总算有了住处，有了自己的工作室。

3

李小冉几年前就开始收购海南黄花梨家具。他已经完成了资金的原始积累，积攒了上千万家业。

他买了辆面包车，不辞劳苦地挨家寻访，只要听说谁家拆了老房子，不论多么偏远他也要跑去看。如果运气好，赶上有黄花梨梁柁或檩条，他就大喜过望！老乡家里，有些农具是用黄花梨做的。譬如犁杖、锄柄、水车架……遍地是宝，就看你识不识货了。

他收购时几百块钱一把的椅子，现在值几万、几十万了。老天相助，黄花梨价格一路飙升，让他的资产翻了好几十倍。

吴子强和台商洪老板的生意，全由李小冉代理。按照合同要求，四年过去了，吴子强交付给对方 120 幅画，台商只收到了 106 幅，那 14 幅不知被他捣鼓到哪儿去了。台商支付了 1200 万元，可吴子强实际收到的不足 1000 万元。李小冉总是对他说："余款马上就到！马上就到！洪老板说他们最近周转不过来，他再三表达歉意。放心吧，子强，有我替你盯着，你有什么不放心呢？"

李小冉从吴老师手头拿走的 80 幅画，他以 6000 元一平尺卖给了画商，总共得了 200 多万元。因为黄花梨的价格正在"噌噌"上涨，这些日子他在疯狂进货，他只想用这笔钱周转一下。吴老师是他恩师，老头惨兮兮的，正眼巴巴地盼着这笔钱，他不想昧着良心独吞。等过些时间赚了钱，该给老师的钱他会给他。老头早几天高兴和晚几天高兴没有多大区别，但 200 万块钱在李小冉手里却能翻上好几番！包括吴子强的钱，只要挣了钱，到时候该给多少给多少，他不想背无情无义的骂名。

李小冉在宋庄还拿了不少人的画，有的变成了钱，有的被他当成了公关礼品，有的还搁在那儿。闻达工作室变成"比萨斜塔"后，大伙儿觉得这人不可靠，纷纷上门索讨。李小冉能躲就躲，能拖就拖。实在追得紧的，他把画还给人家。到手的钱，他是绝对不会往外吐的。

李小冉若想和你交朋友，就准能跟你交上朋友。他物色朋友就像猎手寻找猎物，一旦发现目标，他总有办法把你搞定，和你打得火热，亲热得像兄弟一般，弄得你离开几天就想他——当然，他只是用你，利用之后，该抛弃便迅速抛弃，以便再找新的猎物。曾经的好朋友说断就断了，也许你还在担心什么地方被他"误会"了，还在劳神伤心反复解释，还在为朋友反目痛苦不堪，他一点事儿也没有，连半点儿沮丧都没有。

他还有一样本事：如若欺诈被当面揭穿，无论你说什么，他不跟你恼；往往从你怒气冲冲地要跟他拼命开始，到最后弄得你特同情他，弄得你特别愧疚，自己反而不好意思，一个劲地劝他"没什么，没什么，这点小事别放在心上"而告结束；你举起胳膊来想打他，最后那胳膊自己就软下去了。或者你实在没地方出气，顶多扇自己两个嘴巴——他永远是无辜的！

他太会说话了，太能演戏了。他不去当演员，真是屈才！是中国演艺界一大损失！

二十八

艺术是什么

1

一天，吴子强接到吴老师的电话，说他想来宋庄看看。

近来，吴子强家庭不和，心情不好。但老师要来，他还得尽力安排，因为吴老师是他邀请来的。

吴子强开车把老师从西客站接来宋庄，住在自己家里。

途经天安门广场时，吴老师想下车看看天安门、人民英雄纪念碑和毛主席纪念堂。

"行吗？"他试探地问。

"您要看纪念堂？"吴子强满脸疑惑，当得到肯定的答复后，他说，"这儿不让随便停车。改天吧，改天来看。"

他拉着老师绕着天安门广场转了一圈，摇下窗玻璃，让他坐在车里看。

北京真大，从火车站到宋庄走了两个多小时，比从南湘到省城还远，一路全是高楼。三十年前吴老师带着学生来过北京，那会儿城区没那么大，也没那么多高楼，天安门和人民英雄纪念碑显得雄伟高大，特有气势。现在怎么一下缩小了？小得都不敢相认了！北京变化真大！

吴老师对高楼大厦没有兴趣。他只想看看宋庄，看看大家是怎样画画，怎样生活的。同时，他带来几十幅画，如果有可能，他想在宋庄办个展览。

刚吃过晚饭，寒暄几句，吴老师说趁天没黑，要看看子强的画。

吴子强把画摆开，一幅幅请老师过目。

他在美院画的习作老师看得很仔细，眼神里含着欣喜，连连称赞；可是，当看到那些千人一面的打哈欠的画时，他显得很不理解了。

"怎么可以这样画画呢？"他惊诧不已，"就凭这些画，居然能得国际金奖，在外边闹得沸沸扬扬？"

他抱的希望太高。他原以为，吴子强的画，一定是些叫人眼睛一亮的惊世之作呢！

这会儿，他陷入了深深的失望，不知道说什么好，笑得很不自然。他避开了对作品的评价。

"我记得你原先喜欢国画，哪一年改的油画？"

吴子强知道老师没话找话说。因为他已经问过这个问题了。他不想让老师尴尬，笑了笑，把上次说过的话重复了一遍：

"艺校让选修专业，我选了油画，后来就画油画了。"

"中国油画历史太短，不过这几年发展顶快的。俄国的巡回画派，对中国油画影响很大。"

"那是老皇历，现在没人提他们了。"

"是啊，现在张口闭口都是印象派。"

吴子强笑了："在宋庄，印象派也过时了。人们张口闭口都是后现代。"

"看来，我真是跟不上了。"

第二天，吴子强领着老师在宋庄美术馆转了一圈。

在宋庄美术馆里，吴老师看到第一幅画就浑身不自在了——颜色大红大绿大紫，比民间年画还夸张。人物冷漠而轻狂，都穿着红衣绿裤，涂着红脸蛋、红嘴唇，动作猥亵，神情萎靡，俗不可耐。

吴老师直摇头："这……太过分了吧？"

吴子强介绍说："这是艳俗画派，前几年火了一阵，现在偃旗息鼓了。"

"这种画，还火了一阵？"他的脸色变得阴沉起来。

连着好几幅这样的画。往下，是几幅类似卡通的画，画几只猪坐在会议桌旁开会。有的没完没了地念长篇稿子，有的正在抽烟斗聊天，还有修指甲的，流着哈喇子睡觉的……

再往下，有一组叫《伟人起居》的组画，明眼人一看就知道他画的是谁。作者极力把伟人画成一个普通人，不厌其详地表现他的吃喝拉撒睡，而且表现得很世俗，很拙劣，显出对伟人的不敬。

在吴老师眼里，这是不得了的冒犯。他条件反射地收回视线，径直往前走，跳过了这些画，没敢在画前停留，没敢多看一眼。他快步越过了这个是非之地，一直走到展厅出口。他回头远远地望了一阵，心中还存着余悸，心脏还在"怦怦"猛跳。

突然他发现过道里有几个男子，站在那里一边抽烟一边聊天，不时朝他望一眼，弄得他又一阵心惊肉跳。

吴老师心里"咯噔"一下："啊！有便衣盯着呢！"

他脸都吓白了，慌忙将脸转向大门外，庆幸自己刚才没在那些画底下停留。

"现在真不知道这艺术该怎么搞了。"一个戴眼镜的抱怨说。

"什么是艺术？你们谁能告诉我什么是艺术吗？啊？"另一个秃顶，垂着一圈麻色长发的男子，怒气冲冲地说。

旁边的人好像不屑回答这类问题，停顿了好一会儿，一个花白胡须才说：

"什么是艺术？我告诉你吧：艺术就是一种谋生手段！什么赚钱干什么，别想那么多！"

一个鲁莽的汉子愤怒地说："艺术就是一个娼妇，她见钱眼开。艺术是婊子，是烂货，是王八蛋！"

吴老师听那几个人在解着恨地诟骂艺术，这才把悬着的心放下来，知道他们也是艺术家，是来看展览的。

他已经没有心思继续看下去了。

"您怎么走这么快？"吴子强跟了过来，看见老师脸色不好，"您没事吧？"

后边的画，吴老师只是走马观花地转了一圈，没有细看。包括在吴子强的画前，他都没有停留。

快要离开美术馆时，吴老师问："怎么没见到小冉的作品？小冉怎么不来见我？"

2

吴老师忽然决定要回去，在宋庄一天也不想多待，展览也不想做了。第二天，他坐火车回老家去了。临走时留下一封信，留下两幅画给吴子强作纪念。

宋庄破坏了他内心的宁静。看了宋庄的艺术，他似乎看见了艺术世界的末日。

艺术搞成了这个样子，让他觉得很不舒服，觉得很恐惧。就像在河边看见了腐尸，就像无故被人抽了几个大嘴巴，就像自己被脱得精光，展露于大庭广众之中，遭人戏弄凌辱……

"如果这样搞艺术，我宁可去种田，去要饭！"他想。

给子强的信是头天晚上写的，涂涂改改，显然经过字斟句酌，反复推敲。吴老师谈了他对宋庄艺术的看法。

吴老师说："子强，思索半宿，我必须告诉你我的看法。否则，看着你这样浪费自己的岁月和才华，我内心很不安，我担心你误入歧途。

"我的看法可能落伍，却是一个饱经世事的老人的肺腑之言。

"如果说'文革'期间因为政治的束缚，让艺术降低了艺术性；现在宋庄的一些画家，丑化领袖形象，对工农兵冷嘲热讽，则艺术不仅没有摆脱政治的束缚，反而自觉地变成了反动政治的工具。他们迟早要付出代价的。

"子强，我有过惨痛的教训。希望你离政治远点，好好画你的画！

"社会是有分工的，工人做工，农民种地，画家画画。解决社会问题、思想认识问题，那是政治家的事，哲学家的事，是社会学研究的课题。画家就是研究画，研究造型，研究线条，研究色彩，就是怎样把画画好了，画绝了，画得别人无法企及。石涛、八大山人、齐白石、凡·高、莫奈、塞尚，都是在艺术领域里突破了前人，并没有喊什么惊世骇俗的口号，没有做什么惊天动地的改造社会的事，但是他们的作品具有永恒的价值。

"子强，趁自己还年青，一定要把画画好，千万不要在五花八门的观念和诱惑中迷失方向，浪费光阴！"

落款"伯揆手撰"，钤了一方"钝首"的朱印。

这封信除了阐述艺术观点，还有劝诫的意思。他觉得吴子强跟着宋庄这些小青年胡乱折腾，迟早要出事。"秋后算账"那是肯定躲不过的。

3

吴子强把老师的画挂在画室里，被董青平看见了，大加赞赏："不错，笔墨非常好，勾线不比任伯年差，那'钉头鼠尾'玩得漂亮极了。谁画的？"

"我的老师——吴老师。"

"花卉比人物好。花卉放得开，有书卷气。人物一般。"

"他自己也这么说。"

"中国古法不善人物，逸笔草草，只是为了表现文人意趣。吴老师的人物师古法，又想写实，添加了不少'文革'趣味，结果成了非驴非马。"

"什么是'文革'趣味？"

"虚张声势，没有真情实感——这是'文革'艺术普遍存在的致命伤。"老董接着补充说，"也不奇怪，他们是被'文革''铸造'出来的，'文革'对那一代人的影响太深了！"

"我的老师这一辈子够惨的。原先他跟潘天寿先生学画，相当于入室弟子。"

"潘先生教出的学生，笔墨肯定好。徐悲鸿主张中西嫁接，用水墨画素描，强调造型；潘天寿主张中西拉开距离，各自沿自己的方向走，强调保留中国画的笔墨意趣。"

"我的老师曾经也是个热血青年。被打成右派以后，棱角全被磨没了，说话做事都很谨慎。"

"历史往往很残酷。历史像一架庞大的机器，在它轰隆隆碾过的路上，会留下很多牺牲品！很多有才华的知识分子，都成了那段历史的殉葬品；那场运动的后果，远不止于毁了多少多少知识分子，而是敲断了中国知识精英的脊梁骨，使他们从此闭嘴，丧失了独立思想的能力和承担道义的勇气；后来的'文革'，更是摧毁了一座文明古国的精神大厦，酿成一场血腥的兽性大发作和此后的人情沦落与道德沦丧！

"后来在很多重大问题上的精英失语、环境失衡、社会乱象，都是历次运动播下的种子，结下的苦果……"

吴子强感受到了老董那些话里沉甸甸的分量。他递了一支烟，帮他点着。两人陷入了沉思……

他把吴老师的信递给董青平看。

"我的老师一辈子很低调，从来不跟人争论，实在憋不住了，就写封信……其实，我的老师说得对，画家就是应该把画画好，画得叫别人望尘莫及。别的都是扯淡。"

董青平说："历史上，一代代中国画家，付出毕生精力，薪尽火传，将中国画的笔墨技巧研磨得炉火纯青，走到尽头了。今天的中国画家，如果仍然秉持他们的理念，沿袭他们的方向，将无路可走。"

"怎么可能呢？"

"中国文人画，是非常成熟和完善了的艺术形式，中国哲学的不可言传的思想与精神，全都反映在文人画的笔墨意境里；中国文人画家以心立意，以情结境，用一支毛笔在宣纸上皴擦点染，状物传神。'不假颜色而墨分五色，看似率意而形神皆备'，玩到出神入化的地步了，再往前走，你说还能玩出什么花样来？"

"几年以前，南京有个学者，说中国画穷途末路，您也持这个观点？"

"如果仅仅把中国画当作案头把玩的小品，供少数人收藏赏玩，你尽可以躲在象牙塔内专注于技艺，继续玩笔墨。

"当今世界矛盾重重、危机四伏，人类正面临着如何生存下去的问题。如果想让艺术成为治国重器，承担起改良社会和提升道德的责任。则必须改弦易辙，推动中国艺术的现代转型。

"在这个急剧变化的时代，艺术不关注社会，不在思想启蒙和精神导向上起作用，就失去了存在的理由——咱们说什么都不算数，历史会作出选择。"

4

吴老师回去以后，很长时间没有画画。宋庄之行败坏了胃口，必须倒倒胃，定定神。他每天写写字，翻看子强送给他的画册，打发日子。

半月前，吴子强来电话，将董青平的意见转告了他。吴老师头一次接触这种将社会责任凌驾于艺术理想之上的观点，半天转不过弯来，气馁了好些日子。事后细想，老董说的也有道理。因为吴老师也是一个对社会，对国家有责任心的人。他和老董艺术观相左，而在最基本的人生观上是契合的。

而且，董青平并没有完全抛弃艺术理想。他的观点是二者兼顾：

用艺术手段实现社会理想，在追求社会理想的过程中铸造艺术经典。

回头看看自己近年来画的那些《钟馗打鬼》《老子出关》《竹林七贤》《米芾拜石》和《四君子》之类的题材，画来画去都是古人意趣，与当代人的生活和情感没有一丁点儿关系。除了笔墨趣味和书卷气，实在说不上有什么价值。

他还记得上世纪七十年代，骑着自行车下乡，住在老乡家里，或者在水库工地上跑来跑去，画农民，写农民，仰望高山，俯瞰大河，每天都有新的感动，每天都很兴奋。现在翻阅那时留下来的速写，还能触摸到那火热的生活和自己当时的感动。

人老了，心还年轻。见马克思之前，他还要折腾折腾。能不能画出伟大作品来要看天意，但吴老师觉得，先要选择一种能激活自己热情和生命活力的生活方式。此后，不论寒冬酷暑，经常能碰见一个白发苍苍的瘦老头儿，背着画具，带着干粮，动作有些迟缓，骑着一辆"嘎嘎"作响的破自行车走村串寨，奔走在南湘的黑山白水之间……

二十九

雷雨之夜

1

柳巴学画，开始进步很快，后来有些心浮气躁，画里的许多问题反复出现，

令董青平着急上火。于是，两人经常吵架。

柳巴原来很怕老师，百依百顺，谨言慎行。后来熟了，皮了，不在乎了。有时顶撞两句，有时撒撒娇，故意气他，气得他瞪眼，又过来哄孩子似的哄他——她好像拿捏住自己的老师了。

柳巴和他的关系越来越模糊了。到哪儿她都跟着，一起吃饭，一起遛弯儿，一起串门子；无拘无束，说说笑笑，有时还斗气撒娇，关系好得不得了，既像父女又像母子又像师生又像情人。

人们常常话里有话地跟他们开玩笑，他俩权当没有听见。

老董不断地声明：你们不要乱说啊，她就是我的学生！

可是，当柳巴和别的男人待在一起，对他们过于亲密过于热情时，老董心里就不舒服，就酸溜溜的，有时还借故乱发脾气。

有一次，王自鸣半开玩笑半当真地说："青平大哥，您那儿空房好几年了，柳巴对您不错，还不收了算了！"

董青平却一脸严肃："不要乱说，不要乱说，我们就是师生！"

王娅楠快人快语："青平大哥老谋深算，关起门来早办了，还用

你操那份闲心？"

"可别胡说，人家还是黄花闺女！你青平大哥不是那种没有底线的人！"

2

人们嘻嘻哈哈，都是开玩笑，没有别的意思。

可是，这些玩笑却让傅双北坠入了莫名的惆怅。本来，她和董青平之间没有什么，梁春燕想撮合他俩，她明确表示不同意。他俩都没有往一起凑的意思，董青平做什么和她没有关系。

可是，不知为什么，听了这些玩笑话，她心里就是不痛快。

这些玩笑还让另一个人睡不好觉，那就董青平。

他一直过得很平静，处在感情的荒漠里，现在忽然遇到了意外的纠结——他是个直线思维的人，换句话说有点"一根筋儿"，缺乏随机应变的灵活性。最初他确立的是"师生关系"，事后如果不重新定位，他就不会随意改变。即使有时柳巴表现出朦胧的求爱意识或过分亲昵的举动，他也视为学生对老师的信任或孩子跟父辈撒娇，一概不予呼应，任其自生自灭，归于平静。

"是啊，她不是孩子了，已经二十几岁了，能够独立思考和判断问题了，应该尊重她的选择。"

他想起了他们共同生活在这个院子里的许多情景：她经常不敲门就撞进他的房间里来，她自己插不插房门他不知道，从她出入的速度判断，很可能她根本就不插门；她经常用深情的目光望着自己，她应该懂得那目光的含义；她常常站在他面前打理头发，将两手举起来，露出她那光洁细嫩的肚皮；她的手机上常常有些好玩的短信，她会将手机递给他，然后挨他坐着，挨得很紧，两人一起看……

"天哪，我怎能这样冥顽不灵，无视神明的暗示和大自然的恩赐呢？我怎能这样冷酷麻木，置柳巴的感受于不顾呢？"

可是，他心存疑虑：真要组成家庭，柳巴正值青春妙龄，我已开始走下坡路，如果两人不合拍，岂不害了她，也害了自己？

他满怀欲望，却不敢逾越，不敢放纵自己——柳巴那么光彩照人，那么完美无瑕，在他心中简直就是一尊女神！

他不忍，也不敢亵渎神灵！

柳巴和他近在咫尺，亲密无间，接受他的帮助和保护，已令他非常满足。每天只要看见她，只要听见她的声音，就令他身心愉悦，神清气爽。他祈求长久保有这份幸福。

他时刻准备着，用自己的一切换来她的幸福，必要时用生命保护她！

一个漆黑的夜，乌云在天空翻涌，电光闪闪，炸雷一声紧接一声，震得窗棂直抖。伴着一声惊雷，突然从柳巴屋里传来惊恐的尖叫！

老董条件反射地从被窝里跳起来，冲出去，推开柳巴的房门。

柳巴正缩在床头，满眼恐惧，看见董青平进来，一头扑进了他的怀里……

半天，她的身子还在抖，他俩都穿着薄薄的衣裳。

董青平抱着一个暖烘烘、软绵绵，散发着诱人气息的美丽胴体，从里到外透着魅力……他真是受不了啦！

他尽量将自己的下身避开她。他以极大的毅力控制自己……半天，他感觉她平静了，将她扶上床，盖好被子，哄她睡觉。

雷声变小了，远去了。

"丫头，还怕吗？"他问。

她摇了摇头，没有睁开眼睛。

"丫头，关灯睡觉吧。"

她点了点头，仍旧没睁眼睛。

他关上门，回到了自己房间。他要做的最紧迫的事，是实施手淫，将自己放倒，将体内那个富有进攻性的魔鬼赶走！

从此，他养成了手淫的习惯。

3

两棵树之间拴着一根绳子，柳巴踮起脚尖，正在往绳子上晾晒衣服。

白明路过篱笆墙外面，他看见了晾衣服的柳巴，停了下来，玩味着她那些性感的部位。

"喂！晾衣服呀？"

柳巴看了他一眼，笑了笑："到哪儿去？"

"董老师在家吗？"

"进城去了，单位有事。"

"我想请他看看画呢！"

白明是个帅小伙子，个头高高大大，鼻梁隆起，五官端正，笑起来一口好看的白牙，长发飘逸，有些自然卷，看起来很帅。他有两个嗜好，一是喜欢看小人书。他收藏了不少中外古今的连环画名著，你问什么他都能知道一些。另一个嗜好是锻炼身体。他每天坚持跑步做俯卧撑，保有一身健壮的肌肉——前者让他显得知识渊博，后者让他男性魅力四射。

"你看上海电视台的达人秀吗？"白明问。他站在篱笆墙外面，没有要走的意思。

"从第一场开始，场场不落！"

"那里边有个唱歌的，特像你。"

"瞎说！哪个像我？"柳巴停止了手里的活儿，望了白明一眼。

"真的，我要骗你是小狗！"白明真诚地说，"那个唱《天路》的藏族女孩，笑起来那神态、就连说话的声音都像你。"

柳巴又望了他一眼。她知道他在哄自己，在变着法儿夸自己，虽然不信他的鬼话，心里头还是很高兴。她也喜欢那个唱《天路》的藏族女孩。

"不邀请我进去坐坐吗？"白明一边说着一边要往里走。

"不行不行！"柳巴脱口而出，显得有点着急。随后她笑了笑："我还有一大堆事呢！"

她已经晾完衣服，既不想邀他进来坐，也不想下逐客令，便傻站着。

白明很有眼力，一看这阵势，就知道自己该告辞走人了。于是，他很得体地说了声："我先走了，拜拜！"

柳巴望了一会儿他远去的背影。

他肩背宽厚，有西方人的体魄……那些人也太能嚼舌了！他们说他专门玩女人，同时跟好几个女友来往；还说他给有钱的太太当"鸭"，人家一打电话他就过去……没他们说的那么邪乎吧？他顶懂事的，他指不定在什么地方得罪人了。

相反，她觉得他彬彬有礼，长得顶帅的。

如果说他不能吃苦，画画不用功，喜欢表现自己，她倒相信。听说他大学毕业，那画儿画得真不怎么样。也没见过他卖画，花钱还挺大方，肯定是父母有钱。

她回到屋里，老董问道："白明来干什么？"

老董哪儿也没去，他就在家里。最近单位评职称，他要准备一摞申报材料。其中包括一份表格、近五年发表过的论文、出版过的专著、获得的奖项、两位专家的推荐意见等。

老董的论文和专著，不说"等身"，也有好几百万字了，有些在学术界已经产生了重要影响。人们开玩笑说："老董，你就不用评了。不就是个正高吗？直接给你就是了！"

老董也说："可不是吗？脱了裤子放屁——多此一举！"这么想着，他对申报材料就采取了敷衍的态度：只提供了论文和专著目录，没有去复印那些奖状，也没有找专家写推荐意见——他不愿求人，不好意思向别人开口。

明天要交材料。为了排除干扰，他嘱咐柳巴编个理由谢绝来访客人。

"白明有事吗?"老董又问了一句。

"他想请你帮他看画。我告诉他你进城去了。"

"一个本科毕业生,画成这个样子,还好意思请我看画!"他显得很生气。

"谦虚好学是好事嘛!"

"你以为他真是求教来了吗?"老董提高了嗓门儿,愤怒地吼道,"告诉你,离他远点,那是个人渣!"

她奇怪老师为什么忽然动气了,而且扯着嗓门儿嚷嚷,让她觉得很不舒服。她不以为然地"哼"了半声,没有接茬儿。

三十

补天（一）

1

傅双北洗完澡，一边擦身上的水，一边在镜子里欣赏自己。

她对人体有着永不枯竭的兴趣：她让灯光斜着擦过皮肤，让体表的每一个凹凸清晰地显示出来，连绒毛都看得清清楚楚。啊，真平滑，真细腻！用"光洁如玉"来形容，一点都不过分……她伸了伸胳臂，做了一个转身托举的姿势——最近，她正在做一件《女娲补天》的雕塑作品，一直没有确定女娲的动作和姿势。她不断通过自身的体验去修改……怎么，乳房怎么啦？两个乳房……好像不对称！

她坐下来摸自己，哟，左乳的侧面有个硬块！她吓了一跳，反复摸了几次，那个肿块依然存在。

"怎么可能呢？怎么会长在我身上呢？"她有些着急。

所有成年女子，都知道这意味着什么。她吓坏了，慌忙打电话叫梁春燕过来。

春燕来了后，一边说："你别自己吓唬自己！"一边认真替她摸捏按压。最后只说了一句："咱们自己别瞎猜，北姐，明天我陪你去医院查一下。"

傅双北看看尚未做完的雕塑小稿，看着零乱的黏泥，她迟疑地说："过两天吧，我想干完这点活儿。"

梁春燕斩钉截铁地说："不行！明天就去！"

傅双北有一种不祥的预感，她怕这件作品要做不完了。她喷了些水，用湿布将泥稿盖起来。

第二天，在春燕陪同下，傅双北在肿瘤医院挂了个专家号。

医生简单看了看，摸了摸，当时就给她开了个床位，让她住下来，做了一系列检查，她被确诊为"乳腺癌中期"。一周后，医生为她做了左乳摘除手术，又进行了一系列化疗。

她被化疗的药物摧残得不成形了：身体瘦削、面无血色、毛发都掉光了、身体极度虚弱。她每天醒来都在问自己：能挺过这一关吗？能逃脱死神的追逐吗？

傅双北很惶恐，她还有很多事要做呢！死神却天天在门外窥视她，等着她。

她来到这个世界上，似乎只为雕塑，别的都不重要，都可以放弃。她完成了学业，读了很多书，到世界各地考察艺术，不停地做作品……到目前为止，她认为自己刚刚完成了准备，尚未开始真正的创作。她的艺术人生才刚刚开始。她正怀着热切的期待，心中不断冒出灵感，许多感人的作品正在孕育，却突然被告知："结束了！走到尽头了！"

命运一下把她击蒙了。

住院治疗期间，她只和个别亲朋来往，除此之外，她断了和外界的所有联系。她不愿意让人看见自己的惨状，不愿意让人看见自己的绝望和悲伤。她不愿意接受礼节性的关怀和问候，她害怕那关心背后捎带的同情、怜悯和窥探。

她如勇士一般，兀立山头，提着宝剑，独自面对厄运。

她每天躺在床上，听瞎子阿炳的《二泉映月》，听佩尔格来西的《圣母悼歌》、克莱斯勒的《爱的痛苦》、舒伯特的《冬之旅》，也听昆曲，听王洛宾的情歌，听《外婆的澎湖湾》……世界，多美啊！歌还没听够呢，我怎么能走呢？

一天，春燕给她打来电话，说宋庄的朋友们要去看你，说他们嚷嚷了很长时间，他们都是真心想你，千万不要拒绝。

她答应了，事先做了些准备：戴了一条阿拉伯风格的花头巾，戴了特制的胸罩，略微化了化妆……

当梁春燕和吴子强、董青平、王自鸣、王娅楠、闻达、白明等宋庄朋友看见她的时候，她已经面目全非：面无血色，脸庞有些浮肿；原来那双睿智而高傲的眼睛，变得灰暗无光了，原来脸上的勃勃生气，也被病恹恹的情绪所取代。

更令人悲哀的变化没有暴露出来：一头秀发掉光了，美丽的双乳只剩下一只，女人的骄傲和自尊受到重创……

春燕说："北姐，大家看你来了！"

双北报以惨淡一笑。

董青平看到她这个样子，忍不住鼻子一酸，差一点儿哭出声来。他慌忙转身走出门去，假装咳嗽，在走廊里止住哭，擦干眼泪，停了好一会儿，这才走了进来。他将一兜补品塞进她的床头柜里，嘴唇动了动，没说出什么来，站到人群后边去了。

人们说了些安慰的话，双北尽量装出轻松的样子。她只在独处时，或者当着梁春燕的面，才会哭泣。她不想在那么多人面前暴露自己脆弱的一面。

为了让气氛轻松一些，大伙儿尽量东拉西扯，插科打诨，说些不着边际的轻松话题。

老董忽然发现，哑巴站在门外，满眼焦虑，正贴在玻璃上朝里边张望……

2

出院时，父亲托了老战友，安排她到八大处去疗养。

傅双北执意要回宋庄。

"宋庄是我最好的疗养地。"她想，"就是死，也要死在工作室里！"

于是，她带了医院给的药，回到了宋庄。

春燕已经帮她收拾好屋子，做好了饭。她回来后的第一件事，是揭开布，看自己的那件雕塑小稿。

那是得病之前，她着手构思的《女娲补天》。

《山海经》里，有一个女娲炼石补天的神话故事。上古之时，共工与颛顼争帝，战于不周山下。共工败，怒而触不周山，把支撑天体的柱子撞断了，天体倾斜，暴雨和洪水肆虐，殃及黎民百姓。于是，女娲炼五色石以补苍天。

我们这个时代，人伦尽失，道德沦丧，社会动荡，山崩海啸，战火连天，难民流离失所……难道不也是天体倾塌，黎民遭殃吗？

她想借助女娲，表达人性中最珍贵的爱和由爱引发的济世情怀。

为了打通思路，拓展视野，她读了很多书。通过阅读感受洪荒时代的生存环境，了解先民的思维方式，和探索诞生这个神话的历史背景。

她一遍一遍地做小稿，做完便毁，毁了又做，改来改去，怎么也脱离不了陈词滥调。

她很难突破传统和经验的束缚，很难突出重围……

她经常想到死亡，想到灵魂在天上飞翔，想到生命的意义，想到自己残缺的躯体，想到佛教里的涅槃……

想多了，便不自觉地将自己和女娲联系起来，将自己融入了角色，好像她在塑造自己。

虽然有了朦胧的目标，却一直没有找到理想的雕塑语言。

于是，她离开北京，驱车前往黄河，去造访那些历史久远的古镇，那片沉淀着古老传说的黄土大地。

她在碛口镇停下来，住在老乡家里，开着车在附近转悠。白天，她逛集市，串门子，和老人聊天，欣赏老乡剪的窗花、蒸的面馍。看洞窟里的浮雕和壁画，看寺庙里的菩萨和力士，看黄河船工搏击巨浪逆水行舟，听那撕心裂肺的船工号子；晚上，她看皮影，听秦腔，听老人讲古老的传说，望流星划过夜空……

于是，在那些流传久远的文化碎片中，她触摸到了先民炽烈的呼吸和强劲的脉搏，确定了这件作品粗犷有力、厚重雄浑的基调。

一天，在村边一家铁匠铺里看师徒打铁。望着那红通通的炉火，看着铁块在火中被烧红，烧软，拎出来放在铁砧上，被锤得火花飞溅……她联想到女娲熔炼五色石的情景，并且通过想象放大，就像太阳掉进西边山谷，就像晚霞烧红了西天的云彩。

在偏僻乡村，停电是常有的事儿。

她买了一包蜡烛，将点燃的蜡烛粘牢在倒扣的茶碗上。

白色蜡烛被点着，又被它自己发出的光照亮，晶莹剔透，美丽而高洁。烛光摇曳着，烛体燃烧着。忽然，一注烛泪披挂而下，凝固在蜡烛上。过一会儿，又一注烛泪流下来，滴落到碗上……就这样，一层盖一层，光洁圆润的蜡烛，烛泪纷披，裹住了茶碗。

在这过程中，傅双北感受到了流失、消逝、美的毁灭……联想到自己的遭遇，自己的命运。不知不觉，便有悲从心来。她流着泪，点了一支又一支……忽然，灵感袭来，茅塞顿开，她知道自己的雕塑该怎样做了。

她深夜把房东叫醒，结了账，开着车，连夜赶回了北京。

3

她的灵感来源于燃烧的蜡烛。

她要将雕塑通过翻模转换成蜡塑，在展出时将女娲手中的五彩石点燃，任其燃烧，任烛泪披挂女娲全身……直至让女娲的身体自燃殆尽。

虽然还是传统雕塑，但展出时已经转换成装置作品，并释放出多重含义，传达出浓烈的悲壮情感。

将美毁坏给世人看，以唤醒那些沉湎于务实生存且麻木不醒的人。

她从泥塑小稿开始，通过小稿推敲基本造型、形体穿插，把握"势"，营造气场——这是作品的灵魂。

作品里共四人：三力士托起女娲，女娲举五色石补苍天。

像过电影似的，她搜寻着头脑里储存的各种画面：米开朗琪罗《被缚的奴隶》、罗丹的《裸女》、马约尔的《地中海》……一想起那些大师的经典，她就心血来潮，好像看见了成功的曙光。但旋即，她像被烫着似的飞速逃离。那些作品在她年轻时就已经溶化在血液里了。她得益于它们又受制于它们，她终身要做的事是挣脱它们的束缚，在自己做作品时将它们驱走、忘却，以免被它们诱拐，被它们吞噬。

她决心要做一尊中国风格、中国气派的雕塑作品：简练、夸张，"遗貌取神"，像太极拳似的营造内在气场。她想起了自己上大学时考察过的许多寺庙和石窟，想起了寺庙里的金刚、柱基下的力士、神坛上的佛和菩萨、洞窟里的飞天……

神话中的女娲是人首蛇身，那是先民图腾观念的遗痕。雕塑中的女娲必须让现代人接受，让现代人热爱。她给出的潜台词是人性和神性的结合，是"真、善、美"的体现。毫无疑问，应该是一尊完美无瑕的有神圣感的女性胴体，应该有肌肤的真实感——当人们看到它被火焰烧灼时，才会产生灼肤之感和噬心之痛。

经过反复推敲，终于完成了泥塑小稿。她把自己关在屋里，痴呆呆地看小稿，足足看了小半天，看得她心血来潮，激情澎湃。

"嗨！"她像哼哈二将似的吼了一声。脱掉外衣，羽绒衣被她扔在椅子上，又慢慢地滑落到地上……

她开始拎水和泥——不想在小稿上耽搁时间了，她急于放大正稿。

刚拎了桶水，刚动了动锹，便大汗淋漓，气喘吁吁，差点儿晕倒……她太虚弱了。

她只好请一位年轻雕塑家帮忙，让他把泥和好，摔匀，绑好固定支架，将小稿放大，按照她的要求做出粗坯来。基本成型以后，她辞去助手，自己来完成细节。

每天，春燕给她送饭，督促她吃药，强迫她休息。

过去她做雕塑，总是大刀阔斧，一气呵成，透着一股爽快劲儿。做这尊雕塑，就像蜗牛爬行，进展缓慢，而且身心疲惫。她时刻担心，作品没有做完，自己会倒在雕塑架前。

通过想象，她看到了这件作品的效果。她相信，这是自己一生中最好的作品。她希望作品留存在世界上，延续自己的生命。在她死后，继续向世人诉说着自己深沉的爱；她希望她能借助作品触摸到神性，让自己在火中涅槃，让灵魂在空中飞升……

雕塑终于完成了！

她准备了几瓶红酒，打算约三两好友到工作室里来看自己的新作。

在朋友们到来之前，无意间，她发现了败笔。

她从几个角度审视，都能看出问题来。越看越别扭，越看越生厌，她变得狂躁不安。

于是，她慌忙打电话，取消了聚会，态度有些生硬，未作任何解释，弄得别人莫名其妙。

三十一

补天（二）

1

她把自己关在屋里，继续独自面对作品，让思想慢慢爬行……

作为托举女娲的基石，三力士太写实了。六条腿之间，六只胳臂之间窟窿太多，太零乱。应该学习陕西霍去病墓石雕概括简练的语言，将三力士处理成一个团块，采用浮雕手法，对其四肢和肌肉只作暗示性的表现，无须镂空；还有，女娲的形象不够感人，有几分世俗之态。

改动太大了，她必须重做。

三力士因为夸张和概括，可以不参照模特儿；女娲要刻画得细腻具体而有神韵，非借助模特儿不可。

找谁当女娲的模特儿呢？她在记忆中搜寻。她想起以前在美院画过的那些女模特儿，她想起在浴池里见过的女人体。年轻的太单薄，年龄大的显臃肿……她的记忆定格在梁春燕身上：既修长又丰满，既浑圆又有骨点，该收的地方收，该鼓的地方鼓……更重要的是，她有超凡脱俗的气质，她的眼神里充满爱意——她有神性。

怎么跟她说呢？春燕是一个传统女性，一个良家妇女，怎么会脱光了给自己当模特儿呢？

她小心翼翼，用试探的口气跟春燕说了自己的请求，果然被她断然拒绝。不仅拒绝，她还真有点儿生气，好几天冷冰冰的，不想跟这个疯子说话。

双北找不到合适的模特儿，雕塑做不下去了，心情非常不好。她整天苦着脸，沉默寡言，烦躁不安，跟犯抑郁症似的。

梁春燕心软，她看不得北姐这副魂不守舍的样子，尤其在她有病的时候。

"唉！上辈子欠你的！没法儿。"

她答应给她当模特儿，每天做一个小时，千万千万要保密，不能叫外边人知道。

梁春燕脱光了衣服，按照要求摆好姿势。柔和的光线照在她冰清玉洁的身体上，勾勒出一个丰满舒展的形体，泛着一层柔和的光晕……她带给傅双北无尽的灵感和激情。

傅双北站在女娲泥塑前，斜睨着春燕，揪一团泥，捏捏抻抻，这儿堆一块，那儿贴一条，又粘又拍，又铲又刮，迅疾而敏捷，跟魔术师似的……也许是热了，也许是觉得碍事，她干脆摘了头巾，脱了小袄，甩开膀子干了起来。

春燕不经意间瞟了一眼她那稀疏的短发、半边空陷的乳房，和她那专注得有些凶狠的神情，禁不住鼻子一酸，差点儿涌出泪来。

马不停蹄，两个钟头过去了。

"北姐，该歇了。别累过头了。"

她没有停下来，不知是装没听见，还是真没听见。

"喂！聋姐，收工了！"

直到梁春燕坐起来，改变了姿势，她才放慢了速度，扔下泥巴，退到远处去审视作品。

断断续续，对着模特儿做了十来天，终于完成了，她瘫在沙发上望着屋顶发呆，半天没有动弹。

泥塑做完后，她找了几个人来帮她翻模。她要将它铸成蜡塑，在女娲托举的"石头"里边埋上棉线捻子，让它可以像蜡烛一样燃烧。

这尊塑像被命名为《补天》。

2

圣保罗双年展展馆广场上，矗立着一尊巨大的白色蜡雕，三力士托着女娲，举五色石以补苍天。力士虎背熊腰、肌肉暴突、目光如炬；女娲仙姿神韵、悲天悯人、长发飘逸。

日已西沉，黄昏将至，满天彩霞，将塑像照得通体透亮。

广场上聚满了人，很多人围在塑像周围，等待着那个时刻。

一支唱诗班吟唱着："天体倾塌，洪水淼淼；黎民涂炭，世风靡靡……"

声音由隐而显，由缓而疾，由低而高……

女娲手中的石头被点燃，火焰闪闪，火星四溅，蜡泪飙注而下，溅落在女娲美丽慈悲的脸庞上，披挂在她圣洁如玉的肌肤上……

"女娲采石，以补苍天。救世济民，恩泽万年……"

唱诗班的吟唱时隐时现，时弱时强，有时如细雨润物，有时如狂飙驰骋……

一位观者被感动了。他被融入那雕塑所展示的博大气场之中，融入到音乐所营造的悲悯氛围之中，他慢慢地脱了鞋，脱去衣服，走到塑像跟前，挺胸昂首，和三力士靠在一起，将自己变成了一个托举女娲的"力士"。

身边的人先是一惊，但很快，走出许多人来，脱光衣服，裸身上前，和力士站在一起，做出各种造型，合力托举女娲……于是，更多的观瞻者都情不自禁地跟上来，脱下衣服，裸身跪在地上，将自己和塑像铸为一体，让心灵和心灵相通，去感受那伟大的博爱。他们用不同的语言默念着：拯救世界，拯救人类，拯救我们的灵魂……

广场上跪着一大片裸身的人。晚霞的余晖在他们光洁的脊背上跳动，唱诗班的歌吟如狂澜滚过……

夜色降临，闪光灯在广场四周闪闪烁烁，有如夜空繁星。

后来，一位犹太富商将雕塑的原稿购去，按比例放大数倍，用蜡质材料复制了十尊。在耶路撒冷的圣殿广场上，每年赎罪日晚上点燃一尊。大型合唱队高唱《女娲之歌》，任蜡雕自燃，任烛泪披挂，感动了无数热爱和平，热爱人类，热爱世界的人……

三十二

文化战略

1

一天下午，美研所办公室秘书给董青平来电话，说市领导要找专家商谈"文化战略"，请他准备一下，周一上午9点钟到单位去参加座谈会。

文化战略，这是个久违的话题。改革开放以来，好像大家都忙着赚钱，把文化给忘了。国家的文化领导机构也把文化给忘了，似乎都没事儿干了，拿着工资失业了。从文化部长到文化局长到科长到馆长，除了开会传达文件、出国考察、吃吃喝喝，竟没一个有建树的，没一个抓住要害的，没有一个为国家的文化战略出谋划策的。

上世纪六七十年代，国家要求文艺为政治服务，为阶级斗争服务。我们说那是短视的庸俗化的文艺政策。在法治社会里，道德是法治的基石。道德是一个民族在漫长历史中积聚的基因。文艺应该在提升道德、提升国民素质、医治和培育人的灵魂方面发挥作用，那才是造福万世之大业。

无疑，艺术有其自身规律。在很大程度上，创作是艺术家个人的精神活动，是艺术家内心的真情流露。艺术家需要思想的自由，需要表达的自由，国家可以给你这些自由；但是，国家更需要艺术家有担当意识和精神高度。作为创造精神产品的艺术家，不读万卷书，不穷尽人类的优秀文化遗产，不爬到巨人的肩膀上去，整天喝酒搓麻侃大山，趋炎附势热衷名利，何谈担当，何谈思想和表达？

有些艺术家只活在自我的小天地里，一天到晚缠缠绵绵卿卿我我。但不能一代人都活在自我的小天地里。我们的国家要强大，我们的民族要复兴。人类社会面临许多难题、许多危机，需要深刻剖析和正确引导。我们需要心智健全的纯真青年，需要真理的探索者、引领者和捍卫者。

文艺负有不可推卸的责任。

中国的现代艺术，从一开始，国家有关文化部门就应该主动介入：组织研究，组织流通，奖励和收藏优秀作品。引导中国的现代艺术从传统艺术和本土文化出发，将触须伸入到当代国民的精神生活中去，吮吸养分，健康发展。但事实上，这些年国家文化领导机构先是看不惯、看不起、排斥现代艺术，躲着现代艺术，完全不作为。等到中国现代艺术嘬着西方商人的奶，长成一个不认祖宗的杂种，我们的官方传媒、文化机构、文化官员才无可奈何地让给它们一席之地，由着它们嬉笑怒骂撒泼撒野，天天瞅着它们心里发堵。

早干吗去了？早一点养一个自己的孩子不比什么都强？

董青平一想起这些糟心事儿就生气！正好借机会发泄一通！他心里堵得慌！

2

他简单写了个提纲，第二天起了个大早，转了两趟车，匆匆赶往单位。刚进门，办公室的秘书小周便来找他：

"董老师，急死我了，给您打了一上午电话，就是打不通！"

老董掏出手机看了一眼："哦，没电了，忘了充电。什么事？"

"座谈会改期了，市领导今天上午有外事活动。"

"怎么早不通知？"

"接到通知就给您去电话，打了一早上，怎么也打不通。真对不起。"

改期了？那就改呗，白跑了一趟。他顺便要到人事处去一趟，问问评职称的结果出来没有。

人事处处长是个女的，平日一副"政工脸"，除了对领导笑得灿烂，对单位职工向来冷冰冰的。今天却是例外，见了老董，居然主动站起来打了声招呼，赔出了难得的笑容：

"董老师，坐！"

"不坐了，我就问一声评职称的事。"

"哦……报上去了，还没批下来。"

"什么时候批下来？"

"不知道……最近领导出差了。"

"一天到晚东跑西颠……一群不下蛋的老母鸡！"

处长挤出点笑容，没有反对，也没有附和。董青平告辞了。

在楼道里碰上同事老齐，拉他进办公室坐了一会儿。当聊到职称评聘的时候，老齐说："嘻！早出来了，院里都批下来了，你还蒙在鼓里！"

"是吗？人事处那女人怎么告诉我没批下来？"

"人事处向来不办人事！那娘们儿除了抱刘书记的大腿，她连罗所长都敢阳奉阴违。你那职称的事我知道得门儿清：第一轮投票通过了，人事处长突然提出异议，说你材料不全。后来刘书记说：'这不行，不符合规定。'就把你拿下来了。第二轮投票，原先给你的票就流向了别人，你猜谁被通过了？"

"谁？"老董已经脸色铁青了。

"刘书记。"

"有这种事？"老董知道这位老兄和刘书记是死对头，不得不留个心眼儿。他将信将疑。

"好好好，当我没说，当我没说！我犯得着瞎编吗？"

"王八蛋！"老董"噌"地站了起来，"这是逼上梁山，老子非把他拉下马来不可！"

他就要冲出门去，让老齐给拦住了："不要冲动！不要冲动！吵是吵不出结果来的。不止你一个人有意见，大家正憋着劲要告他呢！"

"告他？前年那么多人告他经济问题，伤了他一根毫毛吗？"

"不是不报，时候未到。等着瞧吧！"

"他当他的书记，干吗要挤到专业队伍里来占一个名额？"

"咱们单位不是处级吗？正处跟正高的退休工资差一截哩，各种补贴也不一样——单位的事可以不谋，个人的事都远虑深谋呢！"

"可是，他有论文吗？他有专著吗？我是没往外拿，他想拿也没有啊！"

"你怎么知道人家没有？他叫秘书抱出来也是一摞一摞的——现在出几本书、发几篇论文还算个事？他跟美术出版社社长是哥们儿，他写什么那边给出什么；那社长就一个专科生，却成了咱们美研所的'特聘研究员'。现在都是抱团取暖，什么不作假？你不抱团你就一边凉快去！"

"不行，我得找他！我非揪住他问个明白！"

老董憋闷得慌，不干一架这口气出不来。他决意要去找刘书记理论。老齐再次拦住了他：

"你问什么？一切都合乎程序，几句话就把你撅回来……别自讨没趣了，走吧！咱俩喝一盅去！"

董青平觉得心里哽着一个硬块，无法化解。他辞别了老齐，想独自在街上走一走。

3

董青平路过一个花鸟市场。他看见店里摆着一个塑料桶，里边装着半桶肉虫虫——是那种两厘米长，白花花的喂鸟用的肉虫虫。

虫子们翻涌蠕动，顺着桶壁往上爬，它们互相挤，互相拱，互相蹬踩着往上攀爬，爬高了，却像一块墙皮无声地剥落下来，被埋到了最底下。

它们重又扭动身子，挣扎着从下面爬上来，接着拱，接着推，接着挤，继续往桶壁上攀爬……

它们可能已经折腾很久了，也许还要一直折腾下去，直到累死，或者被鸟儿吃掉……

老董站在旁边呆呆地望着，望了好一会儿。他想，那些小虫虫既盲目又固执。盲目加上固执，就很悲哀了。

他想到了自己，想到了刘书记，想到了活在这个世界上的千千万万人。

哦，芸芸众生，从早到晚，从春到秋，从生到死，争强好胜，追名逐利，尔虞我诈，挣很多钱，爬到很高的位置，最后还得回到原点，什么也留不下，甚至都顾不过来享受生命的过程……

人啊，如果你盲目，便千万不要固执；如果你执着，便千万不能盲目。

三十三

宋庄艺术节

1

傅双北在痛苦的人生旅途中，经常想起那个古老的哲学命题：我是谁？我从哪里来？要到哪里去？

所有文字的解读都难免牵强，难免偏颇；唯有造型艺术，尤其是模糊不清的造型艺术作品，留给人无限想象的空间，能给出最完美最深刻的答案。

傅双北想用雕塑回答这个问题，她想为人类塑造一尊肖像。

这是一个极具挑战性的课题。不过她不在乎，而且乐此不疲。她一次又一次地勾草图，做泥塑小稿。起初做成伏羲女娲，后来做成生活中的俊男靓女……都被她否了，都不是她想要的。

她要塑造一个大写的"人"！

她必须将人类的特性，人类的历史，人类的功过，人类的痛苦和欢乐，在这尊肖像上集中表现出来。

做了几十个小稿以后，她终于找到了适合这个题材的雕塑语言：避开关于性别、年龄、性格、职业等方方面面的具体描写，只塑造一个符号化的人，着力表现人性，表现人类的精神共性。

为了体现工业文明在人类生命历程中的决定性作用，她准备用机械零件焊装一个站立的巨人。

目标确定以后，首先要做的是收集钢铁废品。她租了一辆130卡车，雇了两个工人，每天到废品站，到一些转产或倒闭的工厂去收购废弃的机械零件。钢铁废品在她的院子里堆得像座小山。

然后，她租了一辆吊车，雇了两个焊工，按小稿放大，焊接一尊钢铁巨人。

傅双北穿着油腻腻的工装，戴着磨破了的手套，脸被晒得黧黑，爬上爬下指挥焊接，有时还亲自上手——她的身体完全康复了，甚至比以前还要结实。

钢铁巨人需分段焊接，他在一天天长高，一天天接近完成。

他背着双手，像在抬头看天，像在眺望远方，又像什么也没看；他四肢发达，重心不稳，姿态慵懒，趾高气扬，目空一切，面相贪婪，表情怪异，霸道而残忍……

标题就叫：《我是谁？我从哪里来？》。

我是谁？毫无疑问，我是"人"。我从混沌中站起，从动物中剥离，打打杀杀，呼风唤雨，变成了世界的主人。

我们创造了辉煌的人类文明，同时也将破坏力和暴力推向极致：滥挖滥采，滥伐森林，滥杀动物，导致物种大批灭绝，将地球糟蹋得满目疮痍，把我们自己的灵魂喂养得无比贪婪。

在贪婪的引诱下，我们互相残杀，正在一步步走向深渊……

这尊钢铁巨人被安装在宋庄文化广场上。

傅双北为这件作品耗费了三年时间，耗尽了自己的积蓄，还卖掉了城里的房子。

2

展览大厅里围着一堆人，人群上空袅袅地飘着一缕青烟，老远就能闻到油炸虫虫的香味儿。

桌上摆着一个透明塑料箱，箱盖上有个洞，洞口接了一根玻璃鹅颈曲管。管嘴悬在箱外。在管嘴下面置一口油锅，锅里的油被烧得滚烫。

这是董青平做的一件装置艺术作品。他的灵感来自花鸟店。他在塑料箱里装满了小肉虫，那些肉虫虫在盆里翻涌蠕动，互相挤，互相拱，互相蹬踩，沿着箱壁往上攀爬……终于找到鹅颈曲管的入口，它们纷纷挤进去，在管子里争先恐后，奋力爬行，一直爬到狭窄的管嘴。

这里变得拥堵，虫虫们需要扭动身躯，拱开别的虫子，才能从管嘴里挤出来。挤出来的"幸运儿"，全都掉进了滚沸的油里，几度沉浮之后，漂在上面，变得金黄金黄……

一个女孩守在旁边管理油锅，将炸焦了的小虫虫捞起来，用纸袋装好，整齐地排在长案上，供喂鸟人取用。

这件作品的标题叫《我们要到哪里去？》。

许多少男少女对这件作品格外感兴趣。他们喜欢那股好闻的香味儿，喜欢看那些小肉虫争先恐后，互相推搡的那股劲儿。

有人拈起一条炸黄了的虫子放进嘴里："真香！"

董青平站在不远的地方，盯着观众和作品看了一会儿。他回家找了块牌子，写了一篇说明挂在旁边：

　　　　这些小虫虫其实就是我们自己。

　　　　大自然赐给人类阳光、空气、草地、清亮的泉水，赐给人们美味的食物和闲适的心情。可是人啊，为了财富，偏偏要将土地变成冷冰冰的水泥楼房和柏油马路；人们宁可抛弃自然，拥到繁华肮脏的城市，呼吸龌龊的空气，吃污染了的食品，承受巨大的精神压力，直到把自己变成一个孱弱病夫……

　　　　你想过吗？我们要到哪里去？

　　　　在短短几十年里，科学家们将科学技术一步步推向高端，使它变成一头无所不能的疯狂怪兽……当人们享受科技带来的巨额财富和高效快捷时，伴随而来的是资源枯竭、道德堕落、环境污染、气候反常、灾害频发、怪病流行、智能机器人的威胁……

你想过吗？我们要到哪里去？

世界处在冷兵器时代和常规武器时代，战争带来的灾难尚能控制；即使爆发过两次世界大战，人类的创伤仍可自我修复；今天如果再爆发世界大战，如果爆发核战争，那结果就不一样了——人类和地球都将毁灭！

可是，军备竞赛仍在继续，争夺仍在继续，玩火仍在继续……

你想过吗？我们要到哪里去？

人类和小肉虫一样，都很盲目，很贪婪，都很执着，结局惊人地相似！

3

宋庄每两年要举办一次艺术节。

艺术节期间，几座美术馆里都有展览，艺术家的工作室都对外开放，许多雕塑作品在街上见缝插针；大街小巷彩旗招展，轿车鱼贯而入，行人摩肩接踵，十分热闹壮观。

这是画家村盛大的节日，是艺术家创作成果的集中展示，是进入流通，获得社会认可的机会。

傅双北的雕塑《我是谁？我从哪里来？》，和董青平的装置《我们要到哪里去？》，是这届艺术节上引人注目的作品，围观者很多。

面对那钢铁巨人，人们只是赞叹："好高啊！得有三层楼高！"男孩们喜欢往上攀爬，女孩们热衷于与巨人合影。弄得工作人员不得不用隔离绳把他圈起来，以免发生危险。

对董青平那件作品的兴趣，很多人只是在旁边打赌：猜测哪条虫子会最先掉进油锅。只是想带一包炸脆了的小肉虫回家喂鸟儿。

至于作品的内涵，全然没有人关注。

传统艺术是在普通百姓当中诞生的。她的语言通俗易懂，容易引起共鸣。譬如你画一个圣母或基督，观者会获得感动；你画一个乞丐，观者能心生怜悯。现代艺术则不然。现代艺术来自艺术家的主观臆想，即使他们走出了象牙之塔，放下身份走向大众，但是和观者之间存在语言障碍，往往得借助文字解读。

现代艺术被冷落是必然的。

现代艺术家挨饿，也是必然的。

现代艺术还有很长的路要走！

三十四

生生不息

1

宋庄真是大变样了：奇形怪状的大楼、离奇古怪的雕塑、特色餐馆、靓女名车、霓虹广告……整个儿一座暴富了的小城。

艺术家们火了一茬，又凉了一茬；新来一茬，又走了一茬，跟走马灯似的，在市场这只无形的巨手操控下，无声地运行着。

除了市场这只手，还有一只更大的手，那是政府的手。

地方政府会不失时机地推出一些"建设世界文化名镇，打造中国文化硅谷"之类的标语。报纸上经常登出"市里将重点扶持宋庄的文化产业，在政策上予以倾斜"之类的消息。弄得全国各地的艺术家心潮澎湃、心驰神往、抛妻舍业，纷纷跑到宋庄来跟村委会签合同，租地建工作室；更有商人嗅出商机，疏通关系，圈占土地，建了大片小产权楼房卖给艺术家；当地村民也纷纷将自家院落改建或扩建，或租或售，变成了艺术家工作室。

在这股"心往一处想，劲往一处使"的雄心勃勃的创业热潮中，所有人都争先恐后，托人找关系，只恨口袋里钱少，唯恐错失良机……

几年的工夫，宋庄便高楼林立，像充气玩偶似的站起来了……没有经过合法的土地审批，这块热土上发生了翻天覆地的变化。这么大的动静，居然没有一个政府官员站出来说话，没有一个表态制止的。

好像他们是一群狡狯的渔夫，不动声色地坐观那些投资者鱼贯而入，只等着收网。

终有一天，许多大楼上垂挂着巨大的条幅，上面赫然写着："坚决维护法律的尊严！""坚决拆除违法建筑！""购买小产权房不受法律保护！"

紧接着，就有大型铲车开过来真挖实拆。

连外国政要都知道中国有个宋庄，难道镇政府的官员看不见？区里的官员看不见？北京市的官员就算你没看见，难道你听不见？

宋庄这地方根本就没有审批过地产开发，除了当地农民，大家住的全是小产权房。

很多艺术家便惴惴不安，似乎大难当头，像一窝小雀儿望着一只黑猫无声地逼近。他们心神不宁，到处打探风声……

于是，久经历练的同行会告诉你：

"没事儿，做做样子，应付上面检查。"

"都拆了好几栋了——那可是真拆啊！"

"隔几年折腾一次，每次总有一两个倒霉蛋儿。"

"始作俑者是政府，合同上都盖着各级政府的大印，怎么没见一个当官的被'倒霉'？"

"你是真不懂还是装不懂？"

噫！宋庄就是这么一个乍阴乍晴，诡诞不经的地方，充满神秘冒险色彩。即便如此，各地艺术家还是趋之若鹜，纷至沓来。

2

闻达做前卫艺术十几年了，做得很苦。初创阶段为了追逐梦想，为了向成功冲刺，他充满激情，不惧劳苦。成功之后，蜚声中外，财源滚滚，确也让他朝气蓬勃了好些年。各种当代艺术展览都有他的作品挂在显要的位置；各种关于当代艺术的研讨会都有他到场，都有他发言……

高潮过去了，风头出够了，经济上没有压力了，激情已然退去。再往后，他觉得很乏味。每天都在重复自己，反复画那些老照片，抹得光光的、虚虚的，无需色彩，不见笔触……让他厌烦透了。

在艺术的商业化进程中，艺术家名录就像一份菜单。每位成功了的艺术家只是其中的一道菜。小鸡炖蘑菇就是小鸡炖蘑菇，你不能做成麻辣的，也不能做成糖醋的。你的风格、手法、形象符号都是固定了的。如果你经常进行探索和改变，收藏家会觉得你的风格不稳定，收藏你的作品有风险，他会离开你，把目光投向别人。

现在，闻达就是这样，被捆住了手脚。他所要做的，是不断重复原来的题材和形象符号，在展览馆和媒体上频频亮相，不让人们忘记自己，不让新冒出来的人把自己挤出去；事实上，闻达已经没有勇气进行新的探索了。

市场选择让艺术创作失去生机，让艺术家丧失了创造的勇气和才情；市场选择让艺术家和艺术家相互拉开距离，却让每个艺术家不断重复自己。

3

哑巴一直在一栋烂尾楼里住着，太阳还没升起来他就开始画画儿，画一天，直到太阳偏西，他才收拾画具，出门去收废品。

他跟谁也不往来，兀自画画，靠卖废品谋生，温饱之余，还能剩些钱添置画具和画材。

他头发胡子老长，无心打理，生活没有规律，明显营养不良，变得苍白消瘦了。不到四十岁，已经秃顶，抽最便宜的劣质烟，患有呼吸道疾病，经常埋在烟雾中"咳咳咳咳"咳个不停……

他画了不少画，挂在砖墙上，杵在水泥地上。厅里、楼道、各房间都摆满了，像开展览会。哑巴经常自我欣赏：一边放音乐一边看画，一边自言自语，凑上去改两笔；又叫又唱又跳，一副得意忘形的样子。

一天，傅双北路过那地方，听见楼里传来花腔女高音，又看见哑巴在烂尾楼的窗前晃了两晃。便循声寻了过去，爬上二楼，她把哑巴吓了一跳。

哑巴正在手舞足蹈，乱唱乱叫，忽然回过头来看见傅双北——那不知所措的样子，那复杂的心情，那怪怪的表情，真是无法描述；他满脸惶恐，满心惊喜，喜出望外，赶紧把音响关了，慌里慌张地把衣扣扣好，拉上裤裆的拉链，用衣袖把凳子扫净，端过来请双北姐坐。然后站在一旁，垂手敛目，一个劲地傻笑。

傅双北扫视了一眼室内，乱得跟狗窝似的：墙边架着一块门板，上面堆着被褥，旁边有一只跛脚沙发；屋中间生着炉子，地上摆满锅碗瓢盆、萝卜白菜；窗边立着画架，画架旁边放着画箱和一个铁皮罐头桶，桶里装满了烟蒂。她看了一眼摆在画箱里的半盒香烟，端详着，抽出一支叼在嘴里，哑巴慌忙打着火，帮她点着。

双北抽了半口，辣得直皱眉头。她把烟掐了，开始注意哑巴画的画。她被吸引了，一张一张地往下看。

哑巴慌忙把几幅不能示人的画扣起来。他特紧张，不知道该做点什么，不知道双北姐会怎样评说他的画儿……

哑巴的画可能没有章法，但你能看出他内心的狂躁，有一种不受羁绊的原始野性，是生命的呐喊，是欲望的宣泄，是激情的喷涌；他画他的梦境，画他的欲念，他的焦灼，他的生殖器，他的撕裂的宇宙……

他的画不是画出来的，是从生命体中喷涌出来的。

傅双北看得很投入，很认真。哑巴跟犯错误似的，跟在她身后，嗓子眼里哼唧着，焦急地等待她的宣判。

傅双北回过头来，严肃地盯着他，慎重地伸出大拇指，点了点头。

哑巴先是一愣，随后，两行热泪"唰"地流了下来。他咧着嘴，蹲到一旁大哭起来。

傅双北叫董青平来看过一次。董青平说:"哑巴是宋庄真正的艺术家!"

双北说:"你不帮帮他?"

老董说:"咱们的能量有限,我可以去找一个能帮他的人来。"

不久,他们开车把一位老先生从城里接来,请老先生到宋庄的烂尾楼里看哑巴的画。老先生看了以后,正要向哑巴伸大拇指的时候,不料哑巴神色大变,"嗷嗷"大叫起来。

人们不知他怎么了,只见他从枕头下抽出一本残破的速写本,翻开前面几页给老先生看。

那里边有放羊娃哑巴,有哑巴放羊的那个山坡,几棵小树,还有他的羊……

老先生这才想起来,这是二十六年前他在河北满城写生时,送给一个小哑巴的速写本。

吃饭的时候,他向董青平和傅双北讲述了那段动人的故事。

老先生回去以后,帮哑巴联系了一笔学术基金,还帮他在中央美院美术馆办了一次展览。

董青平写了篇文章,帮他在《美术》杂志上发了一期作品。人们开始拿哑巴当艺术家了,开始关注并在网上传播他的作品了。

陆续有人来买哑巴的画。

哑巴有钱了,面色红润了,穿得整齐了,不再抽劣质烟了。

他租了一处农家院,装修了一间画室,把跛脚老婆和六岁的儿子接来,他成了真正的宋庄人。

4

王娅楠和麦克在美国生活了几年,年初回到宋庄。麦克没怎么变,还那么高高瘦瘦的,像受难的耶稣;王娅楠明显发福了。

王娅楠突发奇想，迷上了在哈哈镜中拍摄变形人体。

麦克用不锈钢板做了几面互不雷同的哈哈镜，摆在工作室里。布好灯光，架好相机，每天，王娅楠向麦克交代完构思，她自己便裸身入镜，麦克用镜头对准哈哈镜，不停地捕捉那些充满意味和情思的变形画面。

这会儿，模特儿的表情、高矮胖瘦与拍摄出来的画面已经没有关系了。镜头只摄取在哈哈镜中飘移的那些局部、碎片和线条。有时，它们看起来像一座山峦、一块坡地或一缕游云。有时，它们如地平线那样单纯，如旷野那样坦荡，或者如苍茫大地那般有着明暗阴晴的变化；即使拍摄全身，也不是表现完整的人体，而衍变为一幅幅激情飞扬的抽象画面……总之，人体已经不是表现对象，已经变成了构成画面的艺术元素，成为表现自然精神和内心情感的一个载体。

他们的人体摄影艺术，在纽约、费城、波士顿等地辗转展出，当地报纸和电视作了报道，引起各界瞩目，为他们赢得了声誉。

5

每天都有人怀着艺术梦想踏上这片热土，每天都有落魄者从这里凄然离去。

先期来宋庄的那茬人，该冒出来的早就冒出来了，没冒出来的再也没有机会了；老一辈不论是有产的还是无产的，大多没有活力了，即使偶有表现，也是回光返照。他们花很多时间聚在一起喝酒聊天，东拉西扯，回味那些心酸的或令人留恋的往事，很少再有雄心勃勃的计划。

新来的年轻人，有许多刚刚毕业的学生，瞪着一双稚气未脱却事事挑剔的眼睛，心不在焉地走在街上；无论男女，都穿得很潮，发型尤其酷，极富个性。

他们鄙视"功力"，鄙视陈规旧习，认为艺术是玩出来的，认为一切都有可能。他们不像上辈人成天在画布上下功夫，或一天到晚把自己灌得醉醺醺的，用僵硬的舌头坚守一些僵化的原则；他们是些绝顶聪明的孩子，依托互联网这个平台，出手不凡，格局很大，把艺术市场做得风生水起；但是也有不少人，成天把自己交给电脑或手机，最宝贵的时间用来玩游戏或泡在娱乐节目里，一天到晚跟着主持人傻乐。他们很少读书，很少探讨问题，很少语言交流，没有太多面部表情……他们在想什么呢？他们会做出怎样的艺术来呢？

只有未来的宋庄知道。

三十五

隔壁有家疯人院

1

一夜之间，网络像一阵超强台风，铺天盖地，刮遍世界各地；网络改变了世界，改变了这个时代，改变了人们的思想和行为方式。

如今，人们不再扎堆聊天。大多时候，都坐在家里安静地看手机，玩电脑；在医院候诊室、公交车站或地铁车厢里，你会看见所有人都低着头，拿着一部手机，脸被荧屏照得惨白，神情专注，像被摄去了魂魄的梦游者，活在那个小小的盒子里，从那小盒子的窗口进入一个无限广阔的天地里。

每天都有微信从朋友圈里传来：时政要闻、内幕爆料、名人逸事、精彩视频、妙语美文、健身养生、生活常识、幽默搞笑……

无论男女，不分老小，忽然都被网络吸引，喜欢上了网聊，热衷于用微信传递信息，发表议论。许多人不知不觉上瘾了，跟抽烟似的，时刻惦记着那点事儿，清早起来就想打开手机看上一眼；有时舍不得放下，不知不觉就忘了做饭，忘了睡觉，忘记了画画儿，耽误了正事。

过去，人们耳闻的许多丑恶的事情，人们对生活的许多不如意、不满意，人们对国家命运的担心和焦虑，都隔着距离，或者说被捂得严实，只是偶然透出丝丝气息，叫你觉得不很真切，大家也就不往心里去；如今忽然被网络用文字和画面给放大了，确定了，一股脑儿涌到眼前来，真有点儿让人闻所未闻，出乎意料甚至超出想象。让人神经紧张得透不过气来！

最叫人震惊的是官员贪腐。许多硕鼠蛀虫居然爬到了中央高层，手握重权，掌控着国家命运，置党纪国法于不顾，形成吏治腐败，行贿受贿，买官卖官，权钱交易，无所不为；还有，环境污染也令人触目惊心：乱砍滥伐，垃圾遍地，水质、土地、空气严重污染，怪病流行，灾难频发，危及国民的健康和生命；此外，道德沦丧，信仰缺失：学校完全背离教育宗旨、社会良心，蹈入价值真空而沦为赚钱机器……无不令人深深忧虑。

国际上，美日澳印狼狈为奸，大军压境，想围堵中国，搞乱中国，搞垮中国……

内忧外患，中国处在生死存亡的关键时刻。

没有想到，在这片风平浪静的水面下，会有如此汹涌的暗流！没有想到，在这个油盐酱醋、忙碌求生、卿卿我我的俗世背后，会有如此明火执仗的打劫和卑劣扭曲的人性！

在这种氛围中，董青平已经无法安心做学问了。他觉得，在国家兴衰存亡的关头，在社会上乱象丛生、危机四伏的当下，再躲在象牙塔里搞什么美术批评，已经不合时宜，毫无意义了。

过去他喜欢跟朋友们在一起喝酒聊天，喜欢爽朗地大笑，喜欢在高谈阔论中打发时光。现在，他对那些无聊的话题没有兴趣了。

面对汹汹涌来的各种资讯，董青平无端地焦虑，对身边的很多人和事，对那污浊阴冷的社会风气，他时刻怀有批评的冲动。

他抱着手机不断发声。

宋庄的画家们，依旧慢不经心地过日子，依旧小酒喝着、大山侃着；依旧义愤填膺地谈国事，蝇营狗苟找乐事。

有一次，老董实在忍不住了，对着餐桌上的一群人大声喊道："这样下去不行啊！"

可是，他们不仅没有响应，反而用怪怪的眼神看着他，好像他们不认识他，好像他是外星来客。

此后，他尽量躲着他们，多数时间待在家里，很少外出。即便出门，也是拉低帽檐，贴着墙壁直奔目标，速去速回，很少和人打交道。

他在自家房上挂了一面鲜艳的五星红旗。无论寒暑，每天清晨，他要做的第一件事，是在院子里脱光了膀子用凉水浇身。不知是被激情驱使，还是为了抵御寒冷，他一边搓身一边哆哆嗦嗦地高唱："五星红旗，我为你自豪。为你欢呼，我为你祈祷。你的名字，比我的生命更重要……"

晚上，他总做噩梦，天天做着同一个梦：梦见许多人挤在一列高速行驶的列车里昏昏欲睡，列车正在急速往坡下冲去，随时有脱轨翻车，掉进深渊的可能，随时有车毁人亡的危险……他急得团团转，到处寻找，一心想要找到那个制动闸，一心想着要拯救那辆失控的列车，救下那些濒临死亡却浑然不觉的人们。

他常常在梦中高喊："刹车！刹车！刹车！"惊出一身冷汗。

白天，他也有幻觉，弄得自己无端地紧张，神色仓皇——遍地是陷阱，遍地是骗子，遍地是索命劫财的小人，躲不胜躲，防不胜防！

他害怕电话铃响，拿起电话来不敢说话，不知道对方是什么人，不知道他要对自己做什么，时刻担心银行那点儿存款会不翼而飞；面对饭菜他不敢下筷子，担心地沟油、毒大米，担心食品被那些谋财害命的商家做了手脚；坐在汽车上，他担心对面的车会撞向自己；上公共厕所，他担心有人从背后给他一刀，撒尿时总是侧着身子，用眼睛的余光注视着走过身后的人……

他坐卧不安，像一只身处闹市的猫，缩成一团，瞪着惊恐的眼……

他变得清癯消瘦，头发胡子老长……

2

从美研所到公交汽车站，得从什刹海穿过。

有天上午，老董沿湖边的汉白玉雕栏，踏着斑驳的日影，欣赏着倒影摇曳、野鸭浮沉的水面……

松树下，许多老头在地上下棋，一堆一堆的。围观者众，或坐或蹲或站，通常都很安静；但也有例外：当有人一时疏忽硬要悔棋时，便起争执，便提高了嗓门儿竟至面红耳赤。

董青平不着急赶车，停下来看了一会儿。

快到中午了，老头们仍旧杀得难解难分。下棋的全神贯注，看棋的着急上火……两军对峙，连远处松鹤楼饭庄飘来的阵阵香味儿都不能诱其回家。

忽然来了几辆摩托车，从车上下来十几个警察，一边吆喝一边驱赶群众离开这儿。

"同志们，请大家离开这里。"

"请同志们离开这里，今天下午这里清场。"

"大爷，请您到别处去下棋，我们要清空公园。"

"为什么？"

"我们在执行任务，您配合一下。"

"不就是有大人物要去吃饭吗？每次他们到松鹤楼吃饭，就戒严，就派警察来撵我们，凭啥？"

"我们奉命行事，请同志们配合一下！"

"他吃他的饭，我下我的棋，离那么远，谁也碍不着谁，凭啥撵我走？"

老头们软硬不吃，死活不买账。

这时，有位警察端着对讲机在说些什么。

除了少数胆小的人悄悄离去，那些倔老头照样下他们的棋，不予理睬。

"还自称是人民的儿子呢？我看人民都成他们的孙子了！"

"拿你当孙子还好呢！关键是他不拿你当孙子！嫌你碍眼，怕你杀他，你还不如一条癞皮狗！"

一位老者对董青平说："我在这里住了一辈子，还没见哪个领导来了要戒严的。早先少奇同志、陈毅元帅在公园里碰上我们还停下来拉拉家常。现在倒好，来个领导先要把老百姓赶走，要把公园清空，这叫什么事儿啊！"

"从亲近人民到害怕人民，从吃一个锅里的小米饭，到他们花公款吃松鹤楼，还要把老百姓撵走，这是质的变化，说明他们真的变质了！"董青平愤愤地说。

随后，他加重语气，喊了一声："这样下去不行啊！"

一个警察瞪了他一眼，他立刻回嘴："瞪我干吗？我说得不对吗？"

警察同志没搭理他。这时，远处传来"呜哇呜哇"的警笛声，很快，两辆警车到了跟前。

老头们听到警笛声，立刻知趣地兜了棋子，夹着小板凳离开了。

当董青平和那个说"癞皮狗"的老头正要离开时，被警察叫住了："你留一下，你也留一下！"

"我这不正要走吗？我拥护警察同志清场啊，我没说什么啊！"老头带着哭腔分辩道。

说什么也没用。他俩被"请"上了警车："到分局去说吧！"

"分局就分局，有理走遍天下！我怕什么？"董青平心想。

他头一回被装进这种带铁栏杆的警车里，忽然觉得自己缩小了，忽然变得心慌意乱，胸口发紧。他那据理力争的想法顷刻崩溃了。

"柳巴还等我吃饭呢！"他有些懊丧。

下车的时候，老董找负责人据理交涉："我是国家干部，我有权利提意见！你们凭什么抓我？"

负责人没有搭理他。

警察让他们掏出身上所有物品，包括手机，对他俩进行了详细讯问，做了笔录，进行了训诫。那老头一个劲地点头，表示深刻检讨，以后绝不再犯；董青平仍旧不服，仍旧据理力争："我是共产党员，我有权利对党的干部提意见！这是党章赋予的权利！"

傍黑，居委会来人把老头领走了。董青平没人来领，他被扔进了拘留所里，和一帮刑事犯关押在一起。发给他的两个带霉味的窝窝头被同室犯人抢走了。他们用睥睨的眼光看他，用下流脏话调侃他。看看从他身上榨不出什么油水来，他们四仰八叉把睡觉的地方全占了，弄得他在尿桶旁边蹲了一宿，被蚊子和臭虫咬得全身是包。

整宿亮着灯光，不断有人过来撒尿。老董眼睁睁瞅着他们老远就掏出家伙，就"雷雨交加"，溅出许多黄澄澄的水珠儿……

第二天上午，美研所人事处处长来拘留所领董青平回去，他执意不走，坚持要公安局给一个说法。

给什么说法？没挨揍就算便宜你了！

返还物品时手机被扣留了，警察叫他回派出所去领。临出门董青平撂下一句话："这事儿没完！我要告你们！"

警察同志已怒目而视，你千万别火上浇油！

在现实生活中，没人关注细节，没人关注缘由，没人关心你有理和无理，你被警察带走了，你进过拘留所，就是无理。在别人眼里，那就是污点——人事处处长在拘留所里代表单位作了检讨和保证，才把董青平领走。

董青平像遭了瘟，缩成一团，他的心情坏极了。他想给柳巴打个电话，手机在警察手里。

他懵懵懂懂地问自己：你是谁？你该扮演什么角色？别搞错了啊！

3

回到家里，早过了中午。

他已饿得前胸贴后背了。一进院子闻到一股炖肉的香味儿，"还好，柳巴给留饭了。"他馋得直咽口水。

推开门，厅里没人，画室里没人，厨房里也没人。他一边叫柳巴，一边敲她的房门，猛然看见白明抱着衣服，赤条条地夺门而出，朝大门外奔去。

老董一下热血奔涌，没顾得多想，捡起一块砖头追到门口，照着白明的背影扔去。因为用力过猛，差点儿让自己摔倒。眼看追不上了，他跑回厨房操了把菜刀，转身去找柳巴，柳巴已经踪影全无。

"王八蛋！老子剁了你！"

董青平握着刀，跑出大门，在胡同里走来走去，边走边喊。

"王八蛋！老子剁了你！"

他满脸涕泪，手被什么磕破了，滴着血，光着一只脚。

街上的大门全都关着。这会儿好几扇门被开了一条缝儿，许多眼睛从门缝里往外窥望。

董青平走到街上，忽又折回来。他找到吴子强家，拍了拍大门，使劲推门，发现从里边插上了。

"臭婊子！出来！你出来！"

他使劲推门，拍打着门，用刀砍门。他断定柳巴藏在里边。

"臭婊子你出来！老子不活了！今天谁也甭想活！"

吴子强从屋里出来，夺下他手里的刀，把他扶进画室。

董青平脸上和胳膊上多处擦破流血，满脸涕泪，哭得十分伤心。

柳巴躲在厕所里，蜷成一团，嘴唇煞白，浑身哆嗦……

4

第二天，董青平平静下来，安静地躺在自己家里。

柳巴已经搬走了。

吴子强坐在床边，一边剥橙子一边劝慰他：

"青平大哥，她和你不合适，你俩不在一个层次上，你必须面对现实。"

老董抽了一口烟，流下两行热泪："其实，我也知道不合适，我就是想保护她。那家伙如果是一个正经男人，哪怕是个老实本分的人……也好啊！"

他一边说着，一边哽咽起来。

"青平大哥，你一定要走出来，忘掉她！否则会伤害你，会毁了你！"

两人正说着话，忽然听到汽车马达声，敲门声。

吴子强开开门，路边停着一辆急救车。警察领着一个穿白大褂的男人站在门口。

"您是董青平先生吗？"

"我不是。他在屋里躺着。"

"我们是精神病治疗中心的大夫，派出所通知我们接董先生去医院检查一下。"一个穿白大褂的男人说。

说完，白大褂朝车上做了个手势，跳下来四五个穿着白大褂的彪形大汉，手里拎着一副担架。

"嘿嘿！他没病！他只是一时冲动，没那么严重！"

"只是接他去检查一下，没病不更好吗？"白大褂挡住了吴子强的视线。

那帮人冲进屋里，只听老董喊了两声，再也没有动静了。不一会儿，他们抬着担架从里边出来，老董安静地躺在上面。

"你们是哪家医院？你们要把他拉到哪里去？"吴子强扶着车门问。

车门"砰"的一声关上，急救车一溜烟开走了。

吴子强赶紧跑到派出所去打听。

他和派出所所长认识，直奔所长办公室，推开门，所长正在打电话："刚办妥，搁疯人院了，嘿嘿，您放心吧……"所长慌忙捂上电话筒，生硬地示意吴子强关门。

吴子强退了出来，关上门，听到门里还在说关于手机的问题……

等屋里没了动静，吴子强才敲门进去，向所长说了来意。

所长说："我刚进门，不知道这个事儿。"他给吴子强扔过来一支烟，"不就检查一下吗？有病治病，没病就回家了，回去等着吧。"

三十六

沙漠里的两条河

1

傅双北每两个月要到医院去复查一次。最近，大夫总要告诉她一些好消息。她的身体康复得不错，大部分指标均已接近正常。

她有一种重获新生的喜悦。但是，那喜悦稍纵即逝，她始终没有从大病的阴影中走出来。虽然她能吃能睡，比病前还要结实，但一直延续着病恹恹的情绪：倍感寂寞，异常孤独，一天到晚闷闷不乐。

她拨通了梁春燕的电话，想和她聊聊天。春燕听到双北的声音，异常高兴，她说她天天想她，天天想过去看她。

双北今天情绪不错。她告诉春燕，大夫说她康复得不错，多项指标已经正常。她一直肠胃不好，最近吃了几服中药，每天大便一次，胃里舒服多了，皮肤也不那么干涩了；她的头发比先前好多了，长得黑乎乎的。她打开视频，叫春燕看她的头发，看她的指甲，看她术后的伤口……

春燕一再鼓励她，说手术做得不错，恢复得特别好，并且千叮咛万嘱咐："不要大意呵，要定期去医院复查！"

聊了半天，双北才想起询问春燕的近况："最近怎样？吴子强还那样吗？乐乐和伯母都好吧？"

聊完各自的近况，她们聊宋庄的那些人，那些事儿。当聊到董青平时，春燕说青平大哥是难得的好人，青平大哥对你一往情深，你不应该拒绝他……聊着聊着，她没留神，牵出了双北的伤心事儿——双北一直沉默无语，这会儿忍不住轻轻啜泣起来，扑簌扑簌直掉眼泪。

傅双北一直强忍着的悲痛终于像洪水决堤，一泻千里。她抱着头"哇哇"大哭起来，哭得都忘形了。

她一边哭一边喊一边拍打着桌子："我怎么这么傻！为什么要做那手术呀？还不如去死呢！还不如死了算了呢！"

春燕被吓坏了，她对着电话"喂！喂！喂！"直喊，那边传过来的只有歇斯底里的号啕大哭……

哭够了之后，双北觉得心里好受些了，便安静下来，洗了把脸，和春燕接着聊天。

春燕理解双北的悲哀，她极力想帮她熨平心上的伤疤："你应该找到青平大哥，看得出来，他心里有你——他看你的眼神跟看别人不一样。"

"这个时候去找他，不显得自己'走投无路'了吗？"

春燕笑了："别太要强了，北姐。再强的女人，也需要依偎在男人肩膀上……"

唉！双北让春燕说得又有些鼻子酸酸的。她每天都很寂寞，每天都想念那个"可供依傍的肩膀"。尤其在病后，寂寞和悲哀快把她淹没了！

她每天想他，却不知道他在哪里。

她像栖身在深海里的一条鱼，像夜空中孤独地飞向远方的一只鸟儿……

她如鸟儿一般左右顾盼，恓惶地鸣叫。

傅双北和董青平之间的感情，有如沙漠里的两条河，暗下里已经融为一体。也许他们自己不曾意识到，两个人的心已经拴结在一起，牢不可分了。他们互为人生旅途中的依傍，互为风暴中的港湾，互为力量的源泉，互为冬天的太阳！

感情是一种奇妙的东西：再强的人，再有力量的人，哪怕他既富且贵，手握重权，天天呼风唤雨，夜夜灯红酒绿。倘若没有爱，心里空空荡荡，他的日子肯定不好过。他会脆弱得不堪一击；如果他有爱，对爱人、亲人或朋友，有一份深深的挚爱和眷恋，他将勇气倍增，从中获得快乐和力量，敢于面对危难和挑战；即使被爱者是一个孱弱的病体，对他毫无益处，只是徒增负担。但只要有这份牵挂，便是他在苦海里跋涉的动力，熬过长夜的灯塔。

爱，是给予，同时也是留给自己的一份财富。

2

傅双北做了个梦，在梦里见到了董青平。

董青平穿着一身病号服，站在公交车上，满脸是血，可怜兮兮地望了她一眼。她搞不清那目光的含义，是求助，是哀怨，还是绝望？

车里人多，她一边喊一边朝他挤去。可是，她喊不出声来，总也够不着他。公交车到站，门开了，老董下车了。

他随着人流走上大街，消失在人海中，只留下一个若隐若现的小红点……

傅双北一梦醒来，满眼泪水，心儿怦怦乱跳。

傅双北找遍了北京的精神病院，又开车到山西平遥，找到了董青平的老家。

她决心找遍所有老董可能栖身的地方，决心要找到他。

其实，董青平就在宋庄那家疯人院里。

最初，他被关进了重症病房，因为叫喊和拒绝打针挨过电击，被捆绑在床上，门上一把锁，窗上安装了铁栏杆，上厕所有一个彪形大汉盯着，寸步不离——他被当作"重症病人"监护起来了。

头，昏昏沉沉，灌满了愤怒和痛苦。

世事茫茫，柳巴随风而去，愤怒和思念随风而去。所有的记忆都被漂白，变成碎片，随风而去……

董青平整夜睁着眼睛，没有一点儿睡意。

蓝天深邃，浮着一轮皎洁的明月。一只壁虎每天晚上爬到窗玻璃上来，趴在那儿一动不动。好半天才往前蹿一下，舌头如闪电一般……当老董的注意力聚焦在这只壁虎身上时，它便霍然蹿到跟前，张开血盆大口，伸出一只湿漉漉腻乎乎的舌头来，把董青平吓得大叫！

无尽无休的混浊的水，在他的思绪中汩汩流淌，将他的头脑洗成一片空白，剩下的只有冷漠、孤独、疑神疑鬼，和对万事万物的深深恐惧……

3

董青平被搁在疯人院里快半年了，老是昏睡不醒，白天和晚上分不清，梦和现实搅在一起。太阳如月亮一般洒下银色光晕。

他不断做梦，一个梦连着一个梦。

有一天，他做了一个快乐的梦：

不知道和谁躺在床上，好像是傅双北，也许不是，他不敢确定。

墙上挂着一幅风景画，在床头上方。

他白天看过这幅画：高高的山头上云雾缭绕，山脚下牧放着羊群。

他正在床上折腾，自觉体力不支，满眼是欲望和焦虑……忽然听到轰隆隆的巨响，床在摇晃，墙在倾斜，墙上的画也在倾斜——原来，画里火山爆发了！

红彤彤的岩浆从那山头喷射出来，顺着山坡奔流而下，填平沟壑，淹没羊群，飙出了画框，滴淌到床上！

两人大惊，跳下床来光着身子逃跑了……

4

董青平坐起来，不敢再睡了。他害怕做梦，害怕一个接一个的噩梦。

可是实在太困，实在支撑不住，他坐在床上点了支烟，刚抽两口，又睡着了，又做了一个梦：

一座高耸的门楼上，镌刻着"现代艺术博物馆"几个大字。

工作人员来来往往，川流不息。

广场上停着几辆厢式货车，从各地运来许多现代艺术品，正在卸货安装。

傅双北那尊《我是谁？我从哪里来？》的钢铁巨人被安置在广场中央。他体量巨大，冲云破雾，昂首天外。

展厅里，董青平那件《我们要到哪里去？》的装置作品也已安装完毕，正在点火测试，淡蓝色的油烟随风飘散。

许多小肉虫在塑料箱里蠕动翻涌，从玻璃管口挤出来，掉进油锅里，被炸得金黄金黄。金黄色的小虫虫漂到边上，从油锅里爬出来，掉落地上，满地乱爬。

虫虫越来越多，都长着钢牙铁齿。它们咬家具，咬门窗，咬砖石……逮什么咬什么，将那铁锅也咬破了，沸油泼了一地。

人们用扫帚，用铁锹扑打它们，用水龙头冲刷它们，均无济于事。无论你使用什么狠招，哪怕用火焰喷射器扑杀，它们也能生还。

它们就像八卦炉里炼出来的孙大圣，不断变异，浑身本事，天下无敌。

它们繁殖极快。很短的时间里，那些小虫虫便铺天盖地，急速蠕动。

它们围住那尊钢铁巨人，迅速爬上去，敷满那巨人。只闻震耳的咀嚼声，只见火星闪烁，尘埃飞扬……

　　顷刻之间，钢铁巨人轰然倒下。紧接着化为灰烬，夷为平地，不留一点儿痕迹……

　　那个大写的"人"，从地球上消失了。

　　当董青平和傅双北被那些虫子追得落荒而逃，眼看要被追上时，忽然他醒了……那支烟还夹在手指间，烟灰成了一道弯儿。

三十七

暮秋时节

1

吴子强的名字在市场上狂奔了两年，第三年开始式微，到第四个年头，已经疲软了。有人在网上揭露他找人代笔，批评他的作品粗制滥造，他那些打哈欠的小人儿已经无人问津，卖不动了。

洪老板那边早有终止合同的意思，借口质量下降停止了收画，停止了供款。

吴子强并没有灰心。他不怕失败，败得再惨，他也能站起来——他是从尘埃中爬出来的，只要调整好方向，他相信自己还能东山再起，找到新的突破口。

吴子强冷静下来，想起了自己的艺术梦。

"也好！"他想，"离开市场，可以不受羁绊，自由自在地画画儿了。"

他想静下心来作一些艺术探索，他想好好画一些能让自己感动的画——他相信自己拥有艺术才华。

他请了一个模特儿，决定从写生入手，在写生中恢复眼睛的敏锐度，恢复手眼配合的能力。

连着画了好几幅，都很糟糕。

连着画了几个月，越画越糟，始终找不到感觉，走不出困境。他只好停笔，内心惶恐极了。

难道我不会画画了？难道，我身上的艺术细胞死光了？难道艺术之神弃我而去？

常说"拳不离手，曲不离口"，那是指艺人要苦练技艺；但对真正的艺术家来说，这还远远不够。艺术家首先要养护好自己的灵魂，让灵魂纯净；艺术家还要养护好自己的眼睛，让眼睛对审美，对形、色保持敏锐鲜活的感觉，不要让低俗的东西脏污了它。

天才身上的艺术感觉，是一个十分敏锐和脆弱的东西。如同精密仪器，伤残或磨损一点点，他便永远告别了天才。

吴子强画不出画来了。准确地说，他画不出好画来了。

2

吴子强干脆不画了，他和李小冉联手，生产和销售高仿艺术品。吴子强负责生产，李小冉负责销售。

李小冉靠倒卖红木家具积累了资金，现在转向了网购和物流。

吴子强的高仿艺术品生产基地，厂房连成一片，规模庞大，环境整洁，运用高科技手段，每年生产几十万件国宝级仿真艺术品，通过李小冉的网络向国内外客户输送。

他们的产品定价不高，顾客花几百到几千元，就能买到一件和原作一模一样的艺术精品，看腻了可以扔掉，可以更换。有时不花钱从垃圾堆里也能捡到"世界名画"。

每个家庭，每间办公室，每个公共场所，包括餐厅和厕所，都在墙上挂着齐白石、吴昌硕、八大山人、毕加索、凡·高、莫奈、拉斐尔、伦勃朗的绘画仿真作品；庭院里、林阴道上、街心公园，到处摆着米开朗琪罗、罗丹、布德尔、马约尔、亨利·摩尔的雕塑仿真作品；书柜里、案头上，到处都有故宫、卢浮宫、冬宫的国宝级工艺品的仿真品……

不知不觉，人们得了视觉疲劳症。

大师们的经典作品，已经没有神圣感和震撼力了，对人们的视觉神经不再起愉悦和兴奋的作用了。它们和流行广告一样令人生厌，令人倒胃口，让人看一眼就想转过脸去，就想逃离。

是的，再好的经典作品，摇身一变，变成几千几万个相同的面孔，天天在你眼前晃悠，肯定叫你受不了。

吴子强所走的，是一条"捧杀经典"之路。

他逢人便说："杜尚将小便器挂在展厅里，宣布'什么都可以成为艺术品'，宣布后现代的到来；我让经典艺术变成臭狗屎，这算不算又一个后现代高峰？"

他觉得，他掀起的是十二级飓风，他比杜尚还要牛逼！

他在西山的一处山坳里造了一栋别墅。他新近结识了一个女孩，眉目清秀，小模小样，说话细声细气，挺温顺的，一看就是那种江南水乡的小家碧玉。他把她藏在西山那"金屋"里，每周去两次。有时也带她出来逛逛街，看看演出，泡泡酒吧，参加朋友聚会——在他那个圈子里，带这么个娇媚漂亮的小情人，是一种时尚，是一张名片，是身份的象征。

3

忽然有一天，李小冉的名字在宋庄家喻户晓，甚至越出艺术圈，变成了街谈巷议和网传"名人"。

他之所以出名，是因为他犯事了，被警察带走了。

据消息灵通人士说，李小冉涉嫌多项罪名：诈骗罪、行贿罪，据说还涉足黄赌毒——在他经营的高级会所里为贪官和富商提供各种享乐服务。

检察机关正在调查取证。如果罪名成立，最少得判二十年刑。

他算不上老虎，顶多算一只小苍蝇，他的劣迹已经令人惊愕。如果听听他的叫嚣，更令人毛骨悚然：

"想办我？没那么容易！谁不知道谁？急了我全给咬出来，叫你们趴窝儿！"

吴子强曾经去看守所探视，给他带去些吃的和生活必需品。李小冉除了添些白头发和白胡子，掉几斤肉，没有多大变化。他住单间，伙食不错，对自己的案子信心满满。他说，有人给他透底，要不了多久，就能出来。

他每天在看守所花大量时间锻炼身体。他想，别的都扯淡，最要紧的是给自己留个好身体。

后来，据说因为取证困难，他的案子被拖下来了，而且一拖再拖。

再后来，听说他得了暴病，医治无效，死在看守所里了。

李小冉终身未娶，家有老母和一个弟弟。吴子强帮他把骨灰运回老家，和他父亲合葬一处。给他母亲留了些钱。

4

一波未平，一波又起。一天深夜，吴子强接到黄阿姨电话，听到一个惊人消息：吴老师杀人未遂，被公安局拘捕了。

哪个吴老师？是文化馆的吴老师吗？是吴伯揆老师吗？怎么可能呢？这么胆小怕事，这么文弱善良的人，当了一辈子右派，忍让了一辈子，怎么在风烛残年要出手杀人呢？

黄阿姨在电话里说得清清楚楚："雪梅母亲去世早，老吴又当爹又当娘把她拉扯大。他那女婿，原本一个穷光蛋，从小在文化馆跟老吴学画。嘴巴甜，人也乖巧。老吴把他当成亲生儿子，把雪梅给了他，还在经济上帮衬他，让他做点小买卖。开始还好，小两口恩恩爱爱，一块儿打拼，赚了些钱，生了两个孩子，对老吴也算孝顺。没想到生意做大了，钱挣多了，那小子就变得没人性了——他在外边花天酒地，赌博嫖娼。开始还偷偷摸摸的，后来胆子越来越大，越来越不要脸，还把野女人带回家来。雪梅顾全这个家，一直忍气吞声，直到那混蛋提出来要离婚，她才哭哭啼啼告诉她爹。

"老吴给气得一病不起，拖着病歪歪的身子去找他讲理。那混蛋仗着自己有钱，关系通天，根本就没把老吴放在眼里。

"真可惜，老吴年老体虚，没能一刀捅死那畜生！这种负义小人，衣冠禽兽，雷劈了才好呢！"

最后，黄阿姨再三求告："小吴啊，你一定要救他呀！老头子这么大岁数了，又有糖尿病、关节炎，不能着凉，不能受饿，他会死在监狱里边！你一定要帮帮他！"

黄阿姨言辞恳切，满怀悲哀和期待，让人心酸。

吴子强立即给南湘市文化局陈局长打了个电话，说吴老师是文化系统的人，岁数大了，身体又有病，请他想想办法，能不能搞成监外执行或保外就医。需要什么费用由他来承担。

陈局长满口答应："放心吧吴老师，这个事我去跑。"

放下电话，吴子强心里久久不能平静……"负义小人，衣冠禽兽"，自己算不算衣冠禽兽呢？

三十八

雨雪霏霏

1

吴子强一直没闲着，在外边不断更换情人，梁春燕早有察觉，早就吵着要和他分手。但经不起吴子强一把鼻涕一把眼泪地赌咒发誓，决心悔改。结果是屡犯屡悔，屡悔屡犯，让梁春燕彻底死心了。

"缘分已尽！"她想。

"我们算什么呢？既无合法手续，又没有举办婚礼，却有了他的孩子……真荒唐！

"只能说是鬼迷心窍！他不就是一个普通男人吗？那会儿穷得叮当响，长得也不怎么样，还一身恶习……当初怎么就非得跟他呢？

"现在他有钱了。有钱又怎么啦？我更看不起他：他就是一个下流小人！"

宋庄对梁春燕，是一块伤心之地，没有一点儿吸引力了。

春燕开餐馆挣了些钱，供她和儿子在康定过一种普通人的生活没有问题。她不想跟吴子强吵，也不想跟他争什么——太没意思了，翻旧账令她痛苦。她已经深深地厌恶他，只想离开他，离开这块伤心地，回到故乡去。

她把自己的决定告诉秦师傅，问他愿不愿意一个人继续把餐馆开下去。

秦师傅看出春燕和吴子强之间关系冷淡，但没想到他们会闹到要分手的地步。他一直暗恋着春燕，现在听说她要和吴子强离婚，心中窃喜。他鼓足勇气，说出了埋藏在心里的话："春燕，你说继续开，我就跟你开；你说回四川另开一家，我就跟着你回四川。这么说吧，今生今世，哥不会撇下你们娘儿俩！"

梁春燕被他热辣辣的目光吓坏了，没想到他会有这样的念头。她生怕他说出些令人难堪的话来，便冷冷地说："我不想再做了。你要想做，我把这餐馆留给你；你要不想做了，我把它盘给别人，多给你开半年工资。你出来的日子不短了，该回去看看嫂子和孩子了。"

秦师傅这才明白，原来他们之间除了雇佣关系，什么也没有……他像霜打的瓜秧，灰着脸儿僵在那里，心里五味杂陈。

回到自己屋里，他忍不住流下泪来，凄凄楚楚，怅然若失。

春燕也很伤感，她不愿伤害这个像兄长一样帮助过自己的男人。但她明白，她必须这样做，让他死了这条心，回到老婆孩子身边去，这样对大家都有好处。

事后，秦师傅盘算半天，决定接受春燕的馈赠，继续在宋庄经营餐馆。

2

"就这么净身出户？太便宜他了！"

春燕妈妈觉得女儿太亏了——他们是事实婚姻，要分手就得分家，得分他一半财产，儿子他得给抚养费！

不行，不能这样便宜他，得跟他打官司！

别看她平日只在家里带孩子，做家务，满脸的家庭妇女相。实际上，退休之前，她当过泸定县计划生育委员会主任。是一位见过世面的老太婆！

她不顾春燕反对，雇了一位律师，调查了吴子强的财产——这王八蛋，光固定资产就值 8000 万！

她委托律师收集了吴子强和梁春燕同居和同居生子的证据。甚至还为外孙和吴子强做了亲子鉴定——雇人制造一点儿小事故，让吴子强留下血迹——万事俱备，只等开庭。

吴子强只是见一个爱一个，吃着碗里瞧着锅里，并没有打算和春燕分手。他不想失去儿子，也不想让自己辛辛苦苦挣来的钱被分走一半；他赌咒发誓痛改前非，回头和春燕好好过日子。

一日夫妻百日恩，毕竟他们有过一段美好的时光。他了解她，相信她不是那种薄情寡义，说放下就能放下的女人。

这天晚上，吴子强抱着枕头来到春燕房里，想要挤在春燕床上睡觉。春燕抱了自己的被子就往外走，被吴子强一把拉住。

两人僵持了一会儿，吴子强心平气和地说："燕燕，那么困难的日子都熬过来了，现在什么都有了，咱们好好过吧！"

"你爱跟谁过跟谁过！我受够了！"

"我认错，行吗？以后我保证收心，儿子也大了，咱们好好过吧！"

"你说话还不如放屁！我算看透你了！"

"你别老揪住过去那点事儿不放。我保证，我对天发誓！我改，还不行吗？燕燕，准备准备，咱们一家四口到泰国旅游去！"

"你也不嫌累？"梁春燕从抽屉里拿出两张被洗烂了的机票，拍在吴子强眼前，"刚陪那狐狸精去了俄罗斯，又要陪我们去泰国。你不嫌累我还嫌恶心呢！"

吴子强见又被她抓住了，恼羞成怒，把那两张机票撕成两截揣进兜里："梁春燕！别给脸不要脸！我告诉你，你要好好过，我好吃好喝管你。你要不想过，现在就滚出去！我一分钱也不会给你！"

梁春燕见吴子强凶相毕露，急了，扑上去要抢那机票。女的终究敌不过男的，被吴子强掐着脖子按在床上，威胁说："信不信，我掐死你！"

儿子乐乐正在小床上睡觉，从睡梦中惊醒过来，看见爸爸正在打妈妈，便又哭又喊，找了根棍子。这会儿姥姥也闻讯赶来，三人合伙把吴子强打跑了。

春燕本来不打算跟吴子强打官司争财产。现在吴子强把她激怒了，她和妈妈一样，决心战斗到底。

没有缓和的余地了，吴子强也全力投入了备战，为保卫自己的财产而战斗！

而且，他本来就对那老太婆怀恨在心，现在她出面跟自己打官司，能让她得逞吗？能让她们把自己的财产抢去吗？笑话！

吴子强聘了一个精明能干的律师，事先做足了功课；春燕妈聘的是当地一个负有盛名的老律师，富有辩才，经验丰富，准备也很充足。

几次开庭，春燕一路占着上风。

其间，两位律师私下里接触过几次。不知为什么，再开庭时，春燕的律师竟节节败退，对一些关键问题的陈述颠三倒四，自相矛盾。最后，法律的天平完全倾向了吴子强，春燕败诉了——有人分析说，春燕请的律师，肯定有什么把柄握在对方手里。如不就范，他将晚节不保，将蒙受比败诉更大的损失。

春燕妈妈想把春燕她爸叫过来，换一个律师，重新打这场官司。

这期间春燕病了一场，病得不轻，实在不想在北京多待。她妈妈只好暂时作罢，先将春燕送回去养病。

春燕没有同大伙儿告别，只有秦师傅把她送到火车站。

她和妈妈一起，带着儿子回康定去了。

春燕走后，秦师傅将餐馆转让给别人，得了 12 万块钱，回雅安去了。

3

吴子强清理东西时，在床底下发现了几幅油画。细看，都是他卖给三味画廊牟老板的，总共 8 幅，一幅不多，一幅不少。

　　吴子强如梦初醒。

　　原来牟老板买自己的画，都是春燕的安排！原来那几年自己的自信、得意、面子、坏脾气，都是春燕用她辛辛苦苦挣的钱惯出来的！原来，自己背叛妻子，在外边找小姐，竟是花的妻子的钱！

　　明白这一切以后，他悔恨交加，无地自容，差点儿自杀……

　　他这才看清楚：春燕确实是一个打着灯笼都难找的好女人、好妻子。他生命中最重要，最珍贵的，是妻子和儿子。

　　他一生中最幸福的时间，不是后来赚了钱，而是最初和春燕共同打拼的日子。

　　现在，他把他们弄丢了，把最珍贵的爱妻和儿子弄丢了，他真是一无所有了！

　　他扔下所有事情，断绝和外界的往来，把自己封闭起来，独守空房，进行了深刻的反省。

　　"我这辈子，唉，成功了吗？稀里糊涂地火了一把，挣了些钱，那算成功吗？成功是这个样子吗？'成功'有意思吗？

　　"人啊，是一种多么奇怪的动物！为什么会有那么多欲望、那么多罪孽、那么多痛苦、那么多悔恨？人啊，为什么总是管不住自己？为什么总是误入歧途，吃尽苦头，伤害自己，伤害自己的亲人？为什么，为什么我不做一头驴，不做一条狗，偏偏要做一个人，偏偏要做一个罪孽深重的人？

　　"春燕哟……你为什么这样绝情，不肯原谅我，断然弃我而去？

　　"儿子哟，你为什么总用陌生的眼光看我？你知道我的心里有多痛吗？

　　"我争强好胜，折腾半生，最后落到这么个下场！

　　"好凄凉，好孤独，好悲伤啊……"

　　他给春燕写了一封长信，表达了自己的忏悔、孤独和痛苦。说上次打架是自己一时糊涂，气昏了头脑；说打官司是律师为了私利在那儿折腾，不是自己的本意，他现在特别后悔。他恳求春燕带着儿子回到他身边来。

他等着春燕母子归来，苦等了一个月，音信渺然。他如坐针毡，惶惶然不可终日。终于，他买了张机票，飞到成都，从成都打了辆出租车，直奔康定来了。

吴子强找到春燕家，出租车司机跟在后面，拎着几大包礼品，敲开了门。

站在面前的是春燕的父亲。

吴子强恭敬地说："我特意来看望爸爸妈妈。"

朗杰局长本想痛骂他一顿，犹豫了一下，把怒火压下去了。淡淡地说："你是谁？我不认识你。"

吴子强忍了忍，轻声说："我是乐乐的父亲，我想见见儿子，见见春燕。"

朗杰局长没有让他进门，而是问他住在什么地方，说商量好后会去找他。

吴子强把礼品留下，说："这是给爸爸妈妈买的，表达我的一点心意。"

朗杰局长说："你爸爸妈妈不在这里，你把东西拿回去！"他把礼品扔在门外，关上了大门。

第二天上午，春燕带着儿子，在父亲的陪同下，来到了吴子强投宿的宾馆。

春燕督促儿子叫爸爸，儿子生硬地叫了一声，眼睛却是望着别处。

"乐乐，来，爸爸给你买的 iPad。"

当吴子强把礼物交给儿子时，乐乐只在嗓子眼里说了声"谢谢"，眼睛还是望着别处。

吴子强想起这些日子的相思之苦，顾不得当着春燕父亲的面，开始痛心疾首地表述自己的悔恨之心，恳请春燕带着儿子回去……

梁春燕表情凝重，平静地说："过去的事权当是一场噩梦，不要再提。如今我已开始新的生活，你不要再来打扰。不是我非要把着孩子，我怕他不会跟你。等他长大以后，可以让他去北京读书。"

"如果我没理解错，是不是，你已经结婚了？"

"是的，我正准备结婚。"

吴子强听到这里，蓦然间悲从中来，僵在那里泪流不止。半天，他怯怯地问了一句："我能不能见见你未婚夫？"

"你见过，派出所的扎西。他待乐乐很好。"

这时，乐乐嚷嚷着要撒尿！姥爷只好带他暂时离开。

当他们回来的时候，看见吴子强跪在地上，涕泪交加，苦苦哀求春燕带着儿子跟他回去，不然他就活不到明天。吓得春燕惊惶不知所措。

朗杰局长见状，非常生气，吼道："走！回家！"拉了春燕就走。

回到家里，春燕有些担心，对父亲说："您要不要去看看，他不会出事吧？"

"那是人渣！死了也不可惜！"说归说，朗杰局长也怕出事，特意给宾馆经理打了个电话，叫他派服务员对那个客人多加留意。

当天下午，吴子强退了房，回到成都，买了一张软卧票，在火车上喝得烂醉，第二天到了北京。

火车进站以后，人们陆续下车，吴子强还躺在那里，吐了一床一地。列车员过来叫他，摇了半天没有动静。

人们吓得够呛，忙打电话叫来了救护车。

医护人员把他抬到救护车上，实施紧急抢救……救护车"呜哇呜哇"开走了。

尾声

招　魂

　　傅双北在寻找董青平期间，她把院子和大黑狗都托付给了哑巴。

　　哑巴尽职尽责，每天要过去看一眼，给狗狗添些狗粮和水。

　　每天清晨，狗狗听到开门的声音，就高兴得撒欢儿，扑上来和他亲热半天。日久生情，哑巴和狗狗之间的感情越来越深，到了心心相牵，形影不离的程度。

　　大黑狗负有守院职责，哑巴无法把它带回家去。加之哑巴夫妇之间感情冷漠，跛脚女见到他就两眼喷火。他怕哪天在睡梦里被她杀了，便把狗屋收拾一番，腾出一席之地，搬过来和狗狗住在一起，白天在狗屋里画画儿，晚上就睡在狗窝旁边。

　　哑巴画画，狗狗趴在旁边看着。偶尔听到大门外有说话或走路的声音，狗狗就迅速跑到门口，从门缝往外看一眼，吠叫几声，然后回来重新趴下。

　　哑巴和大黑狗在一起，不仅有感情的寄托，还找回了尊严。他教育狗狗的时候，吆五喝六，派头十足，显得自信满满。他很享受那种握有权力的体验。狗狗呢，也愿意顺从他的意志，看见主人作威，便忙不迭地摇尾巴，趴在地上舔他的臭脚丫。

　　大黑狗在哑巴的感情生活中占有重要地位，他对它爱得如此深沉！

　　这天晚上，哑巴喝了点酒，和狗狗玩了半天，然后各自睡去。哑巴睡得很死，睡到太阳老高才起来。他走出狗屋，唤了几声，院子里静悄悄的，不见动静。他觉得奇怪，便提高了嗓门儿，一边叫唤一边寻找。最后发现大黑狗躺在后院墙脚，牙关紧咬，已经没有气息了。

哑巴给吓蒙了，他一边哭着一边挨个儿敲各家的门，为黑狗报丧。

人们分析，准是小偷干的，晚上小偷光顾了工作室，事先把大黑狗毒死了。

王自鸣给傅双北打了电话，又替她报了警。双北第二天就赶回来了。

她推开门，看见大黑僵硬地躺在地上，顿时泪如泉涌，浑身哆嗦，饮泣不止。

大黑狗之死牵动了很多人的心。人们约了一个时间给它下葬，这个日子选在它死后第三天。

王自鸣自告奋勇，由他来操办丧葬事宜。

傅双北、哑巴、闻达、白明、宋晓倩，还有许多后来结识的朋友，和许多不相识的朋友，都来了。

董青平在疯人院里，吴子强手术住院，梁春燕回四川了，王娅楠和麦克在美国，柳巴回内蒙古了，不然他们肯定会来。

经幡引魂，灵车开路，几十辆轿车跟在后面，长长的送葬队伍缓慢地通过宋庄大街。

灵车是一辆黄色面的，车里用白布裹着死去的黑狗，车前挂着它的画像。

一路上吹着唢呐，敲着锣鼓，燃放鞭炮。许多披麻戴孝的人跟在后面号啕大哭。

一个装扮成巫师的人向天空抛撒纸钱，嘶哑着嗓子高声呼喊：

"大黑回来！回家乡来！你不要到东边去，东边风急浪大，你的关节会受不了；大黑回来！回家乡来！你不要到南边去，南边毒日暴晒，汗水会眯住你的眼睛；你也不要到西边去，不要到北边去，那是别人的家，哪儿也不如咱家里好！

"回来吧大黑！家乡有美食待你，有乡音唤你，有亲人疼你；回来吧，大黑！回家乡来吧！哪里也不如家乡好！"

车队缓缓驶过宋庄大街，巫师不断向天空抛撒纸钱，送葬的人号啕不止；路口还有人摆了香案祭品，待车队经过时鸣放鞭炮。

车队经过疯人院时，许多穿蓝白条衣裤的病人站在窗户里看热闹。有些人竟从院墙的下水道里钻出来，加入了出殡的队伍……

董青平也跟来了。他表情肃穆，只顾低头走路。

出城不远，送殡的车队停在路边，灵车拐进一片树林里。

人们动手挖了一个长方形的坑。

哑巴始终抱着大黑狗不放手，不忍和它告别，不愿把它埋掉。人们好说歹说，才将狗狗从他怀里抢出来放进坑里。

董青平和那些精神病人，一会儿看看狗狗，一会儿望望天，脸上有一种超凡脱俗的神情。

傅双北哭得跟泪人儿似的，往黑狗身上送了第一锹土。大家动手把它埋了，做了一个小小的坟头，在坟上插满了野花。

一挂鞭炮响完后，王自鸣朗读了悼词。

"大黑，一路走好！在你去往天堂的路上，我们为你送行。

"大黑，你是我们忠实的朋友。你带给我们快乐，却从不责备我们的过失，你让我们学会忠诚和宽恕；你守护着我们，陪伴着我们，走过了那些艰难的日子，见证了我们的追求和失败、拼搏和挫折、苦闷和欢乐……

"如今，大黑兄弟，你弃我而去，我们坠入迷茫……

"呜呼！地上风悲，天上雁鸣，我们送你远行，心中无限惆怅！大黑，一路走好！一路走好……"

读到最后，王自鸣有些哽咽。很多人都泪流满面。

人们循着大黑的足迹，想起那些走过来的岁月，想起了许多往事：人们从各地聚到一起，追寻一个被叫作"艺术"的梦。年复一年，岁月蹉跎；有快乐，有苦恼；有成功，有失落……追了半天，那个"艺术梦"在哪里，谁也说不清楚……

浪涛般的哀乐弥漫在树林里，拂过每个人心头。

突然，傅双北看见了董青平！

他站在那里，肃穆而沉默，满脸超凡脱俗的神情……

一周以后，《当代艺术》杂志全程报道了大黑狗的葬仪，称这是宋庄艺术家为中国当代艺术招魂，是他们倾情投入的一件伟大而具有深意的行为艺术作品。

2012 年　一稿

2018 年　二稿

2020 年　三稿

后　记

我在人民美术出版社做《中国艺术》杂志期间，长期和画家交往；退休后在宋庄租住工作室，又结识了不少宋庄画家。加上我也是画画儿的，遂产生了写这个题材的冲动。

后来，获读赵铁林先生的《黑白宋庄》和马越先生的《长在宋庄的毛》，突然停笔不想写了。他们写宋庄的真人真事，直击灵魂，写得很真实。

再写宋庄的纪实文学，便是画蛇添足了。

近几十年，体制内艺术普遍存在着观念僵化，内容虚假，面貌陈旧等问题；体制外的年青艺术家们试图冲出樊笼，在城市边缘"自立门户"，寻求自由的生活方式，探索真诚的思想表达和独特的艺术语言。很可惜，受各种因素制约，受外来文化迷惑，他们昙花一现，没有达到高飞远翔的效果。

无论结果怎样，宋庄现象弥足珍贵，值得深入探讨。因为那是中国文化现代转型的开拓之举。

离开宋庄，沉淀多年之后，我决定跳出宋庄，以宋庄作叙事背景，展现中国艺术在市场化过程中，在现代转型试验中的悲壮历程，塑造一批带有时代印记的生活在画家村中的各种类型的艺术追梦者、艺术投机者和艺术殉道者。

　　书中傅双北、吴子强、董青平、王娅楠等创作的艺术作品均系作者构思；书中有些细节得益于赵铁林、马越作品的启示，得益于宋庄艺术家所创造的生活方式和艺术观点，在此致以诚挚的谢忱！

五木

2021.1